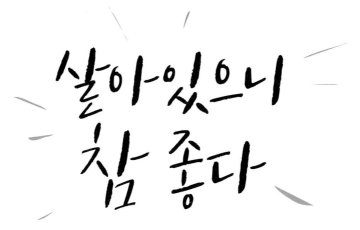

살아있으니 참 좋다

· 형근혜 에세이집 ·

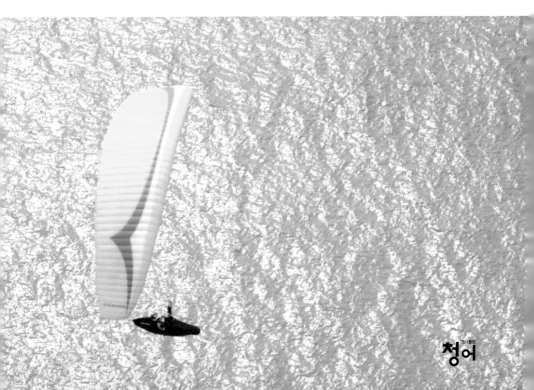

도서출판 청어

살아있으니 참 좋다

형근혜 에세이집

치열하게 살아냈던 삶이었다.

그 모든 하루들이 빛나고 아름다웠던 날들이었다는 것을 그때는 왜 몰랐을까. 다른 나로 살아가야 함을 인정하기까지 많은 시간이 걸렸다. 참 많은 시간이 걸렸다. 일기처럼 적어놓았던 이야기다. 많은 용기도 필요했다. 하지만 단 한 사람에게 만이라도. 그 단 한 사람 만에게라도 내 이야기가 도움이 될 수 있기를 기도한다. 이젠 도움을 받는 사람에서 도움을 주는 사람으로 살아가고 싶다.

내 글이 누군가에게 힘이 될 수 있다면 그것으로도 족하다. 아픈 이 옆에 그저 말없이 곁에 있어 주는 그런 사람. 그런 묵묵한 사람처럼.

노을이 비껴서는 서재에서

형근혜

차 례

제1부

날마다 새로운
하루

2018. 9. 9.

추락, 그 이후 누구도 말이 없었다

터키 악사라이 병원. 모르핀을 맞아서일까. 요추 1번 뼈가 돌출되어 부러져 수술을 받았는데 아직 통증은 잘 모르겠다. 현희와 영종씨는 여전히 울며 곁을 지키고 있다. 내게는 너무도 긴 시간이 흐른듯한데. 이 모든 일이 하루 만에 다 일어났다는 게 믿겨지지 않는다.

추락 직후 왼쪽 엉덩이와 허리에 참기 어려운 고통이 밀려왔고 눈앞이 캄캄해졌다. 그리고 아무것도 보이지 않았다.

그날, 누군가가 내 손을 꼭 잡고 정신을 잃지 않도록 계속 말을 시켰었다. 이름이 뭐냐, 어디서 왔냐, 움직일 수 있냐. 그 아픈 와중에도 한국에서 왔다 하니 구급차가 올 때까지 한국 음악을 검색해 들려주고 '괜찮을 거야, 힘을 내라'며 안정시켜주었다.

다리가 움직여지지 않자 사람들은 하네스의 어깨끈을 잘라 상체를 자유롭게 만들어 줬다. 그렇게 한 시간가량 엎드린 자세로 있었다. 너무 고통스러웠지만 곁에서 용기를 주었던 그들 덕분에 견딜 수 있었다. 지금도 그들에게 감사하다.

곧 구급차가 도착했고 들것으로 옮기는데 허리와 등 쪽에 끊어지는 듯한 통증이 밀려왔다. 인근에서 가장 크다는 악사라이 병원에 도착했다. 척추 손상이라며 바로 수술해야 된다고 했다. 영어가 능통한 영종 씨가 곁에서 통역을 해주었다. 여러 번 같은 수술을 해 본 실력 있는 의사가 있고, 뼈가 깨진 채로는 한국에 돌아갈 수도 없으니 믿고 수술을 하자고 했다.

수술동의서에 사인을 하니 바로 수술실로 옮겨졌다.

두려웠다. 수술이 잘 될지도 모르겠고, 이대로 하반신 마비로 평생 살게 되는 건 아닌지, 한국으로 돌아갈 수는 있을지, 얼마나 많이 아플지, 모든 것이 두려웠다. 쉴 틈도 없이 밀려드는 고통에 숨도 제대로 쉴 수 없는 상태가 이어졌다. 들것에서 침대로, 침대에서 차가운 수술대로 옮겨졌다. 왼쪽 팔에 주사기가 들어오고 약 기운이 몸에 퍼지는가 싶더니 세상의 모든 것은 멈추고 내 의식은 깊은 바다 속으로 끝없이 가라앉았다.

눈을 떠보니 병실이다. 창밖을 보니 아직 해가 지지도 않았다. 내 인생에서 가장 길고 긴 하루가 아직도 이어지고 있었다. 손가락 하나 까딱하기 어려웠다. 영종씨는 차분하게 설명을 한다. 지금 돌이켜 보니 그 차분함이 배려였다.

"여기 사진 보이시죠? 이 튀어나온 뼈가 1번 척추인데 떨어지면서 이 뼈가 압박되어 깨졌고, 깨진 뼈가 뒤로 밀려 나오면서 뼈 뒤에 흐르고 있는 척수를 건드렸대요. 다행히 척수가 완전히 끊어진 것은 아니니까 희망이 있어요. 이 뼈를 중심으로 위아래 모두 8개의 철심을 박아 뼈가 움직이지 않도록 고정해 놓았는데, 아무래도 이건 평생 함께 가야 할 것 같아요. 그래도 수술은 잘 되었다니 너무 걱정은 마세요."
"나, 걸을 수 있대요?"
"…"

영종씨는 차마 대답을 하지 못했다. 의사는 회복될 확률은 15% 정도 될 것이라 말했다. 내가 걸을 수 있는 확률은 고작 15%. 하지만 0%가 아닌 게 어딘가. 난 늘 긍정의 아이콘이었으니 그 15% 안에 들면 되지 싶었다.
현희는 말없이 내 손을 잡아주며 밤이 새도록 내 곁을 지켜주고 있다. 그저 묵묵히.

기억. 그리고 또 기억

그동안 다친 동료들의 얼굴이 스쳐 지나간다. 비행하다 다친 범수는 아직도 재활 중이고. 춘호씨도 하반신 마비가 되어 장애를 안고 살아가고 있다. 그들을 보며 나에게도 일어날 수 있는 일이라 생각했지만, 정작 이런 순간이 나에게 오니 믿겨지지 않았다. 마치 악몽을 꾸고 있는 것만 같았다.

잠이 깨면 이 모든 것이 꿈이라 웃으며 일어날 수 있길 기도해 보기도 했다. 하지만 다음 날에도 내 고통은 끝나지 않았다. 더 이상 모르핀을 놔주지 않자 엄청난 고통이 밀려왔다. 몸을 조금이라도 움직일라치면 수술 부위가 칼로 찢기는 듯 아파 왔다. 어떻게 하지, 아니 어떻게 죽지, 이렇게 아픈데 내가 좋아질 수 있을까. 이런 몸으로 사느니 차라리 죽는 게 낫겠다는 생각도 들었다. 그런데 이렇게 움직이지도 못하는데 어떻게 죽을 방도도 없다.

고통이 밀려드니 살고 싶은 생각보다 죽고 싶은 생각이 먼저 든다. 먼저 가족들의 얼굴이 스쳐 지나갔다. 그리고 사랑하는 사람들. 나를 아는·내가 속해있는 사람들의 얼굴이 떠올라 괴로웠다. 살게 되면 그들에게 피해를 주게 될 내가 몹시도 거추장스럽게 느껴졌다.

이 큰일을 가족들과 주변에 알리는 일이 걱정부터 되었지만 정리는 해야만 한다. 꼭 알려야 할 사람들이 누구인지 먼저 떠올려 봤다. 남편과 실버(내가 시설장인 요양원) 그리고 돌아갈 준비를 해 줄 사람과 귀국 후 한국에서 일 처리를 해 줄 사람들에게 연락을 했다.

먼저 남편에게 멀쩡하게 전화해 조금 다쳐서 예상보다 며칠 늦게 한국으로 갈 것 같다고. 가볍게 얘기했다. 일 처리를 부탁할 사람들에게는 다쳤을 때와 수술 후에 찍은 x-ray 사진을 보내고 상황을 구체적으로 얘기했다.

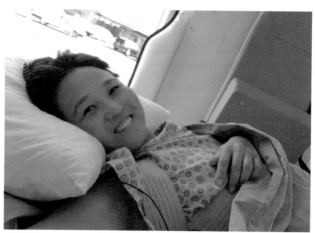
사고 직후

　사진을 본 사람들이 하나같이 엉엉 울었다. 그들은 내 상황이 얼마나 절망적인지 차마 말은 못 하고 울기만 했다. 항공편을 알아봐 준 고마운 분이 있었고, 가야 할 병원과 구급차를 섭외해 준비해준 분도 있었다. 그저 감사했다. 실버에서는 사회복지사와 팀장이 알아서 잘하고 있을 테니 걱정말라고 해주어 마음이 놓였다. 며칠 후, 남편에게 전화가 왔다.

　"당신 혹시 많이 다친 거야?"
　"아니야. 조금 다쳤어, 걱정하지 마. 수술도 잘 됐으니까 시간이 지나면 곧 좋아질 거야."
　"내가 터키로 가야 하는 거 아니야? 혼자서 괜찮겠어?"
　"응, 괜찮아. 지금 현희가 잘 보살펴 주고 있어. 현희가 같이 가주기로 했으니까 안 와도 돼."

"진짜지? 나 안 가도 혼자 올 수 있는 거지?"

"그럼. 나 혼자가 아니니까 염려 안 해도 돼. 한국 가는 날짜 정해지면 다시 얘기할게. 구급차도 알아봤으니까 서울에 안 와도 되고 병원으로 바로 오면 돼."

너무 심하게 다쳐버린 상황이었지만 멀리서 애태우게 하고 싶지 않아 씩씩하게 말했다. 남편은 걱정이 되었겠지만 내 말을 믿고 별 말이 없었다. 외국에 몇 번 나가본 적도 없고, 패러글라이딩에 대한 지식도 전무한 남편에게 걱정만 안겨주느니, 차라리 해외에서 다친 동료들을 케어해 본 경험이 있는 사람들에게 도움을 받는 게 나을 것 같았다.

아이들에게는 차마 아무 말도 할 수 없었다. 어차피 한국에 돌아가면 알게 될 일을 미리 알게 해 고통스럽게 만들고 싶지 않았다. 남들도 내 상태를 보며 저렇게 우는데 가족들은 어떨지 두려웠다. 내 아픈 것은 내가 선택한 일에 대한 결과지만 내 가족들은 아무런 죄도 없이 이 고통을 함께해야 한다니. 미안한 마음뿐이었다. 그럼에도 불구하고 돌아가고 싶었다. 나의 사랑하는 이들이 있는 곳으로.

2018. 9. 20. 11일차

한국으로 떠나는 비행기가 결정되었다. 9월 19일 오후 비행기가 정해지기까지 우여곡절도 꽤 있었다. 난 해외에서 다치면 모든 것이 번거롭고 돈도 많이 든다는 것을 잘 몰랐다. 의료보험이 잘 되어있는 한국과 달리 외국에서는 보험적용이 되지 않기에 모든 비용이 걸핏하면 천만 원이다. 비행기 티켓도, 병원비도 그냥 천만 원이다.

　우선 귀국행 비행에는 아무런 무리가 없다는 의사소견서가 필수적으로 있어야 했고, 수술 후 봉합된 실도 뽑아야 했다. 그런 절차를 진행하느라 영종씨는 매일 동분서주했다. 영어를 못하는 터키 의사에게 우리에게 필요한 서류를 요구하고 터키어로 되어있는 소견서를 영어로 번역해줄 터키 친구를 찾아 다시 한국말로 번역해, 한국에 있는 항공사로 보냈다.
　그 덕에 난 겨우 비행기에 탈 수 있게 됐다. 의자 6개를 눕혀 자리 마련 후 비행기 천장에 줄을 달아 들것을 매달았다. 그 위에 내가 누워서 가야 하는 거라 6좌석을 예약해야만 했다. 금액은 아무래도 좋았다. 집으로 돌아갈 수 있게 된 것만으로도 감사한 마음이 들었다.

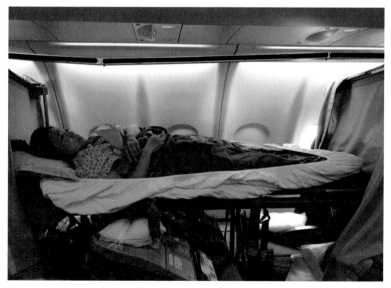

비행기 안에 들것에 매달려 9시간만의 귀국

악사라이 병원의 직원들은 정말 친절하고 정이 많은 사람이었다. 이목구비가 시원시원한 미녀 간호사들이 매일 안부를 묻고, 음식을 가져다주고, 주사와 약을 주었다. 어색한 영어로 몇 마디를 건네면 말은 안 통하지만 늘 환하게 웃으며 손을 어루만져 주었다. 떠나는 날엔 꼬질꼬질한 내게 사진을 찍고 싶다며 간호사들이 말했다. 조금 있으니 담당 의사까지 함께 나와 기념사진을 찍는다. 그들의 친절과 따뜻한 보살핌은 잊지 못할 것 같다.

수술 후에 늘 누워있다 앉는 연습을 하기 위해 철판 여러 개를 허리에 대고 휠체어로 옮겨 졌다. 숨을 쉬기 힘들 만큼 통증이 밀려왔지만, 간호사들과 치료사는 막무가내로 휠체어를 밀고 병원을 돌아다녔다. 1층에 있는 로비까지 갔는데 갑자기 구토증세가 일었다. 누워있는 것에 익숙해진 몸이 이상 반응을 보인 것이다. 10분도 못 채우고 다시 병실로 왔다. 누우니 살 것 같았다.

낮에는 영종씨가 밤에는 현희가 함께해 주었다. 영종씨는 슈퍼파이널(패러글라이딩 세계 챔피언 대회)에 나갈 성적을 확보하고 터키에 왔다. 하지만 그는 나를 위해 경기를 포기했다. 이 먼 곳까지 와서 왜 경기에 참여하고 싶지 않겠는가.
아무것도 못하며 누워있다 우울한 생각에 내가 눈물이라도 흘리고 있으면, 그는 말없이 휴지를 가져와 무심한 듯 눈물을 닦아주고 아무 일도 아닌 듯 유쾌한 분위기를 만들어주었다. 가져온 노트북으로 예능 프로그램들을 틀어주며 아무 생각하지 말고 재미난 거나 보자 했다. 묻지도 않은 첫사랑 이야기 등 이야기보따리를 풀어놓기도 했다. 덕분에 난 많은 우울감을 저만치 밀쳐놓을 수 있었다.

밤이 되면 현희가 오늘 있었던 비행 이야기들을 들려준다. 골(Goal)에 갈 수 있었는데 마지막에 열을 하나 놓쳐 낙이 되었네, 어떤 녀석이 열에 밀고 들어오는 바람에 밀려났네 등. 등수에 못 들어간 백만 스물두 가지 이유를 풀어놓았다. 그리고 그 좋은 해외 선수들과의 경기 후 파티도 가지 않고 긴 밤 내 곁에서 쪽잠을 잤다. 그리고 아침에 영종씨가 오면 또다시 밝게 인사를 건네며 비행을 하러 갔다. 두 사람은 그곳에서 일주일 넘게 나를 지켜주었다.

비행기 표가 정해지고 병원 관련 일들을 다 정리해 준 뒤 영종씨는 다른 선수들과 함께 한국으로 먼저 돌아갔다. 그 와중에 이름 모를 많은 외국 선수들이 병문안을 왔다. 자기들도 철심이 여기저기 박혀있다며. 마치 경찰들이 사건 해결 중 다친 총알자국·칼자국 자랑하듯 자신들의 다쳤던 경험담을 늘어놓았다. 영어로 말을 하니 다 알아들을 수는 없었지만, 하늘을 나는 동료들이라 금방 가까워졌고 서로를 이해할 수 있었다.

일상이라는 기적

다치고 나서 가장 힘든 것은 생리현상과 스스로 씻을 수 없다는 것이다. 일주일이 넘도록 머리를 못 감으니 너무 가렵고 찝찝했다. 머리를 감고 싶다 간호사에게 말을 하니 1회용 머리 감는 팩을 주었다. 미용실에서 쓰는 열 팩처럼 생긴 것을 머리에 쓰고 건조한 상태로 감는 건데 찝찝함이 가시질 않아 답답했지만 그나마 좀 나아졌다.

또 한 가지. 안 써본 기저귀를 차고 있으니 소변은 소변줄로 나가는데, 대변은 마렵기만 하고 나오지를 않았다. 일주일 넘게 먹기만 하고 볼 일을 못 보니 배가 아파 계속 관장약을 먹어야만 했다. 하지만 현희가 곁에 있을 땐 맘이 놓였는지 마지막 이틀 동안 계속 대변이 쏟아졌다. 치워주는 현희에게 너무 미안해서 어찌할 바를 몰랐다.

드디어 19일 아침. 모든 과정을 마치고 응급차를 타고 아튀타르크 공항으로 이동했다. 6시간 정도 이동하는데도 에어쿠션이 깔려 있어 덜컹거려도 많이 아프지 않아 견딜 만했다. 비행기를 타기까지는 공항병원에서 대기해야 한다. 비싸지만 병원을 통해야 하는 이유가 일반 출국심사가 아닌 환자 출국심사를 받을 수 있기 때문이다. 공항병원에서 3시간 정도 대기 한 후에 내 이름이 호명됐고. 침대 그대로 엘리베이터가 있는 차량으로 옮겨졌다. 흔들거리며 이동하는 모든 순간이 고통이었다. 가져온 통증약을 비행기에 오르기 전 두어 알 삼켰었지만 별 효과는 없었다.

게이트가 열리고 제일 먼저 내가 탄 차가 비행기 쪽으로 접근했다. 엘리베이터가 내 침대를 비행기로 올리자 두 사람이 앞뒤에서 들것으로 나를 옮기더니 예약해 놓은 내 침대로 데려다주었다. 천만 원이 넘는 푯값을 지불했으니 편안한 침대칸을 기대했는데 그건 내 착각에 불과했다. 천장에 들것 하나 매달아 놓고 다른 승객들과의 분리를 위해 커튼만 쳐 놓았다. 딱딱한 바닥에 몸이 닿자 또다시 통증이 시작됐다.

쿠션을 몇 개 가져다주어 몸에 받쳐 놓았지만 9시간의 비행시간 내내 이를 악물고 그 통증을 오롯이 견뎌내야만 했다. 그 시간이 영원히 끝나지 않을 것만 같아 숨이 막힐 지경이었다. 또다시 밀려드는 온갖 나쁜 생각들. 이렇게 불편한 몸으로 평생을 살아야 한다면, 이런 고통 속에 사느니 차라리 죽는 게 낫지 않을까. 어떻게 죽을까. 혼자 움직일 수도 없는데 약을 구할 수도·뛰어내릴 수도 없는데 죽을 수나 있을까. 그런 생각들에 혼자 괴로워하다 보니 어느새 도착했다는 안내가 나왔다.

모든 승객이 다 내릴 때까지 기다렸다. 다시 이송 차량으로 옮겨지고 입국 수속을 밟았다. 나를 순천으로 데려가 줄 응급차로 옮겨질 때까지 잠도 들지 못하고 내내 통증과 싸웠다. 내가 할 수 있는 것은 아무것도 없다. 현희는 내가 구급차에 오를 때까지 함께 있어 주었다. 고통을 덜어주기 위해 유쾌하게 이야기도 나눠주었다. 차에 올라 순천으로 향한다. 딱딱한 침대가 흔들릴 때마다 아팠지만 그리운 이들 곁으로 간다는 것만으로도 위로가 되었다.

보고팠다. 다만, 보고 싶었다

생각보다 순천은 멀지 않았다. 3시간쯤 걸려 순천 평화병원에 도착해서 예약해 놓은 병실로 향했다. 1인실이라 다른 사람과 함께 쓰는 불편함은 없으니 좋았다. 창밖도 온통 산이라 더욱 마음에 들었다. 저녁이 되니 남편이 퇴근하고 병원에 왔다. 내 모습을 본 남편. 한동안 말없이 멍하니 서 있다. 하지만 어쩌다 그랬는지, 어디를 얼마나 다쳤는지 묻지 않았다. 침대에 누워 혼자 돌아눕지도 일어나 앉지도 못하는 나를 보며 그냥 손만 꼭 잡아주었다. 그 손길에 모든 말이 다 담겨있었다. 눈물이 주르륵 흘러내렸다. 왜 거기까지 가서 다쳐 왔는지, 그렇게 내가 패러글라이딩 하지 말라고 했지 않았냐고, 이럴 줄 알았다고, 자기 말 안 듣고 잘하는 짓이라고, 수많은 원망을 쏟아낼 법도 한데 그이는 한마디도 하지 않았다.

그리고 고맙게도 그이는 울지 않았다.

동병상련이란 말

다음날 추석 연휴가 시작되어 남편은 시댁으로 갔고, 작은 언니가 곁에 있어주었다. 형부가 먼저 세상을 떠나 홀로 아이들과 사는 언니는 명절이면 더 외롭다며, 내게 와 많은 이야기를 나누고 내 아픔을 덜어가 주었다. 아파보니 아파본 사람만 진정으로 아픔을 이해할 수 있다는 것을 알게 된다. 언니가 형부를 먼저 보내고 자궁을 들어내는 수술을 해야 했을 때 나도 서울까지 가서 사흘 동안 간병을 해주었던 적이 있다. 언니는 내 마음을 잘 알아주었다. 계속해서 저려오는 내 아픈 다리를 손으로 쓸어주거나 만져주니 고통이 덜어져서 너무 좋았다.

건강한 사람들은 알지 못한다. 아픔을 이해한다고 하거나 알 것 같다고 해도 그것은 진짜 아는 게 아니다. 그저 짐작할 뿐인 것이다. 언니가 돌아간 뒤, 또 엄마가 와서 간병을 해주었다. 그런데 어찌나 울고 자주 한숨을 쉬시는지 내가 마음이 너무 불편해져서 이틀 만에 엄마를 돌려보냈다. 그 마음을 왜 모르겠나. 하지만 나보다 더 슬프고 서럽게 아파우시는 게 너무 죄송했다. 차라리 간병인을 쓰는 게 낫지 싶었다. 밤에는 남편이 퇴근해서 잠들 때까지 돌봐주니 낮에만 돌봐줄 사람이 있으면 됐다.

2018. 10. 2. 23일차
휠체어를 처음 타다

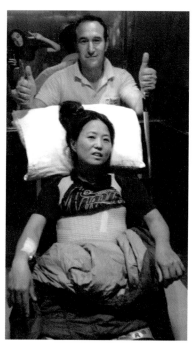

악사라이 병원에서 처음 휠체어를 탔던 날

터키에서 휠체어에 강제로 앉은 날, 토하며 고생했던 기억에 휠체어에 앉는 게 무서웠다. 병원으로 온 지 10일. 추석이 끼어있어 내내 누워만 있었다. 그래도 치료를 받으러 지하 치료실로 내려가야만 했다. 휠체어를 탈 수밖에 없다. 며칠 전 혼자 일어나 앉지도 못하는 나를 침대를 세워 앉힌 후 간병인이 휠체어로 옮겨 태웠다. 허리에 강한 통증이 밀려왔다. 또 구토증상이 날 것 같았지만 참았다. 이 휠체어도 타지 못하면 난 그냥 침대에 계속 누워 생활해야 할 테니까. 타기 전 숨을 몇 번 몰아쉬었다. 그러고 나니 견딜만해 졌고 운동치료실로 이동할 수 있었다.

치료실에 가니 경사대라는 운동기구에 치료사 선생님들이 나를 옮겨 태운다. 벨트로 가슴·허리·허벅지를 고정시킨 뒤 경사대를 세운다. 75도 정도만 세웠는데도 벌써부터 어지럽다. 다리와 발에 내 몸무게가 실리자 몹시 무거웠다. 30분 가까이를 그렇게 세워놓았는데. 아프고 어지럽기도 했지만, 제일 힘든 건 낯선 사람들의 시선이었다. 오가는 치료사들과 환자들 그리고 보호자들이 하나같이 나를 쳐다보는 듯했다. 스치듯 훑고 지나가는 시선과 호기심 어린 집요한 시선. 안쓰럽게 쳐다보며 쯧쯧거리기까지 하는 그 시선까지. 난 아무런 방어기제도 없이 그 잔인한 시선들을 받아 들여야만 했다.

시선이 이토록 잔인하게 느껴진 적이 사는 동안 있었던가. 마치 화살촉이 달린 듯 그 시선들은 내 가슴에 아프게 꽂혔다. 보이지 않는 선혈이 줄줄 흘러 낭자한데도 저들은 아랑곳하지 않는 것이 너무 잔인해 그저 눈만 감았다. 그 30분이 어떻게 지나갔는지도 모르겠다.

하지만 나의 고통은 겨우 시작에 불과했다. 전기치료, 운동치료, 작업치료 등이 차례로 이어졌다. 나는 30분 단위로 이쪽저쪽을 옮겨 다니며 덜컹거릴 때마다 그 통증과 마주해야 했다.

그래도 난 오늘 하루를 살아냈다.

가족이란 것

　병원에 온 지 10일째. 난 그저 하루하루를 견디며 보낸다. 한국에 오자마자 추석이었다. 가족들에게는 교통사고로 병원에 입원해 있다고, 아무도 만나고 싶지 않다며 오지 말라고 신신당부를 해서 넘겼다. 다행히 큰아들 세현이는 8월 말에 군에 입대했다. 작은아들 세종이는 더 열심히 공부 하겠다며 고등학교 기숙사로 짐을 챙겨 나갔다. 내가 직접 챙겨주지 않아도 되는 것이 무척 감사했다. 남편은 내 사고를 마치 일어날 일이 일어난 것처럼 묵묵히 받아들이고 있다.

　지금 상황에서 가장 힘든 것은 대변을 잘 못 보는 것이다. 몸을 움직이지 못하고, 통증약을 먹으면 위장 활동이 원활하지 못해 흔히 나타나는 증상이라고 한다. 터키에서 올 때 관장을 하고 변을 본 것을 마지막으로 일주일이 넘게 또 변을 못 보자 식은땀이 나고 배가 아파 죽을 지경이다. 다행히 남편이 핑거링을 해주어 조금씩 변을 빼내 주었다. 몸을 움직이지도 못하니 마그밀을 매일 복용하고 있어도 별 효과가 없다. 관장을 해도 굳은 변이 항문을 막고 있으니 결국 밖에서 빼주는 방법밖에 없다. 엄마에게도, 언니에게도, 간병인에게도 차마 말하지 못했다. 결국 남편에게 부탁했다. 그래도 살 섞고 산 남편이 가장 편했다. 변을 보고 나니 좀 살 것 같았다. 하지만 이 일을 앞으로도 언제까지 할 것인가. 나는 과연 이 고통에서 벗어날 수나 있는 것일까.

나는 그랬다

아침에 의사가 와서 얘기하길 수술은 잘 된 것으로 보이고, 검사 결과 회복확률은 25% 정도라 한다. 터키에서는 15%였는데 그나마 10%가 늘었다. 아직 수술 자국이 덜 아물어서 매일 드레싱을 받고 있다. 무엇보다 상처로 목욕을 못 해 너무 힘들다. 누운 채로 침대를 화장실 앞으로 끌고 가 머리만 침대 옆으로 내밀면 남편이 머리를 감겨 준다. 터키에서도 제대로 된 샴푸를 못 해 힘들었는데 그나마 머리라도 감으니 살 것만 같았다.

다음엔 도저히 안 되면 방수 테이프라도 붙이고 목욕을 해야겠다는 생각이 들었다. 의사도 이번 주말에는 목욕할 수 있을 거라며 안심을 시켜 주고 갔다. 25%의 확률. 내가 회복할 수 있는 희망이 그래도 좀 더 늘었다.

한국에 돌아와서 지인 의사들에게 터키에서 찍은 수술 전 사진과 수술 후 사진을 보내고 소견을 물었다. 세 사람의 소견은 대부분 비슷했다. 완전 손상은 아니고 불완전 손상이니 회복 가능성은 높은데, 그 시기나 회복 정도는 특정하기 어렵다는 것이다. 얼마나 다쳤냐에 따라 얼마나 빨리 회복되느냐가 결정되는 것이고, 내 노력 여하에 따라 속도나 결과가 영향을 받을 수는 있지만, 그 결과는 누구도 예측할 수 없다는 얘기들이었다.

빠르면 6개월에서 1년이면 걸을 수 있을 거라는 희망적인 이야기도 있었고, 넉넉잡고 3년에서 5년 정도는 고생해야 한다는 말도 있었다. 그래도 다치기 전처럼 하이힐을 신고 또각또각 걷지는 못할 거라는 것과 뒤뚱거리며 걷거나 온전하지 못하게 걷게 되는 후유증이 있을 수도 있다는 말도 있었다. 다행인 것은 그 모든 예상이 걸을 수는 있다는 점이다. 걸을 수 없을 거라는 말은 누구도 하지 않았다.

그저 희망을 주기 위한 말일까. 아니면 정말 내가 걸을 수 있을까. 그것도 1년 이내에 온전하게 어떤 결과가 나올지는 모른다. 하지만 나는 믿고 싶었다. 1년이면 난 뛰어다닐 수는 없어도 걸어 다닐 수 있고, 예전처럼 온전하게는 아니어도 일상생활은 다 가능해질 거라고. 그렇게 믿기로 마음먹었다. 그래야 오늘을 견뎌낼 수 있으니까. 난 꼭 그렇게 될 것이다.

2018. 10. 20. 40일차
엄마의 마음이란 것

오늘은 군대 간 세현이가 처음으로 외박을 나왔다. 다행인 것은 세현이가 입대하고 한 달도 안 되어 내가 다쳤기에 그 아이는 내가 얼마나 다쳤는지도 알지 못했다.

너무도 감사한 것은 남편도 두 아들도 나를 보고 울지 않았다는 것이다.

내가 너무도 쾌활하게 웃고 얼마 안 있으면 곧 일어나 걸을 거니까 걱정 안 해도 된다며 재차 안심을 시키자 크게 걱정하지 않았다. 둘째 세종이도 학교 기숙사에 있다가 주말에 병원으로 왔다. 나를 보더니 울 듯한 얼굴로 얼마나 다친 거냐고 물었지만 나의 밝은 얼굴에 금방 동화되어 함께 웃고 떠들었다.

난 울고 싶지 않았다.

나 때문에 아이들과 남편 그리고 주변 사람들이 우는 것은 무척 견디기 어려웠다.

남편이 삼겹살 구이와 족발 등을 사와 휠체어를 타고 병원 뒤 주차장에 있는 정각으로 향했다. 햇볕은 따스하고 바람은 시원했다. 하늘은 끝도 없이 푸르렀다. 그 속에 사랑하는 가족과 함께 있으니 행복한 기분이 사르르 밀려왔다. 나는 휠체어에 앉아있고, 가족들은 정각에 앉아 음식을 퍼놓고 점심을 먹었다.

"세현아, 군 생활은 어때? 힘들지 않아?"
"뭐가 힘들어요. 다른 사람들도 다 가는 군대인데, 교관들도 잘 해주고 장성훈련소가 밥이 엄청 맛있어서 있을 만해요."
"그래, 세현이는 어딜 가도 적응도 잘하고 사람들과도 잘 지내니 엄마는 아무 걱정이 없다."
"내 걱정은 말고 엄마 걱정이나 해요. 얼른 나아서 나 면회 와야지?"
"그럼! 당연히 그래야지. 세현이가 제대하기 전에 엄마는 아마 뛰어다닐 거야. 엄마가 차 몰고 꼭 면회 갈게. 잘 지내야 한다."

우린 함께 웃으며 즐겁게 점심을 먹었다. 하지만 울컥하는 뜨거움은 어찌할 수 없다. 외박 나온 아들에게 내 손으로 따뜻한 밥 한 끼 차려줄 수 없다는 것. 너무도 서럽고 미안했다. 내가 해준 밥을 언제나 제일 맛있다며 먹던 녀석이다. 이젠 갈비도 잡채도 김치찌개조차 해줄 수가 없다. 이렇게 휠체어에 앉아있는 것조차 힘겨운 나는.

나를 숨기며 웃고 있는 내 자신도 너무 슬펐다. 다들 돌아가고 홀로 남게 되었다. 그제야 나는 참았던 울음을 마음껏 운다. 아마도 다음 휴가 때도, 그 다음 휴가 때도… 나는 저 녀석에게 내 손으로 지은 그 따뜻한 밥 한 끼를 내어줄 수 없을 것이다. 그러기에 울고 또 운다.

지난 주말에는 다친 후 한 달이 넘어서야 처음으로 목욕을 했다. 아직도 상처가 아물지 않았지만 도저히 견딜 수가 없었다. 방수 테이프를 상처에 붙이고 목욕을 했다. 간병인이 자기가 와서 도와주겠다고 일요일 오후인데도 와줬다. 남편과 함께 나를 목욕 침대로 옮기고 씻겨 주었다. 때가 끝도 없이 밀려 나왔다. 매일 수영하고 샤워하는 게 버릇이 되어있던 내게 씻지 못하는 괴로움은 참으로 견디기 힘든 일이었다. 머리부터 발끝까지 때를 밀고 또 밀어도 때가 계속 나오자 남편도 간병인도 헛웃음을 지었다.

미안한 마음은 잠시뿐. 어찌나 시원하고 좋은지 등에 난 상처가 따끔거리고 쓰라렸는데도 히죽거리며 나왔다. 하지만 그 목욕은 내 상처를 덧나게 만들었다. 이후 이삼일에 한 번씩 드레싱을 할 때마다 나는 그 통증에 부르르 떨어야만 했다. 의사는 상처가 나을 때까지 내게 목욕 금지를 명하고 갔다. 다시 또 한두 주 동안 목욕을 참아야 할 것이다.

목욕 후에는 기저귀를 차지 않기로 했다. 소변줄을 빼고 스스로 소변보는 연습을 하는데 그동안 요의를 느끼는 느낌을 잊어버렸는지 소변이 마렵지도 않다. 힘을 주어도 소변은 잘 나오지 않는다. 이틀 만에 다시 소변줄을 삽입했다. 터키에서는 마취된 상태에서 관을 삽입했기에 잘 몰랐었는데 요도에 관을 삽입하는 과정은 무척이나 아프고 기분 나쁜 경험이었다.

다시 일주일쯤 지나서 소변줄을 빼고 힘을 주었는데 역시 소변이 잘 안 나왔다. 이번에는 요의가 느껴졌지만 있는 힘을 다 주는 데도 소변은 찔끔 나오고 말았다. 화장실에 오가는 게 힘들어 실버에 있는 이동식 변기를 가져왔다. 침대 옆에 두고 내려앉아 십 분이 넘게 힘을 주고 있다 보니 이젠 머리가 어지러울 지경이었다. 또다시 소변줄을 끼우기가 싫어 아랫배를 주무르고 힘주기를 반복하며 쥐어짜다시피 소변을 보았다. 소변 때문에 부어오른 아랫배가 조금씩 가라앉혀지고 이틀 정도 고생을 하고 나니 다행히 소변량도 조금씩 늘어났다. 정상일 때처럼 시원하게는 아니었지만 드디어 요의가 느껴지고 소변을 혼자서 볼 수 있게 되어 감사했다.

대변을 못 보는 것도 기저귀에 적응이 잘되지 않아서인 것 같아 아예 기저귀를 빼고 변기를 사용하기 시작했다. 대소변이 나오는 느낌 자체가 없는 환자들도 많은데 다친 것에 비해 참 대행이라고 선생님들은 말해주었다. 배변 때문에 고생하는 것이 조금씩 좋아지고 있는 것 같아 그나마 다행인 것 같다.

날마다 새로운 하루

오늘은 처음으로 뒤집기가 되었다. 나는 지금 엎드려 글을 쓰고 있다. 허리가 아프기는 하지만, 매일 등을 침대에 붙이고 천장만 쳐다보다 이렇게 엎드리니 너무 기분이 좋았다. 요즘은 행복지수가 높아졌다. 이전의 기대치가 바닥이었던지 아주 작은 변화만 있어도 난 행복한 기분이 든다.

발가락만 까딱거리다가 발목이 움직이고 무릎이 당겨지며 발끝에 힘을 주어 조금씩 견디게 되는 것, 누워서 먹다가 조금씩 침대를 세워 이젠 앉아 밥을 먹을 수 있게 된 것, 대소변을 잘 볼 수 있게 되고, 기저귀를 떼고, 이동식 변기를 사용할 수 있게 된 것, 비록 누군가가 옮겨주어야 하지만 휠체어를 타고 답답한 병실 밖으로 매주 한두 번씩은 다녀올 수 있게 된 것, 그 모든 것이 내 행복이다.

다치기 전에는 당연해서 좋은 줄도 몰랐었던 그 모든 일들이 기적처럼 느껴진다. 누워만 있으니 답답하겠다 걱정하겠지만 오전은 치료받다 보면 지나가고, 오후엔 좀 쉬고 책 좀 읽다 또 치료받다 보면 어느새 어둑어둑해진다. 몹시도 제한적인 공간이지만 불행하다거나 우울한 생각은 잠깐씩 나를 스칠 뿐 나를 지배하지는 못한다.

창밖에 보이는 산이 조금씩 가을빛으로 물들어간다. 새들이 날아와 그 숲에 깃드는 모습을 보는 것 또한 기분 좋은 일이다. 다시 태어난 나는 매우 슬픈 상황 속에 있지만 인생 제 2막이 시작된 것 같은 느낌이 든다. 다치기 이전의 나는 이제 존재하지 않는다. 나는 다시 태어난 어린아이처럼 누워있다가 뒤집기를 하고, 발가락을 꼬물거리며 일어나 앉고, 대소변 훈련을 하고 있다. 6개월 후에는 기어 다니다 걷는 어린 아이들처럼, 나도 그랬으면 좋겠다. 아장아장 걷다가 24개월이 되면 뛰어다니는 영아들처럼 내 몸도 그렇게 나아졌으면 좋겠다.

2018. 11. 22. 72일차
극심한 우울

　또다시 한 달 정도의 시간이 흘렀다. 몸은 조금씩, 아주 조금씩 좋아지고 있지만 난 아직 혼자 서지도 못하고, 휠체어에 스스로 옮겨 타지도 못한다. 세워주면 잠깐씩은 서 있을 수 있지만 팔에도 다리에도 힘이 안 들어가 금방 주저앉는다. 생각보다 더딘 몸의 회복상태. 점점 불안과 절망의 속삭임이 들려온다. 사소한 일에도 슬프고 눈물이 난다. 모든 것에 짜증이 난다. 6개월이면 걷겠다던 기대가 이래 가지고 가능하기는 할까. 아무리 생각해도 답이 없다. 나는 점점 불안의 늪 속으로 빠져들고 있다. 그러다 생일이 다가왔다. 나보다 생일이 3일 빠른 큰언니가 음식들을 바리바리 챙겨 병원으로 왔다.

　"우리 근혜 생각하면서 언니가 음식 했어. 많이 먹어."

　"언니가 엄마 노릇하느라 고생 많네. 고마워, 잘 먹을게."

　"네가 보내준 이불이 어찌나 부드럽고 좋은지 덮을 때마다 네 생각이 난다."

　"언니는 사흘이 멀다 하고 이불을 빨아대니 그 이불이 얼마 못 갈 거야. 또 사줄게."

"그래, 나도 아파보니까 아픈 사람 속 알겠어. 아무도 대신 아파주지 못하고, 내 마음 제대로 알지도 못하더라. 그래도 같이 아파해주는 사람이 있으면 위로는 좀 되잖아."

언니의 말이 맞았다. 위로는 될 수 있지만 내 고통을 제대로 알 수 있는 사람은 아무도 없다. 언니가 가고 저녁이 되자 두바퀴 친구들이 치맥을 사 들고 왔다. 남편과 세종이도 케이크를 들고 왔다가 얼떨결에 다 같이 내 생일 파티를 해주었다. 두 시간 가까이 함께 웃고 떠들며 즐거운 시간을 보냈다. 모두 돌아가고 또다시 혼자가 되자 울컥해진다.

병원에서 기념일을 보내는 일은 기쁨보다 슬픔이 크다. 함께해 준 사람들에 대한 고마움과 감동, 그 뒤에 밀려오는 미안함, 그리고 아무것도 할 수 없어 더 서러운 마음, 그런 것들을 들키고 싶지 않아 더 많이 웃고 떠들어 댔다. 그들이 하는 자전거 팀과 수영장 이야기를 들으며 내가 원래의 자리로 돌아가는 것이 생각보다 힘들 수도 있겠다는 두려움이 밀려왔다. 우울해졌다.

그 밤엔 그래서 울었다.

다쳐 누워만 있으니 모든 이들에게 신세를 지고 있는 듯한 내 자신이 너무도 싫어 견딜 수가 없었다. 마음이 나약해지니 모든 것이 부정적으로 바뀌었다. 아직도 발끝만 까딱거리는 왼쪽 다리 때문에 자꾸 절름발이가 될 것 같은, 뒤뚱거리며 이상하게 걷게 되지 않을까 하는 불안함이 매일 나를 엄습한다. 상상만으로도 모든 것이 너무 두렵고 슬프다. 지금껏 나는 다시 예전으로 돌아갈 수 있다는 것을 조금도 의심해

본 적이 없었는데 자꾸만 그런 생각이 들어 눈물을 참기가 너무 힘들다. 난 다시 일어서야 하는데. 다치기 전처럼 뛰고 하늘을 날고 수영하고 산에 오르고 자전거를 타야 하는데 이젠 그 모든 일이 다시는 할 수 없을 것 같아 너무도 두렵다.

안 되겠다

이렇게 울고만 있으면 그 모든 두려움은 현실이 되고 말 것이다. 긍정의 숫자를 세어보자. 지난 한 달 동안 난 휠체어를 타고 실장님이 데리러 오면 차로 옮겨 타서 실버에 다녀왔다. 처음 휠체어를 탈 때보다 이젠 더 오랜 시간 앉아있을 수 있게 되었다. 그리고 다리에 전혀 힘이 없어 자동자전거만 탔었는데 이젠 코끼리 자전거도 탄다.

코끼리 자전거는 페달과 손잡이가 연결되어 있어 다리에 힘이 없으면 손으로 페달을 돌릴 수 있는 자전거다. 다행히 오른쪽 다리도 조금씩 페달을 밟을 수 있어 왼쪽 팔의 도움을 받아 자전거를 탈 수 있게 되었다. 이젠 엎드려서 무릎을 꿇을 수도 있게 되었고, 그 상태에서 손으로 침대 난간을 잡고 상체를 일으킬 수도 있다. 통증 때문에 굽혀지지 않았던 다리가 이젠 양반다리도 할 수 있게 되었다. 다리를 쭉 펴서 발끝을 내 손으로 끌어당길 수 있을 만큼 허리도 유연해졌다. 벽에 세워진 사다리운동기구에 휠체어로 이동해서 잡고 일어설 수도 있게 되었고, 왼쪽 무릎이 안 무너지도록 폼롤러를 사다리 사이에 끼워 받쳐주면 10분 이상 사다리를 잡고 서 있을 수도 있게 되었다.

그리고 방에서만 치료를 받다 운동치료실과 작업치료실로 이동하여 치료를 받고 있는 것도 발전이고, 엎드린 자세로 아기처럼 네발로 기어 다닐 수 있게 된 것도 성장이다. 네발로 기어 다니기가 안 돼 몇 발자국도 못 가 쓰러지지만, 며칠 전만 해도 치료실 처음부터 끝까지 기어서 갔다 오기도 힘들지 않았던가. 모두가 감사한 일이다.

하지만 그날도 난 또다시 울보처럼 눈물을 흘렸다. 작업치료실에 있는 재환 선생님이 치료하다가 우는 나를 보고 야단쳤다.

"울지 마세요. 자꾸 자기연민에 빠지면 점점 더 힘들어져요. 비련의 여주인공 아닙니다. 걸을 수 있어요. 더 아프고 힘든 사람이 얼마나 많은데 이 정도 가지고 울어요. 절대 울지 마세요."

재환 선생님은 예전 내 학생이었다. 평화병원에 오니 내 제자들이 여러 명 있었다. 그중 한 명인데 이젠 어엿한 치료사가 되어 나의 아픔을 덜어주었다. 고마웠다.

"교수님, 저 기억 안 나세요?"
"아, 맞다. 기억나네. 남학생들 여럿이 뒷자리 앉아 떠들곤 했었는데 그중 하나였지?"
"네. 맞아요. 그때 교수님, 정말 열정적이셨는데 어쩌다 다치신 거예요?"
"뭐, 신~ 나게 하늘 날아다니다 다쳤지."
"…곧 좋아지실 거예요. 제가 시간 날 때마다 추가로 치료해 드릴게요. 힘내세요."

치료사 선생님들은 낮 시간에는 정해진 환자들을 치료하고 퇴근 시간 이후에는 추가 진료를 원하는 환자들을 치료하는데, 재환 선생님은 그날 이후 매일 나를 위한 저녁 치료를 해주었다. 그렇게 제자에게 혼이 나니 정신이 번쩍 들었다. 그래, 이렇게 울고 있다고 달라질 것은 아무것도 없어. 다시 다행 찾기를 해 보자. 어릴 적 만화에서 봤던. 우울이 다가와 나를 집어삼키려 할 때마다. 늘 그래왔듯.

2018. 12. 10. 3개월차
하루라는 기적

하루 일과가 조금씩 변해가고 있다. 재활을 시작한 지 6개월까지는 건강보험이 적용되는 치료 총 8개까지 가능하다. 오전에 4개, 오후에 4개의 치료가 월요일부터 금요일까지 이어진다. 전기치료와 운동치료와 작업치료를 각각 2회씩, 기립기와 코끼리 자전거를 30분 단위로 매일 재활치료를 받고 있다. 전기치료는 휠체어에 앉아있으면 치료사가 전기 자극을 주는 기계를 가져와 패드를 자극이 필요한 부위에 붙이고 전기를 올린다.

신경이 죽어있는 상태이거나 잠자고 있는 상태이기에 계속 전기 자극을 계속 주어 잠자던 신경이 자극을 받아 깨어날 수 있도록 해 주는 것이다. 몸에 직접 붙이는 거라 패드는 따로 준비해간다. 치료실에 비치되어 있지만 여러 사람이 함께 쓰는 거라 위생상으로도 좋지 않고 접착력도 떨어져 병원 마트에서 만 원을 주고 샀다. 전기 치료실은 따로 분리되어있지 않다. 운동치료실의 안쪽 구석 공간에서 휠체어에 앉아 받는다.

"형근혜님, 어디에 붙여드릴까요?"
"어디에 붙여야 효과적인지 저는 잘 몰라요."
"아, SCI이시죠? 다리에 붙여드릴게요. 느낌 오는지 한번 보세요."
"따가워요. 좀 낮춰 주세요."
"이제 좀 괜찮으신가요?"
"네, 좋아요."
"이렇게 받으실 게요."

조그마한 전기자극기를 내 발 앞에 놓고 치료사는 옆에 있는 환자에게로 가서 똑같은 질문과 행동을 반복한다. 20분의 시간 동안 전기 자극을 받으며 시간을 보내야 하기에 멍하니 있다 보면 잡생각만 들고 그러다 보니 통증만 더 느껴진다. 문득 무엇인가 집중할 것이 필요하다는 생각이 들었다. 이후 치료실에 갈 때면 휠체어 뒷주머니에 책을 넣어갔다. 환자들이 많아 치료 중간 중간에 기다려야 하는 시간도 많다. 기립기나 자전거를 탈 때도 심심하다. 하지만 책을 읽다 보면 시간은 금세 흘러간다.

경사대에서 애벌레처럼 묶여 있다. 치료 시작한 지 2달, 기립기로 옮겨졌다. 경사대는 온몸을 침상에 묶어놓고 침상을 세워놓는다. 가장 치료가 어려운 사람들에게 처방하는 치료다. 누워있다 처음 세워놓으면 중력이 얼마나 무겁고 강한 것인지 새삼 느낄 수 있게 된다. 누워있던 사람이 갑자기 세워지면 몹시도 어지럽고 피가 온통 발에 쏠려 통증도 심하게 느껴진다. 어떤 사람은 어지러워 토하기까지 한다. 내 경우 처음에는 조금 어지러웠지만 잘 견뎌냈다. 몇 번 서 있다 보니 통증도 견뎌지고 그 이후엔 책 읽기도 가능해졌다.

어느 날인가 운동치료를 해주는 서원 선생님이 이제 기립기도 한번 해 보자며 치료가 끝날 무렵 나를 기립기로 데려갔다. 기립기는 가슴높이 정도의 책상 아래 엉덩이와 허리를 받쳐주는 벨트가 매달려 있는 기구다. 휠체어를 기립기 앞에 안전하게 세운 뒤 양쪽에서 선생님들이 내 허리춤을 잡고 일으켜 세웠다. 일어선 자세에서 두 팔로 책상을 의지하고 서 있으니 벨트로 내 엉덩이를 감싸듯 채운다. 그리고 버튼을 누르니 벨트가 조여져 두 팔에 힘을 빼도 넘어지지 않게 되었다.

그 자세로 30분을 버텨야 한다. 처음에는 다리에 힘이 없으니 서 있기가 힘들고 버티는 시간도 너무 천천히 흘렀는데, 며칠 지나니 음악도 듣고 책 읽기도 가능해졌다. 맞은편 책상 위 다육이들은 늘 나를 사색에 잠기게 만들었는데 그것도 참 즐거운 일이었다. 내 집의 다육이들이 생각났다. 덕분에 가족들에 대한 그리움도 조금 달랠 수 있었다.

코끼리 자전거는 처방을 받아 치료실에서 타지만 입원실 앞쪽 간호사실 앞에도 두 대가 비치되어 있고, 개별 치료실에도 두 대가 있어 시간이 날 때마다 30분이라도 꼭 타곤 한다.

저녁을 먹고 나면 간호사실 앞 자전거는 늘 만원이다. 한 번이라도 더 운동하려는 사람들이 서로 코끼리 자전거를 타려 하기에 경쟁도 치열하다. 처음에는 몇 번 순서를 기다리다 못 타기도 했다. 그 뒤로는 저녁 식사를 30분 뒤에 먹기로 하고 저녁 배식 시간에 자전거를 탄다.

뇌졸중 환자들이 나와서 힘 있는 다리로 씽씽 자전거를 타는 모습이 얼마나 부럽던지. 나는 1단계에 놓고 힘들게 오른쪽 다리만 겨우 미는데 그들은 5단계 끝에 놓고 잘도 굴린다. 물론 그들은 걷는 모습이 정상에 가까울 정도로 약간 절기만 하니, 나와는 비교할 수 없이 건강할 것이다. 그런 모습을 보면 난 언제나 저렇게 힘이 생길까 싶어 풀이 죽기도 한다. 그런 내색을 하고 싶지 않았다. 귀를 이어폰으로 틀어막고 마치 딴 세상 사람인 듯 난 그들과 섞이지 않으려 했다.

사람들은 왜 그렇게 남들에게 관심이 많은지 하나부터 열까지 질문 보따리를 풀어놓는데 감당이 되지 않았다. 난 차라리 섬이 되기로 했다.

2018. 12. 14. 100일차
워커와 특수치료

운동치료와 작업치료는 치료사 선생님들이 굳어있는 근육을 손으로 풀어주고 움직일 수 있는 다리가 좀 더 힘을 낼 수 있도록 해 준다. 안 움직이는 다리는 움직일 수 있는 가능성을 하나라도 끄집어내기 위해 여러 가지 동작을 시킨다.

3개월 정도 시간이 지나면서 내가 할 수 있는 것들이 조금씩 늘어가고 있다. 누워서 두 다리를 곧게 뻗는다. 그 자세에서 다리를 한쪽씩 바깥쪽으로 벌렸다 오므리기, 무릎을 세워놓고 발바닥을 밀어 다시 펴기,

옆으로 누워있는 자세에서 무릎을 가슴 쪽으로 당겼다가 펴기, 두 무릎을 세운 뒤 팔로 바닥을 짚고 엉덩이 들어올리기 등을 땀을 뻘뻘 흘리면서 스무 개씩 했다. 왼쪽 다리는 아직 못하는 게 대부분이다. 발가락을 아래쪽으로 밀면서 까딱거리는 것 정도가 가능하다. 하지만 3개월의 시간 동안 나는 이만큼 성장했다.

밤이 깊었다.

9시만 넘으면 병원의 불은 하나둘 꺼지고 모두 잠자리에 든다. 나 역시 하루 종일 피곤하게 재활을 하고 방에 오면 책 몇 장 넘기기도 전에 벌써 잠이 밀려온다. 옆방에서 통화하는 소리, 대화하는 소리, TV에서 떠드는 소리가 다 들려온다. 방음이 안 되는 병원은 사생활이 없다. 그냥 이방 저 방의 이야기들이 떠돌아다닌다. 하지만 어느새 나도 그 생활에 익숙해지고 있다. 그러자 이제 힘들고 슬픈 시기는 어느 정도 지났나 싶어 감사했다. 고통도 익숙해지는 것인지 견딜 만 해졌고 이젠 감정 기복도 별로 없다.

하루 4회씩 먹던 진통제도 어제부터 3번으로 줄였다. 밤마다 통증 때문에 깨어 울던 일도 없어지면서 잠자기 전에 먹던 통증약을 더 이상 먹지 않게 된 것이다. 억지로 씩씩한 척, 괜찮은 척하지 않아도 그저 그렇게 일상의 소소한 즐거움과 서글픔 속에서 하루를 보낸다.

고래도 춤추게 한다는 칭찬이란 것

드디어 휠체어에 혼자 옮겨 탈 수 있게 되었다. 워커를 짚고 2주째 걷고 있다. 운동치료실에서 워커를 짚고 일어서기를 시도한 지 한 달 만이다. 세 걸음 정도 이동했다. 다음 날은 일곱 걸음 가다가 주저앉았다. 그리고 2주가 된 오늘은 매트에서 일어나 치료실 문 앞까지 워커로 이동했다. 물론 혼자 한 것은 아니다. 선생님이 워커 앞쪽에 의자를 놓고 앉아 내 왼발을 두 발로 잡아 앞으로 옮겨준다. 그러면 내가 팔 힘으로 워커를 짚고 오른쪽 발을 한 발자국 앞으로 내딛는다. 다시 선생님이 왼발을 옮겨주고 또 내가 한발. 그렇게 한 발자국씩 걸어 문 앞까지 도착했다. 한겨울이지만 이마에는 땀이 주르륵 흐른다. 내 몸의 온 힘을 팔과 다리에 집중하고 에너지를 쏟아내며 간신히 움직이고 있는 것이다.

"형근혜님, 정말 잘했어요. 축하해요. 오늘은 문 앞에서 멈췄지만 다음 주에는 이 치료실에서 나가는 거예요."

"감사해요, 선생님. 이렇게라도 이동이 되니까 너무 좋아요."

"한발 한발 가다 보면 어느새 우리는 저 복도 끝까지 갈 수 있을 거예요."

"선생님이 도와주니까 되네요. 다음 주에 또 해봐요."

"재활은 끝없는 반복과 도전이에요. 환자가 지치면 치료사도 보호자도 지쳐요. 안 그러실 수 있죠?"

"네, 안 지치고 열심히 할게요."

운동치료실 사람들이 지나가며 어깨도 두드려주고 벌써 워커로 이동한다고 부러워하기도 한다. 며칠 전 몇 발자국도 못 걷다 넘어졌을 때. 선생님들이 번개같이 달려와 나를 일으켜 세워주고 휠체어에 앉혀줬었다. 고맙기도 하고 창피하기도 했다. 많은 사람의 시선이 내게 와서 꽂히는 것이 싫었다. 하지만 어쩌겠는가. 지금 내 상태가 그러한 것을. 그래도 자, 다시 일어나 걸으면 된다. 창피하다고 주저앉아 있지 말고 다시 처음부터 한 발씩 내딛는 것. 그것이 지금 내가 해야 할 일이다. 스스로 격려했다.

또 한 가지 기쁜 일은 수술 후부터 줄곧 차고 있던 허리 보조기를 이젠 운동할 때만 차고 평상시엔 빼놓을 수 있게 된 것이다. 터키에서부터 차고 있던 보조기가 이제 조금씩 필요 없어지게 됐다. 그만큼 허리에 힘이 생기고 있다는 얘기다. 하지만 선생님들은 운동할 때 아직 보조기 없이는 위험하다고 했다. 수술한 곳이 자리를 덜 잡았기 때문에 힘을 주어 이동하고·몸을 움직여야 할 때는 보조기의 도움이 필요하다고 했다.

지난 주말에는 다친 후 처음으로 집에 다녀왔다. 그러니까 꼭 3개월 만이다. 터키를 가기 위해 트렁크를 끌고 나왔을 땐 여름옷을 입고 있었는데 한겨울이 되어 집에 돌아간다.

그리운 나의 집. 사랑스러운 다육이들. 무엇보다 내 공간이다. 그 익숙함으로 돌아와 처음으로 남편 곁에 누웠다. 낯설고 새삼 고마웠다. 난 죽지 않고 돌아와서 새로운 인생을 다시 시작하듯 걸음마를 연습하고 기어 다니고 굴러다니며 새 삶을 준비한다. 병원 침대와 달리 푹신

한 침대에 누우니 허리가 아팠고 난간이 없어 밤에 돌아눕기가 힘들었다. 남편 팔을 난간 삼아 이리 돌아눕고 저리 돌아누우니 남편은 그때마다 깨었다. 그래서 더 미안했다. 불편했지만 늘 혼자 있다 이렇게 따뜻한 살과 살이 닿으니 행복했다.

사람이란 것

언젠가 보았었던 에이즈 환자가 쓴 글이 생각났다.

'지금 내게 가장 필요한 것은 사람. 함께 먹고 웃고 잠들 수 있는 사람. 사람일 뿐!'

나도 그랬다. 아픈 사람에게 가장 필요한 것은 사람이다. 사랑하고 사랑받을 수 있는 사람, 내 아픔을 보듬어 주고 토닥여주고 팔베개해 줄 수 있는 사람, 아프다고 말하면 주물러주고 쓰다듬어 주는 사람, 못 걸으면 업어주고 못 먹으면 먹여주고, 외롭지 않게 안아줄 사람, 그 사람이 가장 필요했다. 언젠가는 누구나 겪게 될 일들이다. 다만 지금 모를 뿐.

그렇게 집에서 하루를 보내고 오니 계속 집에 있고 싶어진다. 외로운 1인실에서 잘 모르는 간병인의 도움을 받으며 운동으로 보내는 하루하루가 아닌 사랑하는 이들과 살 부대끼며 지낼 수 있는 나의 집으로 돌아가는 날이 속히 오길 기도한다.

재활치료는 건강보험에서 지원이 되는 치료와 자부담으로만 받을 수 있는 치료가 있다. 열심히 재활을 받으려는 의지를 보이자 재완 선생님은 특수치료와 수중치료에 대해 설명해 주었다.

　"운동 치료나 작업치료가 기본적인 치료라면 특수치료는 말 그대로 프리미엄이라고 생각하면 됩니다. 팀장 이상이 되어야 특수치료를 할 수 있고, 금액도 한번 받는데 팀장은 5만 원, 부장에게 7만 원을 내야 하지만 효과가 좋으니 사람들이 서로 받으려고 줄을 서거든요."

　"어떻게 치료를 하는데 더 효과가 있는 거예요?"

　"도수치료 자격을 따로 더 따야 하기 때문에 일단 치료가 더 전문적이라고 할 수 있고요. 치료경력이 10년 이상 된 분들이 대부분이라 좀 더 전문성이 강해요. 가끔 옆에 특수치료실에서 악쓰는 소리 들리죠? 인정사정 볼 것 없이 치료를 하거든요. 의사가 못 걷는다고 한 사람도 특수치료 받고 걷는 경우도 있어요."

　"정말요? 걸을 수 있다는데 누구든 받으려 하는 게 당연하겠네요."

　"그렇죠. 일단 낫고 봐야 하니까요. 물론 특수치료를 받는다고 누구나 걸을 수 있는 것은 아니지만 희망을 가져 보는 거죠."

　"선생님이 보기에는 내가 걸을 수 있을 것 같아요?"

　"뭔 말이에요. 걸을 수 있도록 노력을 해야지. 불완전 마비는 회복되는 경우가 많으니까 낙심하지 말고 열심히 하세요."

　"알았어요. 선생님이 시간 날 때마다 자주 치료해 주세요. 특수치료도 받을 수 있는지 알아볼게요."

　실비보험이 있어 비용이 들더라도 치료를 받는 것이 좋을 것 같아 신청했더니 대기자가 모두 10명이 넘는단다. 고민 끝에 지인 찬스를 썼다. 평화병원 운영위원으로 오랫동안 활동해 오신 회장님을 통해 부탁을 하고 병원 행정실과 통하는 지인 덕에 특수치료 날짜가 잡혔다. 아직은 매일 치료를 받는 것은 불가능하여 토요일에 팀장님이나 부장님 치료를 넣어주셨다. 먼저 주말에 치료를 받으며 차츰 주중으로. 그리고 담당하던 환자들이 퇴원하면 횟수를 늘려주기로 하셨다.

드디어 특수치료실에 내려가서 팀장님에게 처음으로 치료를 받았는데 정말 악몽 같은 시간이었다. 치료실 그 넓은 홀에는 다양한 치료기구들과 운동기구들 그리고 매트와 베드가 있다. 가장자리에는 개별 치료를 할 수 있도록 구분된 공간도 있다. 안쪽으로 안내받아 베드에 누웠는데 야무지게 생긴 여자 선생님이 다가오더니 허리와 다리의 근육을 풀기 시작했다. 누워있는 상태에서 현재 내 몸의 기능을 하나하나 짚어보더니 엎드리라고 했다. 굳어있는 발목과 무릎을 꺾는데 나도 모르게 악! 소리가 나왔다.

치료실을 다니면서 누군가 아프다고 소리를 치거나 악을 쓰면 참 듣기가 싫어 난 절대 저러지 말아야지 싶었는데 나 역시도 참기가 너무 힘들었다. 허벅지와 종아리가 닿도록 밀면서 발목을 90도로 꺾자 윽! 소리가 나오고, 이를 악물어도 신음은 계속 새어 나온다. 눈물이 뚝뚝 떨어졌다. 거울에 비친 내 모습을 보더니 팀장님은 휴지를 가져다주었다. 치료사들을 관리하시는 부장님이 넌지시 물어본다.

"정 팀장, 너무 거칠게 하는 거 아닌가?"
"다리가 많이 굳어있어 펴야 할 것 같습니다."

"우시는 거 아닌가?"

"네, 눈물을 많이 흘리고 계십니다. 티슈를 한 번 더 가져와야 할 것 같습니다."

"살살하소."

"예, 알겠습니다."

그렇게 눈물 콧물 빼며 30분을 버티고 나오는데 얼마나 울었는지 눈과 얼굴이 벌겋게 변해있는 나를 보고 부장님이 말했다.

"고생 많으셨습니다. 제 치료시간이 비질 않아 일단 정 팀장님께 받고 계시면, 타임 비는 대로 형근혜님 치료받을 수 있도록 시간을 만들어 보겠습니다."

너무 아프고 힘들어 그저 고개만 끄덕이고 말았다. 그리고 한 주 뒤에 또다시 정 팀장님과 눈물 콧물 다 빼며 치료를 받았다. 오후에는 부장님이 치료를 해주셨다.

고무 밴드로 팔운동을 먼저 시키고, 땅콩 모양의 공을 가져와 그 위에 다리를 하나씩 올려 엉덩이 힘을 이용해 밀어보도록 시켰다. 오른쪽 다리는 약간의 힘이 있으니 밀어졌는데, 안 될 줄 알았던 왼쪽 다리도 부장님이 시키는 대로 엉덩이를 들어서 밀자 신기하게도 공이 밀렸다. 물론 부장님이 내 다리를 잡고 밀고·당기기를 같이 해주었기에 가능한 일이었지만 확실히 다리에 힘이 들어가는 것을 느낄 수 있었다. 운동치료나 작업치료 때 하는 엉덩이 들어올리기도 하는데 보통 한 자세를 15번씩 3세트씩 시키니 너무도 힘이 들어 땀이 줄줄 흘렀다.

그리고 일반 치료시간에는 하지 않는 허리운동도 많이 시켜주셨다. 부장님의 손을 잡고 윗몸일으키기를 15개씩 3세트를 시키더니 본인은 의자에 앉아 내 왼쪽 무릎에 부장님의 오른쪽 무릎을 대서 꺾이지 않도록 고정한 후 나를 일으켜 세웠다. 부장님의 어깨를 잡고 일어서자 내 허리춤을 잡고 뒤로 물러나며 한 발씩 걷게 시킨다. 힘들게 한 발씩 한 발씩 내 다리와 몸이 부장님을 따라갔다. 그렇게 몇 발자국을 걷다가 그만 다리가 꺾여 주저앉을 뻔했지만 부장님이 붙잡아 주셔서 다행히 넘어지지는 않았다. 치료가 마무리되자 나를 휠체어에 옮겨 앉힌 후 부장님은 말했다.

"아프지 않으셨어요?"

"네, 힘들긴 했지만 견딜 만했어요. 전 아픈 건 잘 못 참는데. 힘든 건 잘 참아요. 더 힘들게 하셔도 좋으니까 아프게만 하지 말아주세요."

"하하하. 알겠습니다. 제가 계속 힘들게 운동시켜서 반드시 걷게 해 드리겠습니다."

"터키에서 의사가 걸을 수 있는 확률이 15%라고 했고, 여기 의사 선생님은 25%라고 하던데 가능성이 있어 보이세요?"

"그럼요. 저는 이렇게 세워보면 압니다. 시간이 걸려서 그렇지 충분히 걸을 수 있으니 포기하지 말고 열심히 하세요."

"정말이에요? 알겠어요. 저 정말 열심히 할게요!"

"네. 열심히만 하시면 회복되실 거니까 제가 시키는 대로 잘 따라오시면 됩니다. 다음 주에 뵙겠습니다."

지금까지 모두 불안한 가능성을 얘기할 때 부장님은 확신을 얘기해

주셨다. 처음이었다. 내가 가장 듣고 싶었던 말이다. 누구도 해주지 않았던 말. 20년 넘게 수많은 환자를 온몸으로 치료해온 현장 베테랑의 말이다. 믿어야 한다.

"충분히 나을 수 있다. 꼭 걷게 해주겠다."

너무 기쁘고 감사했다. 환자에게 이런 확신을 말한다는 게 의료인으로서 얼마나 힘든 일인지 나는 잘 알고 있다. 실버에서도 보호자들에게 어르신 상태를 말할 때 절대 확언하지 않는다.오히려 많은 불안한 가능성들을 얘기한다. 결과에 대한 책임을 피하기 위해서다. 하지만 이제 환자가 된 내가 원하는 말은 희망의 끈이 되어줄 그 한 마디다.

행여 혹시 못 걷게 되더라도 난 절대 부장님을 원망하지 않을 것이다. 내게 확신을 심어준 오늘의 말씀을 붙들고 난 그저 최선을 다할 것이다. 이래서 다들 부장님에게 치료를 받기 위해 많은 돈을 지불하고 줄을 서나 보다.

2018. 12. 29. 사고 4개월차
기억. 그이를 위한 감사

한 해가 이틀밖에 남지 않았다. 늘 연말이면 한해를 돌아보는데 올해는 1/3을 병원에서 보냈다. 마흔넷의 내 지난 1년은 가장 찬란했고 딱 그만큼의 크기로 가장 암울했다. 병원에서의 시간은 내 인생을 뒤흔든 시간, 말 그대로 카오스였다. 그 절대고독과 마주하며 나는 내 삶이 그동안 얼마나 축복으로 가득했었는지를 알게 되었다.

　이젠… 어쩌면 다시는 가져 보지 못할 것들을 난 이미 누리고 살고 있었다. 모든 것을 되돌릴 수는 없다 할지라도 나는 이제 하나씩 하나씩 회복해 나가야 한다. 다 누리고 있었을 때는 알 수 없었던 기쁨들. 이젠 그것들을 느낄 수 있다는 것이 얼마나 감사한지 모른다.

　사흘 전부터는 휠체어에서 변기로 혼자 이동할 수 있게 되었다. 사실상 일상생활을 혼자 할 수 있게 된 것이다. 특히 밤늦은 시간에 잠만 자는 간병인 대신 주간 간병인을 쓰기로 했다. 조심스레 세 달 정도 나를 케어해 주던 24시간 간병인에게 얘기를 했다. 사람을 구해보라고 해서 간병인 업체에 전화했다. 마침 쉬고 있는 사람이 있고, 1월 2일부터 바로 근무가 가능하다고 했다.

　앞으로 사흘 정도 시간이 더 있는데 기존 간병인이 갑자기 사람을 이렇게 자르는 법이 어디 있냐고 항의를 했다. 적어도 일주일 정도의 시간은 줘야 자기도 자리를 알아본다는 것이었다. 오후 내내 툴툴거리더니 운동치료를 받고 오니 다른 병원에 자리가 나서 가야겠다고 나를 두고 그냥 짐을 싸서 가버렸다. 오늘까지의 간병비를 나는 다 지급했는데. 오늘의 저녁도 안 챙겨주고 가버린 것이다.

　그래서 혼자 잠을 자게 되었다. 사고 후 혼자 자는 것은 처음이라 조금은 두렵기도, 너무 낯설기도, 어색하기도 했다. 밥을 혼자 챙겨서 먹었다. 먹은 후 정리해 휠체어에 옮겨 앉아 무릎에 식판을 놓고 밖에 내놓았다. 이를 닦고 세수를 하고 화장실도 다녀왔다. 좀 힘들긴 했지만, 내 상태를 객관적으로 되돌아볼 수 있었다. 나는 내가 몹시도 대견했다.

하지만 수중치료를 받기 위해서는 간병인의 도움이 절실했다. 옷을 갈아입고 물에 들어가기 위해서는 리프트로 옮겨 타야 하는데, 혼자 하긴 위험하다. 바닥의 물로 미끄러워 넘어질 수도 있다. 샤워할 때 목욕의자로 옮겨 앉아 다시 휠체어로 옮겨 타는 일도 아직은 내게 무리다. 일단 혼자 해보려 한다. 새해가 되면 새로운 마음으로 더욱 열심히 할 것이다.

기억. 그이를 위한 감사 II

연말이 되어서인지 혼자라서 그런지 나 외에 모든 사람이 바쁘게 보인다. 나는 이렇게 꼼짝도 못 하고 있는데 함께 놀던 사람들은 나 없이도 비행도 하고, 자전거도 타고, 산에도 가서 어울린다. 다들 바쁘게들 지낸다. 44년 만에 이런 연말은 처음이다. 하루에 두세 건씩 약속이 겹쳐 잠깐씩 얼굴 들이밀고 옮겨 다니던 그런 바쁨이 내 연말의 모습이었는데.
혼자 있는 이런 연말이 너무도 낯설다.

그러다 보니 내 삶에 대한 생각이 그 어느 때보다도 많이 든다. 그렇게 바쁘게 살던 이전의 나는 정말 행복했었나. 그렇다고 답하기는 어렵다.
사람들과 웃고 떠들며 분주히 보내던 시간에도 나는 가지 못한 자리가 더 즐겁지는 않을까. 를 생각했었다. 어디에 있어도 온전한 만족 없이 둥둥 떠다니는 느낌. 군중 속의 고독이 일상이 되어 지치고, 피곤한 몸을 이끌고 집에 들어가 겨우 씻고, 그대로 침대로 가서 곯아떨어지는 하루하루를 나는 잘 사는 것이라고 생각했다. 그런 나에게 누군가 '하루 인생'이라는 글을 선물해 주었다.

힘을 남겨두고 잠들지 않으리라.

라는 문구가 적힌 액자였다. 그리고 내 사는 삶과 너무 잘 어울리는 문구라며 사무실 벽에 붙여주셨다. 그분이 보기에도 내가 얼마나 정신 없어 보였으면 그랬을까. 텅 비어있는 가슴을 채우기 위해 사람들 속으로 들어가고, 끊임없이 관계를 만들어 가면서도 결코 채워지지 않았던 그 허전함.

아마도 그 허전함을 이겨내기 위해 패러를 시작했을 것이다. 비록 패러를 통해 많은 위안을 얻었지만 그 좋았던 것이 결국 나를. 이렇게 육체 안에 갇혀 있으니 많은 것을 내려놓게 된다. 이제 가고 싶은 곳도, 하고 싶은 것도, 보고 싶은 사람도 없다. 하지만 사실은 가고 싶어도 갈 수가 없고, 하고 싶어도 할 수 없으며, 보고 싶어도 이젠 볼 수도 없으니 다 포기했다고 말하는 것이 맞을 것이다. 끊임없이 갈구하던 것들도 어차피 내 마음대로 될 수 있는 것이 없다. 아무것도 갈구하지 않는 것이 당연해진 삶. 아… 그 당연함을 받아들이고 나니 갈 수 있는 곳이 생기고, 할 수 있는 것이 생기면 아주 작은 것이라도 난 행복감을 느끼게 된다.

인정하고 싶지 않지만 내 생의 가장 밑바닥까지 내려왔다. 그러다 보니 주변을 돌아보는 여유도 가지게 된 것 같다. 감사하다. 나보다 더 많은 장애를 안고 사는 사람들, 경제적인 어려움 때문에 치료조차 못 하고 돌봐주는 이도 없어 고통 속에 있는 사람들이 얼마나 많은지 이제야 보인다.

내 인생에 이후로는 더하기만 있기를 기도했다. 지금 하루하루 조금씩 회복되어가며 플러스 되는 삶 중에 있으니 어느 날 모든 것이 다시 마이너스가 되었다 하더라도 그리 슬퍼하지 않을 것이다. 물론 어쩔 땐 내게 있는 것들을 나누고 빼기를 하던 이전의 삶이 더 의미 있지 않았나, 라는 생각이 들기도 한다. 하지만 지금은 더 많이 가지려고, 더 많은 것을 이루려고 손을 뻗어대는 어린아이마냥 욕심냈던 내 삶을 반성하고 있다. 이제 많지는 않지만 내가 가지고 있는 것들을 주변에 나누어 줄 줄도 아는 그런 사람으로 살아야겠다는 생각. 그 또한 감사하다.

기억. 그이를 위한 감사 III

크리스마스에는 남편과 영화를 보러 갔다. 다친 이후 처음으로 많은 사람이 있는 장소를 휠체어로 갔다. 신경이 많이 쓰였다. 남편이 선물해 준 크리스마스트리 모양의 예쁜 니트와 속에 양모 털이 들어있어 따뜻한 바지를 입고 곱게 화장을 하고 나섰다. 그날은 마치 첫사랑과 데이트를 하러 가는 소녀처럼 설레는 날이었다. 사람 많은 엘리베이터에 휠체어를 밀고 들어가며 남편이 말했다.

"죄송합니다. 좀 들어갈게요."

"아야! 그렇게 막 밀고 들어오면 어떡해요!"

뒤돌아 서 있던 50대 여자는 본인의 발이 휠체어의 발판에 걸리자 신경질을 내며 소리쳤다. 그리고 따라오는 그 잔인한 시선들. 위아래로 훑어본다. 자기들끼리는 눈으로 말을 주고받는다. 나는 그게 다 들린 다. 괴로웠다. 내가 어떤 사람이었는지 아냐고 소리치고 싶었다. 미리 말을 하고 들어갔다. 그녀는 비키지 않았다. 그 여자에게 당신이 조금 만 더 비켰으면 됐잖아요. 라며 따지고 싶었다. 하지만 내게 시선이 더 욱 집중되는 것이 싫어 아무 말도 하지 않았다. 남편도 같은 마음이었 는지 얼굴만 울그락불그락할 뿐 아무 말이 없었다. 그저 미안했다.

극장 안에 들어가서 남편은 나를 업고 자리까지 데려다주었다. 그리 고 사람들이 다니는데 불편하지 않도록 휠체어를 접어 한쪽에 세워놓 았다. 그리고 목 베개와 담요를 가져다줬다. 허리에 목 베개를 끼워 넣 고 담요를 덮은 후 의자를 최대한 눕힌 자세로 영화를 보았다. 허리가 너무 아파 중간에 나가자고 몇 번이나 말하고 싶었다. 하지만 마음을 내서 고생해 준 남편에게 미안해 도저히 그 말만은 할 수 없었다.

두 시간 정도 몸을 이리 돌리고 저리 돌리며 견뎌내느라 영화 내용은 하나도 기억이 나지 않는다. 화장실이 너무 가고 싶었지만 꾹꾹 참고 영화가 끝나자마자 서둘러 집으로 돌아왔다. 휠체어가 들어갈 수 있는 장애인 화장실은 여자 화장실 안에 있다. 하지만 혼자 화장실에 갈 수 없는 나에게는 무용지물이다. 식은땀을 흘리며 집에 도착했다. 드디어 살 것 같았다.

며칠 뒤에는 성당에서 열리는 바로크 음악회에 갔다. 극장에서 겪은 고통이 컸지만 수준 있는 연주자들이 와서 하는 공연이라 꼭 가고 싶었다. 성당을 가득 채우는 악기들의 향연에 많은 감동을 받았다. 하지만 좁은 경사로를 힘겹게 밀고 올라왔다가 내려가는 수고를 해야 하는 남편에겐 미안한 마음이 들었다.

본인은 좋아하지도 않는 클래식 공연인데, 나를 위해 몇 번씩 경사로를 미리 가보고 자리를 확인한 후 차에서부터 나를 안고 휠체어에 태워 오는 고생을 감수해 주었다. 그렇게 공연을 다 보고 나가는데 같이 철학 수업을 들었던 지인이 인사를 한다.

"어머?! 근혜씨. 어떻게 된 거예요?"
"사고로 좀 다쳤어요."
"아이고, 근데 여기까지 왔어요? 대~ 단한 열정이시네."

미소를 짓고 돌아섰지만, 그 말은 비수로 내게 꽂혔다. 왠지 다쳐서 그 지경이면 그냥 집구석에나 처박혀 있지 여기까지는 왜 왔냐는 말로 들렸다. 순간 나 역시 누군가 아픈 사람에게 그런 식으로 얘기했던 적은 없었는지 되돌아보았다. 없었다.

그러자 불편한 사람을 마음으로나마 배려할 줄 모르는 그런 사람들에 대한 분노가 치밀었다. 오래 아파보면 진정한 내 편이 누구인지 알게 된다는 말. 딱 맞다. 건강해지면 난 절대 저러지 말아야지. 약한 사람의 편이 되어주고, 그 마음을 알아주고, 어려움을 나눌 줄 아는 사람이 되어야지. 눈빛으로라도… 아프게 하지 말아야지.

로마인 이야기 12권을 다 읽었다. 그동안은 너무 바빠서 장편의 책은 엄두도 못 냈다. 하지만 누워있는 동안 잡생각을 안 할 수 있어 좋았다. 무엇인가에 집중하지 않고 있으면 자꾸만 우울이 찾아온다. 그곳으로 부터 나를 꺼내줄 유일한 친구, 독서는 요즘 내 일상에서 중요한 부분이 되었다. 책을 읽고 내 일상을 적어 내려가는 것만으로도 내게 큰 위로가 된다. 내 고통은 누구도 대신해 주지 않는다. 그저 스스로 오롯이 견뎌내야 하는 일이지만, 무엇엔가 집중하는 동안은 그 고통도 잠시나마 옆으로 비켜서 준다.

로마인 이야기를 읽으며 세계 역사의 중심이었던 로마의 시작과 몰락을 통해 리더의 중요성에 대해 생각해 본다. 나는 지금껏 어떤 리더로 살아왔는가. 앞으로는 어떤 리더로 살 것인가. 스스로에게 질문도 많이 해 본다.

곧 2019년이 시작된다. 새해가 되면 좀 더 나아지기 위해 최선을 다할 것이다. 2019년은 온전한 재활의 시간이 될 것이다. 힘들겠지만 잘 해낼 수 있을 것이다. 나는 나를 믿는다.

2019. 1. 20. 사고 4개월 반차
이 시대의 슈바이처들

사고 후 140일이 되어간다. 아침마다 콘크리트처럼 굳어있는 다리의 통증에 눈을 뜬다. 매일 10개 이상의 재활 치료를 받으며 낮 시간을 보내고 홀로 밤을 맞는다. 간병인이 주간 근무자로 바뀐 후 매일 수중치료를 받기 시작했다. 지난번 24시간 간병인은 힘들다며 매일은 수중치료에 도움을 주지 못하겠다고 했다. 간병인이 바뀌고 월·수·금만 받던 수중치료를 이젠 매일 받게 되니 무척 기쁘다. 새로운 간병인은 마르고 신경질적으로 생겼지만 말이 많지 않아 좋다. 할 일만 하고, 시간 잘 맞추고, 필요할 때만 돕는 게 조금은 멀게 느껴지고 사무적인 느낌이지만. 지나치게 친밀해져 서로 불편하게 만드는 것보다 낫다는 생각이 든다.

첫인상이 사람에게는 가장 중요한 것 같다. 내게 해주어야 할 일들과 내가 해줄 수 있는 일, 치러야 할 금액, 출퇴근 시간 등. 그 모든 것들이 이전의 경험을 통해 자연스럽게 정해졌다. 간병하시는 분들은 연령대가 보통 60대 초·중반이 많다. 그래서 환자가 자기보다 어리면 금방 반말이 튀어나온다. 심지어 나이와 상관없이 어르신들에게도 이랬어, 저랬어 하며 반말을 하는 게 일반적이라고 보면 된다.

난 늘 나이와 상관없이 존대를 받아와서인지, 누군가가 반말을 하면 불쾌한 기분이 든다. 처음부터 정중하게 호칭을 정하고 하대하지 말아 달라고 부탁하지만 사흘을 가지 못한다. 지금은 아예 포기했다. 가능하면 필요한 말 외에 대화를 하지 않는다. 가끔씩 자기 살아온 이야기 보따리를 끝도 없이 풀어낼 때면 무척 곤란해진다. 타인의 개인사를 듣는다는 것은 그 사람의 삶을 이해하게 되는 것이다. 일을 맡기는 사람과 수행하는 사람 사이에 친밀감이 생기면 역할이 불분명해지는 경우가 많아진다. 지난 24시간 간병인이 그랬다. 그런 것을 이미 경험한 나는 좀 더 냉정하게 할 말만 하려고 애를 쓰는데 사람 관계가 어디 그런가.

정은 금방 든다.

다행히 어느 정도의 일들은 스스로 조금씩 가능해졌다. 허리에 두르고 있던 보조기도 이제 완전히 내려놓았고, 꼼짝도 하지 않던 왼쪽 다리도 한 발자국씩은 내디딜 수 있다. 주 3회 특수치료와 매일 수중치료를 받으며 탄력이 붙는 느낌이다. 요즘은 수중치료를 기다리며 힘든 재활의 시간을 견뎌낸다. 새해부터 김두호 선생님이 수중치료를 담당하게 되었는데, 환자 한 사람 한 사람에게 정성을 다하는 모습에 매번 감동 받는다. 샤워를 한 뒤 리프트를 타고 천천히 나는 물속으로 들어간다. 물속에서의 나는 물 밖의 나보다 많이 자유롭다. 선생님은 내 목에 베개를 끼우고 허리에는 스티로폼 벨트를, 다리에는 스티로폼 막대를 끼워 물 위에 눕히고 다리 밀기, 벌리기, 모으기를 15개 정도 시킨다.

물에 누우면 천국에 온 듯한 느낌을 받는다. 수영을 15년 넘게 해온 내게 물속은 엄마의 자궁과도 같았다. 세상 모든 사람이 물속에서 산다면 얼마나 좋을까. 물속에서는 누구나 느리게 걸을 것이고 내가 삐뚤삐뚤 걸어도 별로 눈에 띄지 않겠지. 수영도 할 수 있으니 여기서는 나도 자유롭게 살 수 있을 거야. 그러나 세상은 물속이 아니고 나는 이 힘겨운 재활의 고통을 이겨내고 세상 속으로 걸어 나가야만 한다. 사람들의 시선과 편견을 이겨내고 불편함을 감수하며 살아가야 한다. 아직 나의 상태가 어디까지 호전될 수 있을지 알 수 없다. 하지만 세상 속에 섞이며 살아가야 한다.

선생님은 물 위에 떠 있는 나를 좌우로 흔들어 주고 선생님의 어깨를 내어준다. 걷기 연습을 위해 힘없는 왼쪽 발이 물에 뜨지 않도록 모래주머니를 달아주었다. 180㎝가 넘는 키의 선생님은 내 작은 키에 맞추기 위해 무릎을 구부려 왼쪽 다리가 꺾이지 않도록. 내 왼쪽 무릎에 자신의 무릎을 대고 뒤로 물러나며 내가 앞으로 나아갈 수 있도록 해주었다. 선생님의 어깨를 잡고 한 발씩 걸을 때마다 물속이기에 힘이 별로 들지 않았고, 어린아이 시절로 돌아간 듯 한발 한발 걷는 기쁨을 누릴수 있었다.

"선생님, 물속을 그렇게 쳐다보고 있으면 어지럽지 않아요?"

"어지럽죠."

"저는 이렇게 잠시만 쳐다보고 있어도 어지러운데 선생님은 치료시간 30분 내내 물속을 쳐다보시네요."

"그래야 형근혜님 다리가 어떻게 움직이는지 알 수 있으니까요."

"너무 힘들지 않으세요?"

"힘들기도 하지만 치료해 주는 입장에서 그 정도는 감수해야지요. 그래서 오전에만 수중치료를 하고 오후에는 근력치료실에서 기계를 활용한 치료를 하잖아요. 버틸 만해요."

아른거리는 물속을 나뿐만이 아니라, 모든 환자를 대할 때마다 그렇게 쳐다보며 환자들에게 적합한 운동방법을 찾아주고 임무를 수행하는 선생님의 모습은 정말 감동적이다.

환자는 치료사와 매일 신체접촉을 하기에 눈빛 하나, 손짓 하나에도 그 사람의 진심을 바로 느낄 수 있다. 대부분의 치료사님도 친절했지만, 수중 선생님에게 좀 더 특별한 느낌을 받게 되는 이유는 물속이라는 특수함 때문인 것 같다. 어쩌면 내가 물을 너무 좋아하기에 물속에서 오전 내내 환자들과 함께 있는 선생님에 대한 존경 같은 게 생긴 건지도 모른다. 그래서 나는 김두호 선생님을 이 시대의 슈바이처라고 칭했다.

또 한 분, 특수치료를 해주시는 박병선 부장님. 지치고 아픈 내게 가끔씩 농담으로 웃게 해주고 힘내어 운동할 수 있게 용기를 불어넣어 주는 분이다. 참으로 존경스러운 분들이다. 이 사회에 정말 필요한 사람들은 그렇게 묵묵히 자신의 일에 최선을 다하고 있다. 누가 알아주지 않아도, 그에 상응하는 대가가 주어지지 않더라도 자신의 일에 사명감을 가지고 임하는 것이다. 지금 나의 세상이 아름다운 것은 이런 분들 덕분일 것이다.

아픈 사람들은 사실 자기밖에 모른다. 내 아픔이 세상에서 가장 큰 것이기에 주변 사람들에게 상처를 주기도 하고 화를 내기도 한다. 요구 사항도 많고 치료를 받기 싫어 꾀를 피우거나 심지어 욕을 하며 때리는 경우도 있다. 그런 환자들과 매일 부대끼며 살아가야 하는 치료사들에게 더 나은 대우를 해주고 존경을 보내야 하는 것이 당연하다는 생각이 든다.

참 고마운 사람들. 이 시대의 슈바이처들에게 존경을.

2019. 1. 30.
박사 동기 모임과 여성 패러인 모임

내가 다친 것을 모르고 있던 동기들에게 계속 연락이 온다. 연말인데 한번 만나야 한다. 신년인데 얼굴 한번 보자 등. 나는 계속 이 핑계 저 핑계를 대다 결국 실토해 버렸다.

"저 사실 좀 다쳤어요. 병원에 입원한 지 벌써 5개월이 다 됐네요. 아무래도 모이기는 어려울 것 같아요."

"나쁜 사람이네, 어려울수록 함께 해야지 그걸 말 안 하고 있었다니 우리한테 어떻게 그래?"

"다들 걱정하실까 봐서요. 조금 있으면 좋아지겠지 싶었는데 좀 오래 걸릴 것 같아요."

"그럼, 우리 순천에서 모이도록 해요. 형 선생님 얼굴 보러 순천에서 1박 하는 걸로. 어때요?"

"좋아요."

순식간에 모임이 추진됐다. 서울, 광주, 목포 등에 흩어져 사는 동기들이 온다니 순천만에 있는 펜션들을 알아보기 위해 남편과 함께 외출했다. 계단이 있거나 통로가 좁으면 휠체어를 타고 들어갈 수가 없어, 경사로가 있고, 통로도 넓고, 화장실 턱이 없는 곳을 찾았는데, 그런 펜션은 찾을 수가 없었다. 장애를 가진 사람이 마음 놓고 갈 수 있는 곳이 이렇게 없다는 것에 나는 놀랐다. 대부분의 입구에는 경사로가 없었다. 휠체어를 들어주어 안으로 들어간다 해도 안에서조차 휠체어를 타고 이동하기에는 너무 좁았다. 장애물들이 많아 혼자서 할 수 있는 게 아무것도 없었다. 게다가 화장실 입구는 턱이 너무 높아 화장실에 혼자 들어갈 수도 나갈 수도 없었다.

휠체어에 오래 앉아있는 것도 허리가 아파 쉬운 일은 아니다. 하지만 소중한 사람들을 만난다 생각하니 그 정도는 견딜 수 있을 것 같았다. 하지만 누군가 나를 업고 들어간다 해도 함께 자고, 밥 먹고, 화장실을 다니며 시간을 보내는 것은 불가능해 보였다. 선생님들이 아무리 업어 주고, 이동시켜 줄 수 있다고 해도 내가 불편해서 싫었다.

열 곳도 넘는 펜션을 일일이 들어가 확인해보다 포기할 무렵. 신축건 물인 풀 빌라를 찾았다. 혹시나 해서 전화를 해보니 건축법이 바뀌어서 장애인전용 호실이 따로 있다고 했다. 4층 건물이고, 엘리베이터도 있고, 현관과 화장실에도 턱이 없어 휠체어를 타고 얼마든지 다닐 수 있는 곳이었다.

드디어 선생님들이 모두 모였다. 사고 난 이야기, 치료받는 이야기, 다쳐서 아프니까 서러운 이야기를 털어놓고 울기도 하니 좀 후련했다. 선생님들은 대부분 강의와 어린이집 운영을 같이하고 있어 학교 이야 기, 어린이집 이야기하느라 시간 가는 줄도 몰랐다. 아픈 와중에도 휠 체어로 시설에 일주일에 3번씩은 꼭 다녀온다는 내 얘기에 선생님들은 대단한 사람이라고 추켜세웠지만. 사실 같이 모인 선생님 중에 대단하 지 않은 분은 단 한 분도 없었다. 다들 개인 어린이집을 운영하거나 법 인 어린이집 원장을 하면서, 바쁜 시간을 쪼개 대학원을 다니고 박사학 위도 받고 강의도 나가는 슈퍼우먼들이다.

그러면서도 아이들 잘 키우고 사회에서 각자의 역할을 감당하는 모습이 하나같이 존경스러운 분들이, 내 아픔을 공감해주고 금방 일어설 것이라고 등을 두드려주신다. 같이 공부하며 강의하러 다니던 때에는 선생님들의 훌륭함을 별로 몰랐고 당연하게 생각했던 것 같다. 그런데 이제 보니 내 주변에 있는 대부분의 사람이 참 존경할 만한 분들이었고 꿈꾸던 삶을 실제로 만들어 가는 멋진 분들이었다. 그런 생각이 드니 이들과 함께 나조차도 참 귀하게 느껴졌다

다음날 아침, 새소리에 잠을 깼다. 창밖을 보니 드넓은 순천만 들판에 흑두루미들이 새까맣게 앉아있다. 겨울 안개가 내린 희뿌연 들판에 수백 마리의 흑두루미가 끼룩거리며 먹이활동을 하는 모습을 이렇게 가까이 볼 수 있다는 게 너무 신기했다. 헤어질 시간이 되어 나를 데리러 온 남편은 순천에서 소문난 수제 찹쌀떡을 선물로 사 가지고 왔다. 선생님들 손에 하나씩 들려 보내는데 왠지 가슴이 찡해 눈물이 나려했다. 아, 하마터면 이 좋은 사람들을 못 볼 수도 있었구나 싶어지자 순간 아찔해지기까지 했다. 살아있으니 만나고, 만나니 좋고, 헤어지려니 아쉬운 이들이 이렇게 곁에 있음에 감사했다.

며칠 뒤에는 리그전에서 패러를 같이 타던 세 명이 순천에 오겠다고 연락이 왔다. 평일에 누가 온다 하면 치료를 받아야 하기에 거절했지만, 패러 여인들이 주말에 오겠다니 반가운 마음에 다시 그 빌라를 예약했다. 다들 먼 곳에서 나를 보기 위해 모였다. 인천에서 내려온 박정훈 선수, 전주의 장우영 선수, 진주에서 달려온 김현희 선수까지. 같이 만나 밥도 지어 먹고 술도 마시며 처음부터 끝까지 패러 이야기만 했

다. 비행하다가 주변에서 다친 사람들 이야기, 세상을 떠난 이야기, 회복된 이야기, 장애를 안고 살아가는 이야기들을 나누며 같이 아파하고 또 희망을 이야기했다.

그리고 복잡한 상황에 얽혀 힘들어하는 이야기도 많이 했다. 세 사람 다 패러글라이딩이 직업인 여성들이라 남성 비율 90%가 넘는 이 세계에서 살아남기 위해 치열하게 살아간다. 패러글라이딩을 짧게는 십 년, 길게는 이십여 년 이상 타왔다. 리그전에서도 남자들을 제치고 10위권 안에 진입했던 실력 있는 그녀들이었다. 하지만 여자라는 이유로 관심 뒤로 물러나야 했던 일들이 많았다. 나 역시 실력은 인정받았지만, 남자들 사이에서 동료보다는 홍일점 정도로 취급받지 않았던가. 동병상련이 느껴져 마음이 아팠다.

나는 겨우 7년 차에 큰 사고를 당했다. 그리고 다시 그 세계로 돌아가려면 많은 시간이 걸릴 것이다. 패러의 세계에서 가장 실력 있는 사람은 안 다치고, 안 죽고, 오래 살아남는 사람이란 누군가의 말이 실감 났다. 그녀들은 살아남았고 지금도 잘 타고 있으니 그녀들이 진정한 실력자들이다.

영어 학원을 운영했던 정훈 언니와 우영은 영어로 소통이 되니 외국 대회를 나가는 것에 두려움이 없었고, 현희도 혼자서 외국대회에 나갈 정도로 의사소통에 별 어려움이 없었다. 특히 나이가 가장 많고 경력이 오래된 정훈 언니는 혼자서 누구의 도움도 없이 외국대회를 다니기 시작한 우리나라 1세대 선수다. 언니에 대해 처음 들었던 말은 누가 뭐라 해도 패러계의 진정한 디바는 박정훈 선수란 말이었다.

리그전에 나가기 위해서는 전문조종사 자격증이 있어야 한다. 하필 내가 자격증을 따려는 시기에 동호인과 엘리트 패러 인들이 통폐합되는 갈등상황이었다. 자격증 발급이 막혔다. 그때, 패러글라이딩 협회에서 일하고 있던 정훈 언니가 일면식도 없었던 내 자격증을 발급받을 수 있도록 정말 많은 도움을 주었다. 그 덕에 나는 중국도 카자흐스탄도 갈 수 있었고, 그곳에서의 좋은 성적 덕에 급기야 월드컵까지 출전할 수 있게 되었다.

"야, 군패러 주영길 회장님이 팀에 여자선수가 한 명 있는데, 실력도 갖추었고 비행횟수나 크로스컨트리 거리가 모두 전문조종사 자격을 받기에 충분하다고, 꼭~ 도와줘야 한다고 어찌나 부탁을 하던지. 난 사실 누군지 정말 궁금했었어. 근데 그게 바로 너였어."

"만약 그때 언니가 신경 안 써줬다면 저는 지금도 그냥 동네 비행만 하고 있었을 거예요."

"…안 그랬으면 안 다쳤을지도 모르는데…"

"무슨 말씀이세요. 언니 덕분에 저는 넓은 세계에 나가 빛나는 경험도 많이 했고 제가 얼마나 행복했었는데요. 제가 좋아하는 일 하다가 다친 건데 누굴 원망해요. 전 늘 언니한테 감사하게 생각해요."

"그렇게 말해주니 정말 고맙다. 사실 누군가 다치면 같이 비행하는 사람들은 수많은 생각을 하게 되는 것 같아. 내가 안 가르쳐줬으면 안 다쳤을까. 내가 자격증 안 줬으면 안 다쳤을까. 내가 좀 더 말렸으면 안 다쳤을까 하는 때늦은 후회 같은 게 있거든."

"저도 알아요. 제가 가르쳤던 초보자가 혼자 비행하다 착륙할 때 실수해서 골절이 된 적 있는데 마치 저 때문에 다친 것 같아 많이 힘들었거든요."

"맞아, 비행하는 사람들은 누구나 그런 상황을 만나게 되는 것 같아. 내가 좀 더 세심하게 보살펴 줄 걸. 좀 더 잘 가르쳐 줄 걸. 신경을 좀 더 쓰고 함께 했더라면 그 사고를 막을 수 있지 않았을까 싶어지지."

"저도 그 초보자 다친 후로는 누가 비행 가르쳐 달라거나 배우고 싶다면 늘 죽을 수 있다며 말렸어요. 물론 그때 저는 이미 그만두기 어려울 만큼 비행에 미쳐 있었고, 막상 저는 죽어도 좋다며 비행을 포기하지 못했으면서도 말이에요."

"우리 중에 그런 생각 안 하는 사람은 아무도 없을 거야. 그게 리그전까지 출전하는 사람 대부분의 생각이기도 하고…"

정훈 언니의 말이 맞았다. 함께 있는 우리 네 사람 모두 비행을 남자보다 사랑하고 인생의 중심이 패러다. 내가 그랬듯 때론 그녀들이 지금 제대로 살고 있는 것인가 스스로에게 되묻기도 했겠지만. 결코 이 세계를 떠나지 못하는 비행에 미친 사람들이다. 다쳐있는 나를 보고도 그녀들은 비행을 포기하지 않았다. 탠덤(전문조종사가 일반인을 태우고 함께 비행하는 것)을 해서 생계를 유지하고 돈을 모아 세계 대회를 다니며 국가대표로 활동하는 그녀들. 난 그녀들의 도전에 여전히 그리고 평생 박수를 보내고 싶다.

우영이는 최근 몇 년간 국내 패러대회에서 1등을 휩쓸었다. 배우처럼 예쁘게 생겼다. 대학 때 배운 패러글라이딩에 이렇게 즐거운 비행이라면 직업으로 삼아도 좋겠다 싶어 서울에서 운영하던 학원도 접고 패러 계에 뛰어들었다. 또 바이올린을 전공한 어여쁜 현희는 그래서인지 섬세하다. 모델을 해도 좋았을 것 같은 현희는 터키에서 나를 간병해 준 인연으로 평생 내가 은혜를 갚아야 하는데 오히려 뭐 좋은 것만 생기면 나를 챙긴다. 몸에 좋다며, 담근 도라지며 우엉을 보내기도 하고, 먹어보니 너무 맛있다며 사과나 옥수수를 보내오기도 한다. 탠덤을 하지 않으면 마땅한 수입도 없는 걸 뻔히 아는데 뭐만 생기면 항상 주위 사람부터 챙긴다.

나를 제외한 사람 모두 사십을 전후한 나이인데도 결혼은 하지 않았다. 남자보다는 글라이더가 더 좋다고 한다. 남자들도 선뜻 나서지 못하는 외국 대회를 일 년이면 몇 번씩 다닌다. 일상으로 돌아오면 또 자신들의 삶에 충실하다. 나에게는 로망이었던 그녀들의 삶도 애환과 고충의 연속이었다. 그래도 그 안의 작은 희망과 행복을 찾아 살아간다는 것을 알게 되었다. 문득 내가 다시 저들과 비행할 수 있을까. 시간이 지날수록 그런 날이 오지 않을까 두렵고, 여전히 날고 있는 그녀들이 부러워 마음이 번잡했다.

아침이 되고 우린 각자의 자리로 다시 되돌아갔다. 그녀들을 일상으로 보내주며 패러에 대한 내 사랑과 열정도 어디론가 보내주어야 하는 것은 아닌지, 긴 밤 고통의 한 가운데서 생각했다.

2019. 2. 8. 5개월차
설날. 그 낯설음과 미안함에 대하여

　내일이면 사고 난 지 5개월이 된다. 치료 부장님 말에 의하면 난 특별하게 좋아지고 있다고 한다. 지난주부터 워커를 짚고 혼자 걷기를 시작했다. 처음엔 몇 발자국도 못 가고 쓰러졌는데, 지금은 치료실 매트를 왕복하는 건 식은 죽 먹기가 됐다. 선생님이 일일이 옮겨줘야 했던 왼발도 비록 끌리긴 했지만 이젠 스스로 앞을 향해 나온다.

　설날이 됐다. 난 남편에게 업혀 친정으로 갔다. 자랑스럽게 워커로 걸어 화장실을 다녀왔다. 내심 기뻐해 줄줄 알았던 가족들은 거의 울기 직전이다. 난 벌써 이렇게 걷는다고 자랑하고 싶었다. 하지만 펄펄 뛰어다니던 내 모습만 보았던 가족들 눈에는 몹시도 가슴 아픈 일이었나 보다. 5개월도 안 돼 워커 짚고 걷는 내가 나는 신기하고 기뻤는데, 가족들에겐 몹시 슬픈 일일 수도 있다는 걸 뒤늦게 깨달았다.

　시댁에서는 결혼 후 20년 만에 처음으로 편안히 누워 해주시는 밥을 먹었다. 늘 하나밖에 없는 며느리라 명절 내내 부엌을 벗어나지 못했던 내겐 너무도 생소한 경험이었다. 하지만 몸은 누워있어 편했지만 마음은 조금도 편하지 않았다. 시아버님 돌아가신 후 처음 맞는 설날인데, 하나밖에 없는 며느리는 누워있고, 연세 많은 시어머님이 밥을 차려주시니 내 마음이 어떠했겠나. 모두 이만하길 다행이라고, 금방 나을 거라 위로해 주었지만, 아무것도 못 하고 누워있으니 너무도 죄송했다. 침대가 없어 일어서는 것 자체가 너무 어려운 일이었고, 화장실도 혼자 갈 수 없으니 행여 소변이 마려울까 물도 마시지 않았다.

가족들이 다 모여 오손도손 살아온 얘기들을 나누었고 세배를 하며 덕담을 나눴던 행복한 명절이었는데, 난 그저 누워만 있다 병원으로 돌아왔다. 그래. 지금은 치료만이 살길이다. 몸이 좋아질 때마다 통증이 심해져 고통스러웠지만, 이분들을 위해서라도 나는 쉬지 않고 재활을 계속할 것이다.

재활이란 것. 그 지난함에 대하여

"현재 상태를 보면 오른쪽 다리는 70%, 왼쪽 다리는 10% 정도 힘이 들어왔어요."

"왼쪽도 오른쪽처럼 되려면 얼마나 걸릴까요?"

"조바심 나시지요? 치료는 끝없는 반복과 인내가 필요한 일일뿐 시기를 특정할 수는 없지만 형근혜님은 워낙 열심히 하시니까 내년 말쯤이면 혼자 충분히 걸을 수 있을 거예요."

"내년까지요? 저는 올해 말이면 되지 않을까 싶었는데…"

"욕심내서 운동하다 다치거나 퇴행되는 경우도 있어요. 몸이 좋아지는 속도에 맞춰 천천히 무리하지 않으면서 가야 해요. 속도가 중요한 게 아닙니다."

"한 달 후에는 퇴원해야 하는데 운동을 계속 못 하면 어떻게 할까요?"

"일주일에 세 번은 병원에 오시고 다른 날에는 일상 속에서 꾸준히 운동하시면 됩니다. 제가 끝까지 책임지고 걷게 만들어 드릴 테니 믿고 따라오시면 됩니다."

부장님의 든든한 말씀. 늘 내게 희망이 되어 준다.

한 달 후면 사고 난 지 6개월이 된다. 관계자들은 사고 후 6개월이 지나야 장애판정을 받을 수 있다고 했다. 감사한 점은 내가 안 다쳤으면 몰랐을 어르신들의 고통을 제대로 공감할 수 있게 된 점이다. 왜 어르신들이 아프다는 말을 입에 달고 사는지 예전에는 몰랐었다. 나이가 들었고, 몸을 70~80년 썼으니 고장 나는 것이 당연하며 해결해 줄 방법은 없는 거라고, 노년에는 누구나 그런 거라고 생각했다.

눈만 마주치면 듣는 그분들의 아프다는 말에 원래 늙으면 다 아파요, 하며 치부해 버리기도 했고 때론 그 아픔이 지겹다는 생각까지 했던 적도 있었다. 그것이 이젠 너무도 미안해졌다.

아픔이란 게 이리 고통스러운 것이구나. 아프다고 계속 말하는 것은 계속 아픔이 이어지기 때문이고, 그 어떤 것으로도 해결되지 않으니 그랬었구나. 누구도 나를 대신해 아파 줄 수 없고, 그 고통이 끝나지 않기에 보이는 사람마다 그저 하소연을 했었구나. 난 그제야 그 아픔을 공감하고 들어 주는 것에 인색하지 않을 수 있었다. 지난 세월이 그저 죄송했다.

2019. 2. 11.
패러팀 신년회

패러팀 신년회가 있다고 모이자는 연락이 왔다. 가고 싶었다. 그리운 사람들, 함께 생사고락을 나누던 이들과 매년 했던 신년회였다. 연말에 못 모이면 신년에라도 꼭 같이 모여 비행도 하고, 정기총회도 하며 한 해를 마무리했었다. 새해를 계획하던 내겐 일상이었던 그리웠던 모임, 참여 의사를 밝혔더니 성환씨가 나를 픽업하러 왔다. 병원에서 미리 준비하고 있다 나가니 군패러 주회장님도 함께 오셨다. 휠체어를 차 옆에 붙여주어서 오른쪽 다리를 짚고 한 팔은 차 좌석에, 한 팔은 휠체어 바닥을 짚으며 엉덩이만 틀어 차로 옮겨 앉았다.

트렌스퍼하는 일 정도는 이젠 식은 죽 먹기였다. 아직은 엉덩이에 살이 없어 딱딱한 방바닥이나 의자에 오랜 시간 앉아있으면 아파서 방석이나 쿠션을 깔아줘야 했지만 견딜 수 있다. 내가 옮겨 앉자 휠체어를 접어 트렁크에 싣고 셋은 구례로 향했다. 꼭 오라고·함께 하자고 했던 팀원들의 전화도 많았지만, 내 마음도 그들 속에 있고 싶었기에 약속 장소를 향하는 내 마음은 어린아이처럼 들떠있었다. 자주 가던 식당에 모여 저녁을 먹었다. 주된 이슈는 나의 부상과 앞으로의 일들에 관한 이야기들이었다.

"그동안 근혜씨 다쳐서 우린 비행도 안 하고 다들 코가 빠져 있네요."
"저 때문에 비행 안 하시면 제가 더 슬퍼요. 제 몫까지 더 많이, 더 즐겁게 비행해 주세요."
"우리끼리만 비행하면 안 서운하겠어요?"

"무슨 소리예요. 하나도 안 서운해요. 제 걱정은 마시고 실컷 비행하세요. 저는 보는 것으로 대리만족할게요."

"그래도 근혜씨가 와야 굳패러가 완전체가 되죠. 얼른 일어나 같이 비행합시다."

"근혜씨의 빠른 쾌유와 굳패러의 안전한 비행을 위해. 건배!"

모두 나의 건강을 걱정해 주었고, 보고팠던 사람들을 오랜만에 보니 즐거웠다. 이대로 헤어지기 아쉽다며 커피 한 잔 더 하자고 커피숍으로 옮기는데 상욱이가 업어주고 재청씨도 업어주었다. 여기저기 옮겨 다니는데 좋은 사람들과 함께 하는 것은 좋았으나 몸이 많이 힘들었다. 힘없이 축 늘어진 다리. 조금만 시간이 지나도 아파 오는 허리, 앉아 있는 자세가 불편한 내 몸이 빨리 병원으로 돌아가 눕자고 아우성을 쳤다. 가족처럼 몇 년을 함께한 사람들과 만나 즐거웠다. 하지만 육체의 고통은 시간이 지날수록 견디기 힘들어졌다. 그래도 내색하지 않았다. 안 그래도 가슴 아파하는 사람들에게 더 걱정 끼치고 싶지 않은 마음이 육체의 아픔보다 더 컸다.

커피를 마시고 사람들과 헤어져 병원으로 돌아오는데 괜히 눈물이 났다. 생각보다 내가 저들에게 돌아가는 시간이 오래 걸리겠구나. 란 생각. 모임에서는 쾌활하게 웃고 함께 떠들어댔지만 내 마음속에는 저들과 나는 이미 너른 강이 생겨 점점 더 멀어지겠구나 싶었다. 슬펐다.

오래 걸리는 게 아니라 영영 못 돌아가는 것은 아닐까. 이런 상태로 장애를 입고 살아간다면 난 다시는 비행을 하지 못할 수도 있겠다 싶으니 지난 시절에 대한 그리움으로 가슴이 먹먹해졌다. 죽음을 넘나드는 사선에서 서로를 의지하며 이겨냈던 시간들. 그렇게 전우애처럼 끈끈한 정으로 이어졌던 사람들이다. 그런데 그렇게 멀어져 가고 있다는 느낌. 그들은 나를 위로했다. 내가 돌아오길 기다리며 함께 할 시간들을 얘기했다 하지만 생각보다 더딘 내 회복 속도는 그들에게 가고픈 내 발걸음을 붙든다. 병원에 다시 데려다주던 두 분이 그런 내 마음을 눈치챘는지 어깨를 툭툭 친다.

"금방은 아니더라도 반드시 좋아질 거니까 의기소침하지 마요."

"그래요 교수님, 늘 잘해왔잖아요. 얼마 안 걸릴 거예요."

"생각보다 긴 시간이 걸릴 것 같아요. 아직도 이렇게 움직이지 못하는데 언제 일어나서 비행을 하겠어요."

"자꾸 그런 생각하지 마요. 시간이 좀 걸리면 어때요. 포기하지 않으면 결국 걸을 수 있을 건데."

"맞아요. 비행하고 싶으면 언제든 말해요. 우리가 매달아서라도 이륙시켜줄 수 있고 탠덤도 태워줄 수 있으니까 말만 해요."

"알겠어요. 고마워요."

그렇게 난 다시 휠체어로 옮겨지고 병원의 내 침실로 돌아왔다. 함께 즐거이 웃던 사람들은 떠났다. 그리고 난 또다시 혼자가 되었다. 남들의 도움을 받아야만 할 수 있는 비행은 하고 싶지 않다. 걷지도 못하는 나를 차에 태워 산에 올라가고, 누군가가 업어서 이륙장에 앉혀놓으면 다른 누군가가 기체를 펴놓고 내게 하네스를 걸쳐주겠지. 바람이 좋을 때 기체를 세워주면 글라이더가 떠오를 테고 두 사람은 양쪽에서 내가 앉아있는 하네스를 들어줄 것이다. 그리고 한 사람은 뒤에서 나를 밀어

하늘로 오르게 도와줄 것이다. 그러는 동안 나는 브레이크 줄을 잡고
기체를 컨트롤하다 남들에게 떠밀려 하늘에 오르겠지. 그 상황에 좋다
는 소리가 나오려나. 상상을 해 보니 그렇게까지 해서 하늘을 날고 싶
지 않았다. 정말이지 그렇게는 하늘을 날고 싶지 않았다. 그런 상상만
으로도. 가슴이 너무 아파왔다.

　난 비행을 하면서 여자라고, 약하다고, 누군가가 도와주는 것을 바라
지도 않았다. 바람이 너무 없는 날 이륙을 하려면 전방을 향해 뛰어나
가야 하는데 이륙장이 좁으면 달릴만한 거리가 안 나온다. 결국 후방
이륙을 해야 하는데 혼자의 힘으로 양력을 일으킬 만한 힘이 되지 않으
니 그런 경우에만 도움을 받았다. 그런 특별한 경우가 아니라면 그 모
든 것을 혼자 해결하려 노력했다.

친절하게 장비를 들어주려고 하는 사람들도 간혹 있었다. 하지만 난 늘 거절했다. 모자라는 몸무게를 채워 줄 10kg의 물도 가까운 사람이 아니면 들어주는 것조차 거절했다. 나무에 걸리거나 이륙 실패를 해서 기체를 수거해야 할 경우는 여자가 아니더라도 누구나 도움을 받아야 되니 상관없었지만 여자라고, 약할 거라고 생각하는 이들의 도움 받는 일은 기대하지도 않았다. 그랬던 내가 혼자 이륙도 못 하면서 그렇게 많은 이들의 도움을 받아 비행을 한다는 것. 내 자존심이 허락하지 않는다.

　탠덤을 타도 마찬가지다. 사람을 태워주는 것을 업으로 하는 이들에게 돈만 주면 전신마비인 장애인도 태울 수 있다는 것을 나도 안다. 그러나 남을 의지해야 하는 비행이라면 난 하지 않을 것이다. 물론 그들은 괜찮다고 한다. 하지만 내가 괜찮지 않다. 내 몫까지 비행해 달라고 말했지만, 사실 나 없이 그들이 비행하는 모습을 볼 자신도 없다.

　오늘 비행은 어땠는지, 몇 킬로미터를 날아갔는지, 바람이 어떻고 열이 어땠는지 하는 얘기들을 듣는 것도 이제 더 이상 들을 수 없을 것 같다. 내게는 너무도 먼. 어쩌면 다시는 할 수 없을지도 모르는 비행에 대한 이야기를 그들을 통해 듣는 것이 내겐 점점 잔혹한 일이 되었다. 나 때문에 비행도 안 하고 모두 침울해 있는 것도 싫다. 더 많이, 더 높이 날아 달라했지만 막상 오늘 이런 비행을 했노라고 전해주면 몹시도 슬퍼질 것이 뻔하다. 다친 사람은 다친 사람이고 비행할 사람들은 비행해야 한다. 그들을 자유롭게 해주고 싶었다. 다친 나로 인해 그들까지 비행을 못 한다면 그게 더 맘이 불편하다.

생각해 보면 나도 그랬었다. 내 주변에서 비행하던 사람이 다쳐 누워 있어도 심지어 죽어서 다시는 볼 수 없는 사람이 되어도 나는 비행을 멈출 수 없었다. 떠날 사람은 떠나고 다쳐 못 나오는 사람이 있어도 우리의 비행은 계속돼야 했다. 그들도 마찬가지일 것이다. 그들에게 내가 장애가 돼서는 안 된다. 그러나 아직 내 옹졸한 마음은 그들의 비행을 함께 즐기고 축하해 주며 그들의 비행담을 기쁘게 듣는 일이 쉽지가 않다.

나 없이도 그들은 더 멀리, 더 높이 날아다니며 즐거울 텐데 이 고통 속에 있는 내가 어떻게 더 기쁨을 줄 수 있을까. 이젠 그들을 자유롭게 놔주어야 한다. 나도 그들의 기쁨을 함께하는 척, 기뻐하는 척, 그들 비행의 성취를 축하하는 척, 그렇게 하얀 거짓말로 그들의 날갯짓을 방해하지 않는 것이 앞으로 내가 해야 할 일이다. 조금씩. 아주 조금씩. 가까웠던 그들과의 일상과 비행. 그리고 수많은 추억과 이별을 해야 한다. 오늘 나는 소중한 이별을 결심했기에 더 많이 슬프다. 비행이여. 소중한 이들이여. 이젠 안녕!

2019. 2. 21
고마운 이들에게 한턱내기

간밤에 꿈을 꾸었다. 꿈에서 친정 식구들과 어느 바닷가 한적한 마을로 여행을 떠났었다. 언니들과 어울려 밤새 놀다 이른 아침 소라 잡으러 가자기에 바구니를 들고 바닷가로 나갔다. 그랬는데 파도치는 해안

가 바위틈에 손바닥만 한 소라들이 가득했다.

"언니, 저 소라들 좀 봐, 너무 많아."
"이거 바구니가 모자라겠는데? 얼른 잡자."
"끝도 없이 많다. 언니 안 되겠어 내가 가서 바구니 하나 더 가져 올게."

그렇게 가져온 큰 바구니에 소라를 가득 채웠다. 채워도 채워도 끝이 없는 소라를 보며 신이 나서 소리쳤다. 그러다 눈을 떠보니 꿈이었다. 이거 분명히 태몽인데 싶어 생각도 해봤는데 아무리 봐도 내 주변에 임신할 만한 사람은 없었다. 인터넷에 검색해 보니 생각지도 않던 재물이 들어오는 꿈이라고 했다. 오후에 통장 거래 내역을 확인해 봤다. 작년에 촬영했던 사이버 강의료 500만 원이 들어와 있었다. 선금으로 조금 받고 교육평가원에서 승인을 받으면 전체 금액을 주기로 한 것이었는데 난 잊고 있었다. 당연히 받을 돈이 들어온 것인데도 기분이 너무 좋았다. 마치 보너스를 받은 것처럼.

작지만 늘 고마웠던 진료에 도움을 주셨던 선생님들에게 한턱 쐈다. 그날 하루 종일 선생님들의 감사 인사를 받았다. 여기저기서 내가 지나 갈 때마다 하도 인사를 해 주셔서 나중에는 오히려 내가 민망할 지경이 었다. 안 그래도 다들 친절하신 분들인데 그 작은 것 하나에도 너무 큰 감사를 해 주셨다.
병원에서 5개월 넘게 있는 동안 있었다. 많은 것을 배웠다. 그중 하나 가 바로 받은 것에 꼭 감사를 표하는 게 중요하단 것이다. 내가 병원비를 내고 당연히 치료를 받는다고 생각할 것이 아니라, 치료를 해주시는 치료사, 간호사, 의사 선생님들이 잘 치료해 주시는 것에 대한 감사 말이다. 그것들은 반드시 내게 더 좋은 것으로 되돌아온다. 간혹 어떤 환자나 보호자들은 내가 치료비를 냈으니 당연히 이러저러한 치료와 서비스를 제공받아야 한다고 요구하거나 민원을 제기한다. 그런데 그것이 당장은 손해를 안 보는 일인 것 같지만 결코 그렇지 않다.

　사람 사는 세상이다.
　잘해주는 사람에겐 더 잘해주고 싶은 게 사람 마음이고, 더 잘해달라고 항의를 하면 해줄 수 있는 것도 해주기 싫은 게 사람 마음이다. 나는 이곳에서 퇴원하며 고맙다고 치료실 전체에 담요를 선물해 주고 간 이도 보았다. 작은 화분이나 꽃들 그리고 간식거리를 선물하고 간 마음 예쁜이들도 많이 봐왔다. 반면 특별한 대우를 바라거나 요구사항만 많은 사람도 간혹 봤다. 그런 일은 보는 나조차도 불편했다.
　여하튼 꿈이 맞아 몹시도 신기한 날이었고 기쁨을 함께 나누니 기분이 두 배로 좋아진 날이었다. 이렇게 슬기로운 환자 생활을 익혀간다.

　3월 초에 퇴원을 하고 싶어 부장님과 상의를 했다. 그러자 부장님은 몇 가지 치료 안을 마련해 주셨다. 외부 환자는 전액 자기가 부담하는 특수치료와 수중치료 외에는 기본치료를 못 받게 되어있다. 그런데 특별 오더를 받아주셨다. 이 사람은 반드시 치료가 필요한 사람인데 특수한 사정에 의해 퇴원을 할 수밖에 없으므로 주 3회 통원치료를 받아야만 한다는 소견을 받아주신 것이다.

"열심히 하시는 분이시니까 제가 해 드린 겁니다."

"네, 게으름 부리지 않고 열심히 할게요. 정말 감사합니다."

부장님은 퇴원 후에도 치료를 잘 받을 수 있도록 시간을 잡아주셨고, 나는 월·수·금에 치료를 받으며 실버에서 생활하기로 결정했다.

제2부

To be
or Not to be

고맙다는 것. 그 고맙다는 것

시설 직원들이 돌아가며 나를 챙겨주고, 병원에 데려다주고, 데려오는 일이 쉽진 않을 것이다. 어르신을 돌보는 일도 아닌데 일을 시킨다고 항의할 수도 있을 테지만 선생님들은 고맙게도 나를 환영해 주었다.

"제가 실버에 와 있으면 선생님들이 제 변기도 비워주셔야 하고, 이동할 때도 도와주셔야 해요. 밥도 챙겨주셔야 해서 많이 번거로우실 수 있어요."

"아이고, 당연히 저희가 돌봐드려야지 뭔 소리셔요. 걱정 말고 싸게 싸게 오기나 하씨요."

"우리가 엄마다 생각하고 편히 계셔요. 우리는 원장님이 하루라도 빨리 오시기만 기도하고 있응께, 염려는 붙들어 놓으시랑께요."

"감사합니다. 선생님들 믿고 2주 후에 올게요. 잘 부탁드립니다."

선생님들은 진심으로 환영해 주었고 내게 힘을 주셨다. 내 곁에서 오랫동안 일한 분들이라 일단 마음이 놓였다. 집으로 가는 것보다 당시에는 실버로 가는 것이 내가 선택할 수 있는 최선이었다. 실버에 들어온 첫날, 직원회의를 마치고 어르신들 방에 휠체어를 밀고 들어가 인사를 드렸다. 항상 별 말씀이 없으셨던 박혁수님이 나를 휠체어에서 꺼내 안아 내려 주시고 방까지 데려다 주셨다. 지금도 생각해 보면 모든 사람과 상황이 내가 다칠 것을 마치 대비라도 해 놓은 듯한 느낌이 든다.

작년 가을에 입소하신 박혁수님은 혼자 걷지도 못해 워커를 짚고 절 뚝거리며 들어오셨다. 당뇨도 심하고 헛것이 자꾸 보여 정신과 약을 복용하고 계신데, 자꾸 방에 물이 흘러내린다거나 물난리가 났다고 사무실에 내려오곤 하셨다. 그러나 6개월쯤 지난 지금은 전혀 다른 사람이 되어있다. 혼자서 산행을 다닐 만큼 건강도 회복되어 워커는 커녕 지팡이도 짚지 않고도 잘 걸어 다니신다. 정신과 약은 가장 약한 것으로 바꿨다. 당뇨와 혈압도 정상수치로 돌아왔다.

이혼 후 혼자 살면서 우울과 불안을 겪으며 헛것이 자꾸 보여 자살까지 생각했던 분이 많은 사람과 함께 살게 되고, 노인 분들을 돌보는 일을 하다 보니 삶에 의미를 느끼고 자연스레 건강을 되찾은 것 같았다. 그런 박혁수님을 보자 혹시 나를 통원해주는 일이 가능할까 싶어 주말에 남편과 함께 실버에 와서 상황을 설명해 드렸다.

"제가 일주일에 세 번 정도는 병원을 다녀야 하는데 혹시 박혁수님이 운전을 좀 해주실 수 있을까요?"
"글쎄요. 저도 운전대를 놓은 지 몇 년 되서 잘할 수 있을는지 모르겠네요."
"그럼, 저희 남편과 함께 시운전 한 번 해보시는 건 어떠세요?"
"예, 한번 해보죠, 뭐."

그렇게 남편과 함께 다녀오자 할 수 있겠다고 하셔서 그날부터는 나의 통원을 전담해 주셨다. 이제 퇴원해서 실버로 가는 모든 준비가 끝났다. 선생님들에게 회의하며 동의도 구했고, 생활할 공간과 병원을 오갈 준비까지 된 것이다.

2019. 3. 5.
다만 고마운 사람들

병원에 입원해 있던 6개월 동안 많은 이들이 나를 찾아와 위로해 주었다. 입원 사실을 주변에 알리지 않으려고 최대한 노력을 했건만 늘 만나던 고마운 이들은 어떻게든 알고 찾아왔다. 이런 아픈 모습을 보이고 싶지 않았다. 하지만 무조건 오지 말라고도 할 수 없는 노릇이다.

분명 너무 많은 질문이 쏟아질 것이다. 일단은 교통사고라고 둘러댔다. 그래서 비행인들 외의 다른 사람들은 내가 교통사고를 당한 것으로 알고 병문안을 왔다. 가까운 이들은 일주일에 한 번씩 오기도 하고 매일처럼 지나는 길에 들러 안부를 물어주는 이도 있었다. 어떤 날엔 한 꺼번에 여러 팀이 찾아와 잠깐 얼굴만 보고 가야 하는 경우도 있었고, 심지어 치료 중일 때는 얼굴도 못 보고 가신 분들도 계셨다.

멀리서 찾아오셨는데 치료 중이라 그냥 보내야 할 때는 그저 죄송한 마음뿐이다. 차마 말을 잇지 못하고 눈시울이 벌겋게 되어 돌아서는 그 들을 볼 때면, 아… 마치 내가 죄인이라도 된 것마냥 마음이 무거워졌 다. 살면서 두고두고 은혜를 갚아야 할 소중한 인연들이다.

아픈 나를 그들에게 위로받기보다는 아무렇지도 않은 척, 곧 일어나 예전처럼 다시 지낼 것처럼 오히려 내가 그들을 위로하기 바빴다. 지금 까지 본 환자 중에 내가 제일 밝고 환하다던 한 지인의 말은 사실 내 웃 음이 가식임을 잘 알고 한 말이었을 것이다. 아파 우울하고 침울한 나 를 보이고 싶지 않아 더 많이 웃고 더 환한 얼굴로 사람들을 대했었다. 하지만 그 웃음 뒤의 나는 더 많이 아프고 더 많이 힘들었음을 그는 알 았을 것이다.

2019. 3. 8. 퇴원
간절했던 일상으로의 한 발

드디어 퇴원했다. 미리 싸놓았던 짐을 싣고 그동안 돌보아주셨던 간 병인 여사님과 마지막 인사를 나누었다.

"그동안 고생 많으셨어요. 너무 감사드려요. 금액은 미리 입금해 놓앉어요."

"응. 확인했어. 뭘 그렇게 많이 보냈어?"

여사님은 내 손을 꼭 잡고 울먹이셨다. 매일 함께하며 정도 많이 들었다.

삶은 늘 이별의 연속인 것 같다. 작년 가을 일어나 앉지도 못할 때 난 병원에 들어왔다. 그리고 창밖에 보이는 산이 초록에서 노랗고 붉게 변하더니 어느새 앙상한 가지만 남아 있다. 산수유 꽃은 연노랑으로 물들기 시작했고, 병원 뒤뜰 홍매화 꽃은 만발해 떠나는 내게 잘 가라고 손을 흔들어 주는 듯했다. 그래, 이렇게 계절이 또 몇 번 바뀌다 보면 더 이상 병원에 오지 않아도 되는 날들이 찾아올 거야. 간호사님들께 음료수와 과일을 드리고 병원 문을 나섰다.

아들 세종이가 함께 집으로 오며 종알종알 학교에서 있었던 일들을 이야기하고 엊그제 생일이었는데 뭐 없냐고 기대에 찬 눈빛으로 나를 본다. 그 조그맣던 아이가 이제 나보다도 한 뼘도 더 큰 고2가 되었다. 걸을 때면 찻길 쪽에 서서 보호를 해주며, 손잡을 때면 꼭 손깍지를 껴주는 든든한 남자가 되어버렸다. 갖고 싶어 하던 핸드폰을 선물해 주었다. 그랬더니 다시 아이가 되어 폴짝거리며 좋아한다. 그동안 항상 보급 폰만 사주다 처음으로 최신 폰을 사주었더니 소중히 잘 쓰겠다며 인사를 한다. 함께 웃어대며 집에 들어왔는데 벽에는 풍선과 남편의 손글씨가 매달려 있다.

축 퇴원! 내 퇴원을 축하해 주기 위해 일찍 퇴근해서 없는 솜씨에 나름 이벤트를 해준 남편이 참 기특하고 고마웠다. 케이크에 꽂힌 촛불을 끄며 서로를 축하해 주고 맛있게 저녁도 먹고 나니 나른한 행복감이 밀려든다.

그래, 살아있으니 참 좋다.

다만 감사

잠옷을 입고 바닥을 기어 다닌다. 그런 나를 보며 아들이 꼬물꼬물 꼬물꼬물 올챙이가 앞다리가 쏙~ 뒷다리가 쏙~ 하며 놀려댄다. 그래도 그 장난이 기분 좋다.

"엄마 기어 다니는 게 너무 귀여워. 꼭 애기 같아. 이리 와, 이리 와."

하는데 아이들 어렸을 때가 생각났다. 녀석들도 나처럼 배밀이를 하며 기어 다니던 시절이 있었다. 장난감을 잡으려고 내 쪽으로 기어오던 아들의 모습을 보고 얼마나 사랑스럽고 행복했었던가를 떠올려 보았다. 그래 내게도 그런 시절이 있었지 싶어 새삼스럽다.

"우리 아들 다 컸네. 엄마 아파도 이렇게 의연하네."
"난 사실 엄마가 다칠까 봐 많이 불안했었어. 패러가 위험한 스포츠라 안 했으면 좋겠다 싶었지만 초등학교 때 엄마 따라가서 한 번 패러를 타 봤잖아. 그때 정말 다 재미있어서 엄마가 왜 그렇게 패러에 푹 빠졌는지 알 것 같았거든."

"그래. 그때 네가 엄마 마음 알 것 같다고 했었지."

"응, 근데 나 사실 엄마가 이젠 더 안 탔으면 좋겠어. 엄마 또 다치면 나 너무 속상할 것 같아."

아들의 말 한마디 한마디는 내 가슴에 화살처럼 박혔다.

언제 저렇게 커버렸을까. 내가 일한다, 학위 받는다며 정신없게 지내는 동안 어느새 다 자라버린 아들을 보니 대견하기도 하고 가슴이 아프기도 했다. 부모란 늘 자식에게 해주지 못한 것만 생각하는 영원한 짝사랑이라더니 자꾸 애들만 보면 눈물만 핑 돈다.

남편도 비슷한 말을 했다. 지난 주말에 병원에만 있기 답답하다 했더니 남편이 순천만에 데려가 주었다. 겨울의 끝자락이라 기온은 낮았지만 햇볕이 따뜻해 휠체어를 타고 순천만을 둘러볼 수 있었다. 풍광이 무척이나 아름답고 포근했다. 흑두루미들이 바다 건너 돌아갈 채비를 하는지 떼 지어 날아다니고 다 스러져 버린 갈대는 바람에 나부끼는데, 저 부서지는 햇살을 한가득 받은 갯벌에는 장뚱어와 칠게들이 기어 다니고 있었다.

"서방은 왜 한 번도 다쳐서 돌아온 나를 나무라지 않아?"

"이미 다쳐버린 걸 나무라면 뭐해."

"그래도 원망스럽지 않아? 서방 이렇게 고생을 시키는데?"

"고생은 당신이 하지. 난 주말에만 이렇게 와서 조금 챙겨주는 것밖에 안 하잖아."

"딴사람들 같았으면 그러니까 내가 뭐랬냐, 타지 말라고 했는데 말

안 듣더니 이게 뭐냐, 왜 나까지 고생을 시키냐며 엄청 원망했을 텐데 서방은 한마디도 안 하잖아."

"난 당신이 한 번은 크게 다칠 줄 알았어. 워낙 위험한 스포츠잖아. 어쩌면 각오를 하고 있었다고 해야 할까. 당신이 터키에서 다쳤을 때 별일 아닌 것처럼 말해서 난 이렇게 심하게 다쳤을 줄은 몰랐는데 막상 닥치니까 올 것이 왔구나 싶었지."

"근데 왜 다시는 비행하지 말라고는 안 해?"

"다시 잘 걷게 되면 또 비행하고 싶겠지? 난 한편으로는 설마 이 고생을 하고 또 탈까 싶다가도 어쩔 땐 오히려 당신이 다시 훨훨 날게 되면 그게 더 좋겠다 싶기도 해."

"또 고생시키면 어쩌려고."

"본인이 더 고생이지 내가 뭔 고생이야. 얼른 나아서 훨훨 날아 다니슈. 아파서 이러고 있는 것보다는 그게 훨씬 당신다워."

그동안의 남편 마음고생이 깊게 느껴졌다. 생각해 보니 사고 이후 남편은 내게 한마디도 불평불만을 하지 않았다. 나란 사람이 어차피 말려도 안 들을 사람이고, 결정하면 말릴 도리가 없는 사람이란 걸 세상에서 가장 잘 아는 사람이니 이래라저래라하지도 않았을 테다.

내가 과연 비행을 그만 둘 수 있을까. 아직도 푸른 하늘만 봐도, 흰 구름만 봐도, 살랑거리는 바람만 느껴져도 하늘에 오르고 싶은데. 이런 내가 비행을 다시 하지 않을 수 있을까.

사랑하는 이들을 다시 아프게 할지도 모른다는 생각에 아무리 비행을 하고 싶어도 쳐다도 안 본다는 범수의 말처럼 나도 그렇게 될까. 아직은 잘 모르겠다. 지금의 나는 무엇도 단언할 수 없다. 근데 다시 훨훨 날아다니라는 남편의 말이 고맙기도 하면서도 서운한 이유는 왜일까.

서른 둘. 나로서의 삶. 그리고 엄마로서의 삶

스물다섯. 나는 한 여자에서 한 남자의 아내가 되었고, 한 아이의 엄마가 되었다. 유치원 선생님으로 3년 근무하다 아는 사람 하나 없는 광양으로 한 사람만 믿고 왔다. 임신해 있는 동안 방송대 공부를 마무리했다. 학사 자격도 갖추게 되었지만 육아를 하느라 하고 싶었던 공부는 뒤로 미뤄야 했다. 육아에 전념하다 보니 점점 나는 사라지고 누군가의 아내 혹은 누군가의 엄마로만 남는 것만 같았다.

둘째가 15개월쯤 됐을 때, 난 용감하게 두 아이를 맡겨 놓고 어린이집에 취직했다. 취직한 이유가 포기할 수 없었던 공부를 계속하는 것이었기에 전일제 근무가 아닌 시간제 근무를 택했다. 낮에는 두 아이를 데리고 어린이집으로 출근을 하고, 저녁이면 아이들을 옆 동 아주머니에게 맡기고 학교에 갔다. 두 아이를 맡기고 뛰어나오며 나도 매일 울었다.

무엇을 위해 이렇게까지 해야 하는지 매일 나에게 물었다. 저 어린 것들을 떼어놓고 내가 무슨 부귀영화를 누리겠다고 이렇게까지 해야 하나 생각하니 주체할 수 없는 슬픔이 밀려오기도 했다. 교수가 되겠다는 꿈. 스무 살 때부터 가슴에 품어왔던 그 꿈을 정말 이룰 수 있을까.

하지만 아이들도 자라면 엄마를 이해해 줄 것이라 믿었다. 지금의 기억은 다 지나갈 테지만 꿈을 포기하지 않은 여자로서가 아닌 한 인간으로서 도전과 성취를 멈추지 않았던 엄마를 기억해줄 것이다. 그 하나를 믿으며 난 나의 길로 달려갔다.

내가 학교에 가는 날에는 남편이 퇴근 후 아이들을 데려와 씻기고 재우는 역할을 해주었다. 결혼 전, 너무 어린 나이에 결혼을 선택한 나에게 그이는 공부를 하겠다는 나를 끝까지 도와주겠노라 굳게 약속을 했다. 그리고 그이는 그 약속을 지켜주었다.

엄마로 산다는 것은 여성에게 엄청난 희생을 요구한다. 결혼과 출산으로 경력이 단절되고 아이가 태어나면 나의 삶은 뒷전인 채, 아이에게 모든 것을 쏟아부어야 한다. 모든 생활의 중심이 아이에게로 옮겨가기에 잠도 제대로 잘 수 없고 밥도 편안히 못 먹는다. 다행히 요즘은 남녀의 역할분담이 따로 없이 육아와 가사를 분담하지만, 내가 아이를 낳아 키우던 20여 년 전에는 육아와 가사는 여성의 영역이었다.

아이들을 맡기고 직장에 가고 학교에 가는 나를 보고 주변의 많은 전업주부들은 손가락질을 했다. 엄마 자격도 없다며 대놓고 비난도 했다. 좋은 직장 다니는 남편이 있고 벌어다 주는 돈도 충분한데 또 무슨 직장을 가고 공부를 하냐고, 아이들은 내팽개치고 저 좋은 일만 하는 이기적인 여자라는 뒷말도 했다. 난 순간을 살더라도 내 자신으로 살고 싶었을 뿐인데. 그것이 그렇게 비난받을 일인가 싶었다. 내 스스로조차 모성애가 부족한가, 난 나밖에 모르는 사람인가 싶어 그 뒤로는 공부한다는 얘기를 주변에 하지 않았다.

직장에서 일하는 것과 공부하는 것은 하나도 힘들지 않았다. 오히려 그런 편견과 참견들이 나를 힘들게 했고 아이들에게 미안한 마음이 들어 더욱 견디기 어려웠다. 하지만 꿈을 포기할 수는 없었다. 누군가의 아내, 누군가의 엄마로만 살다가 내가 너희를 어떻게 키웠는지 아냐, 내 꿈을 너희들 때문에 다 버렸다, 내 청춘이 다 지나가 버려서 원통하다며 누군가를 탓하고 싶지 않았다. 주변과 싸우며 울고불고 힘든 시간이었다. 하지만 난 포기하지 않았고 석사가 됐다. 그렇게 아이들과 남편의 희생을 디딤돌 삼아.

꿈이라는 것

스무 살의 나는 유치원 선생님을 꿈꾸며 유아교육과에 입학했다. 아이들을 워낙 좋아했고 교회에서 유치부 선생님을 중학생 때부터 하면서 내가 영유아들을 잘 다룰 줄 안다는 것을 깨달았기 때문이다. 내가 알아야 할 정말 중요한 것은 유치원에서 배웠다. 라는 로버트 풀검의 책 제목처럼 유아교육이 얼마나 중요한지도 깨닫게 되었다. 사랑스런 아이들과 잘 놀아줄 수 있을 자신도 있었다. 학교는 정말 나와 잘 맞았다.

특히 삼십 대 중반의 조순옥 교수님은 결혼을 하지 않으신 분이었는데, 그분의 확신에 가득 찬 강의는 너무 멋있었다. 나도 저분처럼 대학에서 강의를 하는 사람이 되면 좋겠다는 꿈이 그때 생겼다. 내 나이 스무 살에. 하지만 가난한 집에서 태어난 난 대학 자체가 사치였다. 그래서 성적은 좋았지만, 고등학교도 상고로 진학하라는 아버지와 싸워 겨우 인문고에 들어갈 수 있었다.

"여자가 무슨 대학이냐, 네 남동생이 2년 있으면 대학 가야 하는데 너까지 어떻게 대학을 보내냐."

취직이나 하라셨다. 2년만 다니고 동생 대학 가면 내가 졸업하니 제발 공부하게 해달라고 조르고 졸라 겨우 전문대에 서류를 낼 수 있었다. 전문대학을 다니면서도 공부 못해 4년제에 못 갔을 거라는 편견. 전문대학이 무슨 대학이냐며 무시하는 편견. 너무 어린 나이에 나는 세상의 벽과 마주쳤다. 교수가 되려면 좋은 대학도 나오고, 유학도 다녀오고 해야 한다는데, 우리 집 형편으로는 전문대 졸업이나 겨우 할 수 있을지를 걱정해야 했다.

유아교육과는 교재교구를 직접 제작하고 과제를 만들어 내는 일이 많아 재료비가 많이 든다. 하지만 난 부모님께 용돈 달라는 말하기도 어려워 최대한 돈을 아껴야 했다. 비싼 색지를 살 돈이 없어 도화지에 물감으로 색을 입혀 사용했다. 동화책을 만들어 가야 하는 날엔 친구들은 예쁜 색지에 칼라 복사를 입혀 코팅까지 해서 냈는데 나는 일일이 그림을 그리고 손글씨로 써서 제출했다.
난 가난한 내 동화책이 부끄러웠다.

하지만 교수님은 그런 내 동화책을 보고 크게 칭찬을 해주셨다. 정성이 가득 담긴 너무 예쁜 책이라며 A+를 주셨다. 당시의 내겐 큰 격려였다. 정말 감사했고 더 열심히 살자 다짐했다. 다행히 성적이 좋아 등록금은 장학금으로 해결할 수 있었고 방학이면 갈빗집, 만두가게에서 아르바이트를 해 생활비를 마련했다. 힘들긴 했어도 학교생활은 정말 즐거웠다. 공부는 재미있었고 교수님들도 존경스러웠다. 물론 친구들도 좋았다.

석사과정을 모두 마치고 나자 내게 기회가 찾아왔다. 남편이 다니던 직장에서 아웃소싱(분사. 희망퇴직과는 다르게 기업에서 분사시켜 기업의 기존 고정 고용비용을 줄이는 것) 대상자를 모집한다는 것이었다. 내 꿈을 잘 알고 있는 남편이 아웃소싱을 하면 퇴직금이 최대 3억 원 나오는데, 그 돈으로 어린이집을 해 보면 어떻겠냐고 물어보았다. 직장이 없어지는 것도 아니고 지금 급여의 70%를 보장하는 것이라 위험하지도 않았다. 우리 나이 이제 겨우 서른이니까 혹시 실패하더라도 다시 시작할 수 있는 나이라며 한번 해보라고 권했다. 그럼에도 나는 덜컥 겁이 났다.

꿈을 붙들고 살았던 나였고 어린이집이나 유치원을 차리고 싶어 돈을 열심히 모으고 있었을 때라 그땐 1억 정도가 수중에 있었다. 하지만 막상 4억 정도의 돈이 더 든다니 잘할 수 있을지 두려운 마음도 컸다. 하지만 그 두려움의 크기보다 펼쳐진 꿈을 붙들고 싶은 생각이 훨씬 더 컸다.

꿈이라는 것 II

내가 정말하고 싶었던 것은 국·공립 어린이집이었다. 내 성정상 진정한 교육을 하고 싶었다. 그러기엔 개인의 영리가 아닌 정부나 지자체에서 운영하는 국·공립 어린이집이 나을 것이란 생각을 했다. 당시 근무하던 어린이집 원장이 내게 왜 힘들게 대학원을 다니느냐고 물었을 때도, 국·공립 원장을 하려면 기본적으로 석사 이상의 스펙은 있어야하니까 공부한다고 했다.

지역사회 어린이집 단체의 유력 인사였던 그 원장은 내가 3년 정도 근무하는 동안 나를 많이 믿고 의지했다. 내가 300명이 넘는 학부모의 얼굴을 모두 모두 외워 그 학부모들이 아이를 데리러 오면, 얼른 누구 어머니 오십니다, 하면, 원장이 나가서 그 학부모를 아는 척 인사를 하곤 했다. 그렇게 큰살림을 내가 안정적으로 맡아서 하자 원장은 정치하는 사람들과 어울리고, 건축하는 사람들과 몰려다니며 산을 개발한다며 돌아다녔다. 그러던 어느 날 원장은 순천에 국·공립 어린이집 설립 예산이 내려왔다며 내게 자신이 개발한 땅을 사서 어린이집을 해보라 권했다.

상대방이 내가 원하는 것과 내가 가지고 있는 것을 모두 알게 되면 100% 사기 칠 수 있다는 것을 그땐 미처 몰랐다.

이제 겨우 서른 살이고 사회 경험이라곤 유치원과 어린이집 선생님으로 근무한 게 다인 여자가 4억 정도의 돈을 가지고 있다. 그리고 국·공립 어린이집 원장을 꿈꾸고 있다는데 속이는 사람 입장에서는 얼마나 쉬웠겠는가.

내가 가진 돈의 대부분이 땅값으로 들어가 버렸다. 건물을 지을 돈은 일단 사채를 끌어다 쓰고 건물이 다 지어지면 대출을 받으면 된다고 해서 돈을 구하러 다녔다. 은행에서 신용으로 대출을 받아보려 해도 내가 받을 수 있는 대출한도는 2천만 원이 다였다.

그 모험에 뛰어들 것인가 아니면 여기서 멈출 것인가를 고민하던 그때, 생각나는 두 사람이 있었다. 대학 친구 봉수와 서울에 사는 큰 아주버님이었다. 아주버님에게 어린이집을 하려고 하는데 돈이 모자란다고 좀 도와 달라고 하자 본인이 가지고 있는 현금이 3천만 원이 다라면서 선뜻 보내주셨다. 결혼도 하지 않고 혼자 사시는 아주버님은 혼자서 며느리 역할을 하고 있는 나를 늘 안쓰러워하셨고 늘 고마워하셨다. 언제나 든든한 내 후원자시다. 이자는 안 줘도 된다며 원금만 잘 쓰고 갚아 달라고 하셨는데, 어린 나를 믿고 지지해 주시니 얼마나 감사했는지 모른다.

대학 친구인 봉수는 절친인 진하와 함께 대학 때 몰려다니던 친구였다. 결혼 후에도 가끔 서울에 가면 그때의 친구들을 만나며 인연을 이어왔는데, 서로의 꿈에 대해 상담과 응원을 해주던 좋은 친구였다. 봉수는 내가 어린이집 하는데 돈이 필요하다니까 지금 가지고 있는 돈이 7천만 원이 전부인데 5천만 원 정도를 빌려줄 수 있다고 했다. 다음날 봉수는 정말 5천만 원을 내 통장으로 보내주었다.

거기에 내 신용대출, 남편 앞으로 또 직장대출, 살고 있는 집의 담보대출 등 받을 수 있는 대출은 다 받고 주식, 적금 등 돈으로 만들 수 있는 모든 것을 다 끌어모아 건물을 지었다. 겨울이 오기 전부터 시작된 공사는 해를 넘겼다, 3월 입학식을 위한 원아모집을 다 해 놓고도 건물이 완성되지 않아 개원을 못했다.

20명 정도가 입학하기로 했는데, 건축이 끝나지 않자 다니던 어린이집 원장이 개원할 때까지 아이들을 자기 어린이집에 보내라고 했다. 차량운행을 내가 해서 데려오고 데려다주면 자기 원에서 아이들을 돌보다가 내가 개원하면 보내주겠다는 것이었다. 그렇게 무보수로 아이들의 등·하원 운전을 하게 되었다.

6월이 되자 드디어 어린이집이 완성되었다. 어린이집은 건물만 있으면 되는 일이 아니다. 내부도 채워 넣어야 했다. 당연히 영유아들이 사용하는 용품들이라 안전과 위생을 생각해야 하기에 가격이 일반 가구의 두 배 이상은 든다. 마치 밑 빠진 독에 물 붓는 것처럼 돈이 끝도 없이 들어갔다. 더 이상 돈을 마련할 방법이 없어지자 남편이 타고 다니던 차까지 팔아야 했다. 나는 차량운행을 하는 봉고차가 있으니 내가 타던 소형차를 남편이 타고 남편이 타던 SUV차량을 팔기로 한 것이다. 남편이 얼마나 아끼고 소중히 여기던 차였는지 너무도 잘 알고 있던 나는 딜러가 차를 가져가는 날. 어린아이처럼 엉엉 울었다.

우여곡절 끝에 어린이집을 개원했다. 기존에 다니던 어린이집에서 아이들을 데려와 드디어 내 시설의 문을 열 수 있게 된 것이다. 그러던 중, 기존 원장이 학부모들에게 일일이 전화해 차량운행은 계속해줄 테니 아이들을 본인 어린이집으로 보내달라는 전화를 한다는 이야기가 들렸다. 충격이었다. 난 그제야 내가 믿고 있는 모든 것들이 조금씩 잘 못되어가고 있다는 걸 깨달았다.

하지만 국·공립으로 변경하려면 그 원장의 힘이 필요하기에 난 얼굴 붉히지 않고 맘을 삭이며 그 어린이집을 나왔다. 그리고 해 뜨는 자연생

태 어린이집의 원장으로서 새로운 삶을 시작했다. 어린이집을 운영하면서 최선을 다했다. 원아모집도 잘 되었지만 국·공립 어린이집으로의 변경은 불가능했다. 결국 3년 반 동안의 운영을 마무리할 수밖에 없었다.

나에게 박사라는 건

공부가 하고 싶어졌다. 어린이집도 안정되어 조금의 여유도 생겼다. 그러자 이젠 어릴 적부터 되고 싶었던 교수란 꿈을 향해 한 걸음 옮길 때가 되었다는 생각이 들었다.

전남대학교 유아교육과 박사과정에 도전했다. 당연하겠지만 석사과정에 비하면 더 힘든 시간이 기다리고 있었다. 일단 공부의 양이 석사과정 때와는 비교도 되지 않을 정도로 많았고, 원서로 수업을 진행하는 교수님들은 또 왜 그리 많으신지. 영어실력이 부족한 나로서는 매일이 전쟁 같았다. 학교 다니는 일은 비록 힘들기는 했지만, 한편으론 또다시 열정을 쏟아부을 무언가가 생기자 재미도 있고 즐거웠다.

한 가지 더 기쁜 일은 스무 살 때부터 꿈꾸었던 대학교수를 할 수 있게 된 것이다. 박사과정을 시작하자마자 주변에서 강의하던 선배들이 교수님들을 소개해 주었다. 내가 시간강사로 강의를 할 수 있게 된 것이다.

학생들 앞에서 강의하는 일은 무척 즐거웠다. 예쁜 정장을 차려입고 하이힐을 또각거리며 처음 강의실에 섰던 서른네 살의 나는 가슴이 쿵쾅거리고 너무 떨려 무슨 말을 했는지 지금도 기억나지 않는다. 다만,

나를 호기심 어린 눈으로 바라보던 스무 살 청춘들이 너무도 사랑스러웠다. 그리고 녀석들과 함께 만들어 갈 한 학기가 기대로 가득했던 것만 생각이 난다. 시간과 노력에 비해 강의료는 턱없이 적었다. 하지만 그토록 꿈꿔왔던 대학교수가 되었다는 것만으로도 모든 것을 다 가진 기분이 들었다.

슈퍼우먼이 된다는 것

석사과정 때와는 달리 남편은 박사과정을 하는 나를 달가워하지 않았다. 이제 공부는 그만한다고 하더니 아이들은 뒷전이고 또 무슨 공부를 하느냐고 반대했다. 하지만 어렵게 합격한 대학원을 포기할 수는 없었다. 반대하는 공부를 하려니 집안일은 더욱 잘해놔야 했다. 아무리 사랑하는 남편이지만 듣기 싫은 말 듣지 않으려고 애썼다.

가사와 육아는 당연히 여자의 몫이라 생각하던 시절이었다. 난 그렇게 그리고 자연스럽게 슈퍼우먼이 되어갔다. 남편이 퇴근 후 저녁 준비가 되어있지 않으면 짜증내지 않을까. 그러려면 공부 그만두라 말하지 않을까. 더욱 조심스러워졌다.

그러던 어느 날, 학업 관련 준비를 하다 보니 새벽 3시가 이미 훌쩍 넘었다. 거실로 나와 보니 그 짧은 시간 동안 남편과 아이들의 흔적이 가득했다. 이것저것 정리를 하고 나도 모르게 청소기를 돌렸다. 그러던 중 남편이 나와 버럭 화를 낸다.

"당신, 지금 나한테 시위하는 거야. 이 밤에 지금 뭐하는 거야. 사람 잠도 못 자게."

"집이 너무 지저분해서 좀 치우고 자려는 거야."

"내일 하면 되지 지금 시간이 몇 시인데 이게 뭔 짓이야. 다른 집도 생각해야지."

남편은 씩씩거리며 방으로 들어갔다. 다 맞는 말이었다. 시끄럽다니 청소기를 더 이상 쓸 수 없어 걸레를 빨아 무릎을 꿇고 온 바닥을 닦았다.

아… 나는 도대체 무엇을 위해 이렇게 사는가 싶어지자 갑자기 한숨이 나왔다. 어제보다는 오늘이, 오늘보다는 내일이 더 나아지는 삶을 원하는 내가 욕심이 너무 과한 걸까. 나는 현재의 삶에 안주할 수 없는 사람인 걸까. 스스로에게 많은 질문을 던지다 어느새 곯아떨어졌다.

비록 시간 강사이지만 대학교수라는 꿈이 이루어지자 국·공립 어린이집 원장이란 목표를 이루기 위해 노력했다. 박사과정을 시작한 것도 그것을 위한 스펙을 더 쌓을 필요가 있다는 판단에서였다. 그래서 그 전부터 국·공립 원장 자격에서 요구하는 것들을 하나씩 준비해 왔다. 조리사·간호조무사·사회복지사 등 자격증도 틈틈이 취득했다. 그렇게 준비해 나가는 과정은 힘들기도 했지만 한편으론 재밌기도 했다.

박사과정을 수료했다. 그러고 나니 가난한 집에 태어나 4년제 대학은 갈 수도 없었던 내게 남겨진 학력 콤플렉스가 조금은 해소되었다.

얼마 뒤 학술대회에 갔다. 명문 대학의 석·박사과정의 사람들을 만났다. 그들도 저마다 조금씩은 콤플렉스를 품고 살아가고 있었다. 어떤 사람도 자신의 모습에 완전히 만족하는 사람은 없는 것 같다. 누구나 나보다 나은 사람을 부러워하게 되고 자신이 가지고 있지 못한 것에 부족함을 느끼고 있었다. 다만 내가 더 잘하는 부분에서 남겨진 자존감을 붙들고 살아가고 있다. 라는 생각. 그런 마음이 들었다.

아…. 나만 불만족스러운 것이 아니었구나. 누구나 채워지지 않는 항아리 하나씩은 가슴에 품고 살아가고 있구나. 란 생각이 들었다. 그들은 모두 이미 많은 것을 가진 사회의 리더들이었다. 그럼에도 본인의 부족함에 항상 전전긍긍하며 그런 모습을 들키지 않으려고 애쓰며 살고 있는 것이 그제야 보였다. 나만 그런 것이 아니었구나. 그렇게. 힘들었지만 즐거웠던 박사과정은 마무리됐다.

교수가 되었다. 이름 모를 내가

알고 지내던 교수님의 소개로 한일장신대학교 전임교수로 임용되었다. 연구실 앞엔 내 이름이 명패에 새겨져 있다. 드디어 그렇게 원하던 교수의 꿈이 제대로 이루어지게 된 것이다. 지도교수님이셨던 홍혜경 교수님은 제자의 임용을 축하해 주시며 예쁜 찻잔 세트를 선물로 주셨다. 강의가 끝나면 다시 연구실로 돌아와 쉬는데 그동안 시간강사로 출강하던 시절이 생각났다.

강의하던 중 쉬는 시간이 되면 시간강사 휴게실이 따로 없어 강의실

한쪽에 앉아있었다. 간혹 학생들이 내가 있으면 불편해할까 햇살 들어오는 건물 뒤편 계단에서 쉬다 오곤 했다. 그리고 가끔은 전임교수들 연구실에 들어가 눈치 보며 커피도 얻어 마시던 기억도 났다.

그렇게 갈 곳 없어 방황하던 시절에는 연구실에 앉아있는 교수들이 많이 부러웠다. 연구실 앞에 붙어있는 명패도, 자신만의 공간이 있어 쉬는 시간에 편히 쉴 수 있는 것도, 무엇보다 무거운 자료나 책들을 둘 곳이 없어 방황할 필요가 없는 것이 부러웠다. 그러나 이제 나도 부러웠던 그 모든 것들을 갖게 된 것이다. 교원으로 등록되어 교육공무원 연금도 들고 보험도 들었다. 직업란에 교수라고 쓰니 금액도 훨씬 적게 들어가서 뭔가 특혜를 받는 듯한 느낌도 들었다.

하지만 꿈만 같던 그 달콤한 시간은 오래가지 않았다. 모든 지방대학이 다 그렇듯 학생모집이 힘든 상황이었다. 내가 임용된 아동복지학과도 간호학과가 신설되면서 통폐합되었다. 기존에 근무하던 교수들도 정리해고가 됐다. 기존의 과조차 사라질 정도니 내가 설 자리는 어디에도 없었다.

비록 한일장신대학교는 연봉도 적고 거리도 멀어 오가기도 힘들었지만, 교수로 재직했던 그 시간은 내게는 참 소중한 시간이었다. 내가 어린이집을 정리하고 실버타운을 시작했을 무렵, 가장 경제적으로 어려웠던 그 시기에 나를 버틸 수 있게 해준 고마운 곳이다.

당시 학교에서는 사이버 교육원을 운영했었다. 내가 촬영한 두 과목의 강의에는 천 명이 넘는 학생들이 수강신청을 했다. 강의 제작비와 교과 운영비 외에도 한 학기에 한 과목당 천만 원이 넘는 금액을 받았다. 한 학기에 한두 번 정도 있는 오프라인 수업에도 수백 명의 학생이 내 강의를 듣기 위해 모여들곤 했다. 그 많은 학생 앞에 서 있는 내 모습이 무척 자랑스러웠다.

하지만 교수로 재직했던 몇 년 동안 내가 품었던 대학교수로서의 자긍심은 모두 사라져버렸다. 지방대학에서는 이제 더 이상 교수를 정교수로 채용하지 않는다. 언제 내보내도 상관없도록 계약직으로 교수를 뽑고 필요 없는 상황이 되면 가차 없이 정리를 한다. 그것도 실력은 뒷전이고 줄이 있어야 계약직이라도 들어갈 수 있었다. 학생모집을 위해 고등학교에 학교 홍보도 나가야 되는 실정이다. 어쩔 때는 내가 교수인지 영업사원인지 자괴감마저 들었다.

한 고등학교 교무실에는 영업사원·교수 사절이라는 문구가 붙어있기까지 했다. 선생님들에게 로비를 하고 학교 설명회라도 한 번 열라 치면 인맥까지 총 동원해야 하는 그런 현실이었다. 더 이상 학교에 대한 미련이 생기지 않았다. 그 후로 강의를 점차 줄여나갔다. 겸임교수로만 몇 학교에 출강하며 대학교에 발 하나 걸쳐놓고 내 기관에서 일하는 것이 내겐 가장 잘 맞는 일이라 생각했다. 그리고 차츰 학교 강의보다 특강을 다니기 시작했다.

특강. 그 새로운 세계

건강지원센터에서 주최하는 교육프로그램의 강사로 나가거나 아이돌보미 신규·보수교육 그리고 시청이나 교육청에서 학부모를 대상으로 한 특강 강사로 초청되었다. 적게는 15명에서 많게는 100여 명에 이르는 특강은 대학에서 하는 강의와 확실히 다른 매력이 있었다. 시간당 강의료도 대학 강의보다 많았다. 15주씩 강의하는 것도 아닌 일회성 강의라 한 시간이든 하루 종일이든 준비할 것도 적었다. 게다가 집중력도 높았다.

"교수님, 오늘도 고생 많으셨어요. 오늘 강의 평가도 너무 좋게 나왔어요."

"선생님들이 서포트를 잘해주셔서 그래요."

"별말씀을요. 교수님이 워낙 재미있게 강의를 잘해주시니까 지루할 틈이 없어요. 저도 교수님 강의를 벌써 열두 번은 넘게 들은 것 같은데 들을 때마다 재미있는걸요."

"아이고, 감사해요."

아이돌보미 강의는 할 때마다 반응이 좋았다. 덕분에 나는 몇 시간씩 서서 강단을 휘젓고 다녀도 피곤한 줄 몰랐다. 그렇게 전남에서 열리는 보수교육을 지역별로 다니게 되었다. 그렇게 낯선 도시의 강의가 끝나면, 그 도시의 관광지를 둘러보며 혼자 여행을 하는 낭만적인 호사도 누릴 수 있었다.

작은 형부는 폐암 선고를 받고 1년 만에 세상을 떠났다. 그 과정을 지켜본 나는 산행을 시작했다. 산행은 인생을 너무 치열하게 살고 있는 내게 그렇게라도 쉬라고, 나를 좀 더 찾아보라고 형부가 내게 남겨준 유산 같았다. 암 병동에 누워있던 형부는 내가 병문안 후 새벽 첫차로 치악산에 가는 것이 부럽다고 했었다. 나도 처제처럼 살았어야 했다고 말이다. 평생을 공무원으로 살아왔던 형부다. 승진을 위해 온갖 스트레스를 받고도 자기를 한 번도 되돌아보지 못했다며 형부는 말했었다.

그 모습을 보며 나는 무엇보다도 나를 위해 사는 것이 중요하다는 생각을 했다. 그리고 아직 내게는 기회가 많이 있다는 생각을 했다. 내가 진정 원하는 것이 무엇인지 자세히 살피며 고민했던 것이 그 날이었다. 어쩌면 그때 나도 내가 원하는 것이 무엇인지 정말 발견하고 싶어 그 많은 산에 올랐었는지도 모르겠다.

국·공립 어린이집 원장으로의 도전

어린이집을 정리한 후 강의만 다니며 박사과정 공부에 매진했다. 소속된 기관이 없으니 시간강사만 했다. 내 자존감은 바닥을 친다. 보통 시간강사는 3개월짜리 일자리인 경우가 대부분이다. 3월에 개강해서 6월 중순이면 종강을 하기에 월급도 3개월 반 밖에 나오지 않는다. 가을학기도 9월에 개강해서 12월 중순이면 끝난다. 다음 학기에도 강의를 맡아달라고 따로 연락이 오지 않으면 직장을 잃는다고 보면 된다. 흔히 보따리장수라는 은어로 불리는 시간강사는 학과장이 바뀌면 대부분 물갈이 되는 경우가 많다.

내 경험상 공고를 내서 시간강사를 채용하는 경우도 있지만, 대부분 인맥을 통해 자리가 정해지는 경우가 더 많다. 나는 성격상 누구에게 아첨을 하거나 뒤로 뇌물을 줄 만한 성격도 못 된다. 강의를 얻기 위해 그런 일은 하지 않았다. 또 기관을 운영하고 있었을 때는 강의 의뢰가 너무 많아 한주에 20시간도 넘는 강의를 했다. 정신도 없어 그럴 필요도 느끼지 못했다. 하지만 기관이 사라지자 강의는 내 수입의 전부가 되었고 강의 의뢰가 끊어질까 조바심마저 들었다.

매월 은행에 갚아가야 할 이자와 고정지출 금액에 대한 압박이 있는 상태에서 남편에게만 의지할 수도 없었다. 날이 갈수록 스트레스는 점점 심해졌다. 하지만 이대로 그냥 주저앉아 있을 수도 없었다. 원래 하고자 했던 나의 목표대로 국·공립어린이집 원장 공모에 도전했다.

공고가 뜨고 자료 책자도 거의 완성될 무렵 시청에서 어린이집 인허가 담당 공무원으로부터 연락이 왔다. 국·공립 원장은 개인보다는 명망 있는 단체와 함께 하는 것이 유리하다고 조언했다. 이러저러한 루트를 통해 한국여성소비자연합 순천지부 김윤아 회장님을 만나 뵈었다. 회장님은 미혼모생활센터를 운영하며 지역사회에서 여성의 지위 향상을 위해 평생 노력하셨고 대학에서 강의도 하시는 멋진 분이다. 결론적으로 그 긴 고생과 노력에도 국·공립은 물 건너갔다. 하지만 내 인생의 롤모델로 삼고 싶은 분을 덕분에 만나게 되었으니 됐다.

To be or Not to be

그렇게 국·공립 어린이집 원장에 실패하자 내 모든 삶도 실패한 것만 같은 패배감이 몰려왔다. 나는 목표를 잃고 바다 위를 둥둥 떠다니는 작은 돛단배가 되어버렸다. 출렁거리는 바다 위. 어디로 가야 할지 몰라 막막해 하고 있는 내 모습이 때로는 한없이 초라하게 느껴졌다. 끝도 없이 멀고 먼 바다 한가운데서 육지는 보이지 않고 등대 불빛도 없다. 엔진은 꺼져버리고 이젠 기름마저 없는 느낌이다. 노를 저어서라도 가고 싶었지만 갈 곳이 어디인지도 모르겠고, 결정적으로 이젠 내겐 남아 있는 힘조차 없다.

그동안 정신없이 달려왔던 나를 돌아봤다. 정말 치열하게 살아왔는데 이제 내게 남아 있는 것이라곤 4억이라는 빚뿐이다. 이젠 어떻게 해야 하나, 어디로 가야 하나, 무엇을 해야 하나, 아무것도 할 수 없을 것 같은 두려움이 몰려왔다. 난 그저 작은 배 위에 앉아 한숨만 쉬고 있다. 매일의 걱정과 근심들…. 죽으면 이 고통이 끝날까 싶어졌다.

강의도 없고 할 일도 없는 나날들이었다. 감사하게도 김윤아 회장님은 아침마다 안부 전화를 주셨다. 실망하고 좌절한 내가 걱정이 되셨는지 매일 아침 모닝콜처럼 잠은 잘 잤는지, 오늘은 뭐를 할 건지, 몸은 안 아픈지를 물어보셨다. 그 진심에 눈물이 났다. 처음에는 괜찮은 척, 안 아픈 척 전화를 받고 애써 밝게 대화를 했다. 하지만 그날 아침에는 도저히 그게 안 됐다.

"회장님, 나 너무 힘들어요. 그냥 죽고만 싶어요. 이대로 세상이 끝나버렸으면 좋겠어요."
"씩씩하게 잘 이겨내는 것 같더니… 그렇게 많이 힘드냐?"
"그동안 저 정말 열심히 살아왔는데 이젠 어떻게 살아야 할지도 모르겠어요. 저 좀 도와주세요."

"그래… 그럼 내가 어떻게 도와줄 수 있을까?"

"어린이집 좀 팔아주세요. 주변에 하실만한 분이 안 계실까요? 이 많은 빚을 어떻게 갚을지도 모르겠어요. 건물이 팔려야 정리가 될 텐데 부동산에 내놔도 팔리지도 않아요. 저 어떻게 해요."

"…"

"저 좀 도와주세요. 회장님 흑흑…"

철없이 회장님을 붙잡고 울어대니 회장님은 한동안 말씀을 잇지는 못하시고 수화기만 붙들고 계셨다. 전화를 끊고 한참을 울다 창밖을 내다보았다. 이 창문을 넘어가면 그 많은 고통이 끝날까 싶은 생각도 들었다. 정말 열심히 살아온 인생인데 나락으로 떨어진 듯한 느낌. 이렇게 넘어져서 결국은 일어서지 못할 것만 같은 절망감. 인생의 패배자가 되어 아무것도 할 수 없을 것 같은 두려움. 지금 이 상황을 해결할 수 있는 방법은 아무것도 없을 것 같았다.

매달 2백만 원이 넘는 이자를 감당하면서 내가 얼마나 더 견뎌낼 수 있을지. 어린이집을 정리하면서 남은 몇천만 원으로 내가 무엇을 할 수 있을지 생각하다보면 암담하기까지 했다. 죽으면 그만인데, 이 모든 게 무슨 소용인가 싶어지니 자꾸만 창밖을 보게 된다. 그러다 문득, 내가 여기서 죽으면 우리 아이들이 이 집에서 어찌 살까 싶어졌다. 아직 초등학생인 녀석들이 엄마가 자살한 집에서 살게 할 수는 없었다.

그래. 죽더라도 집에서는 죽지 말자, 산으로 가자. 내가 사랑하는 지리산에 가면 산도 높고 골도 깊으니 실족사라 하면 아이들의 상처도 그리 깊지 않을 거야.

주섬주섬 짐을 챙겨 친정으로 갔다. 겨울이라 곳곳에 눈이 쌓여 있다. 한겨울 바람은 매섭고 날씨는 날카로웠다. 하지만 눈 덮인 지리산은 늘 그랬듯 엄마처럼 나를 품어주었다. 그러고 보니 스무 살 청춘 때 처음으로 친구들과 이 산을 오르다 남편과 정이 들었었지… 이후로 여름이면 여럿이 종주를 하곤 했었는데 정작 지리산에 나 홀로 온 것은 이번이 처음이었다.

죽어야겠다는 생각으로 찾아온 산이기에 혼자 산행하는 것도 무섭지 않았다. 머릿속 가득 살아온 삶에 대한 생각들, 어떻게 죽을 것인지, 내가 죽은 후 남겨진 사람들은 어떨지에 대한 생각들이 차올랐다. 한 발 한발 발걸음을 옮기는데 길은 미끄럽고 숨이 차올라 너무 힘이 들었다. 적당한 장소가 나오면 뛰어내려야지, 한번에 죽을 수 있는 곳을 찾아야지 하는데 뒤따라오던 사람들이 따스하게 인사를 건네며 나를 스쳐간다.

"금방이에요. 힘내세요. 먼저 갑니다."

한마디씩 던지며 지나가는 그런 사람들을 보니 너무 반가워졌다. 혼자서 긴 시간 산을 오르다 보니 사람들을 보기만 해도 좋아 얼른 뒤따라 걸었다. 하지만 그들은 너무 빨리 사라져버렸다. 장비도 없이 맨몸으로 한 발씩 옮기는 나와는 달리, 아이젠과 스틱으로 무장한 그들은 순식간에 산모퉁이로 사라져 버렸다. 순간 오기가 발동했다. 저 사람들을 따라가고 말겠어. 숨이 턱까지 차오르는데도 헉헉거리며 좀 더 빨리 걸었다. 어느 순간 그 힘들던 숨이 조금씩 편안해지면서 몸이 산에 적응해 버렸다.

그렇게 쉬지 않고 걸어 올라가자 앞질러 갔던 무리가 앉아서 쉬고 있는 게 보인다. 다시 사람들을 만나니 반갑기도 하고 잘 따라온 내가 기특하기도 했다. 잠시 쉬어갈까 싶은 생각이 들었으나 모르는 사람들과 말 섞고 같이 쉬다 보면 죽기가 어려울 것 같았다. 그들을 지나쳐 계속 걸었다.

오르는 내내 계속 죽기 좋은 곳이 어디 있는지 살펴보았다. 깊고 높은 곳이 좋을 것 같은데 딱히 마음에 드는 자리가 없다. 그러다 에이~! 갈 때 가더라도 천왕봉은 찍고 가자 싶어 정상을 향했다.

바로 눈앞에 훤히 보이던 천왕봉은 어찌도 그리 먼지. 곧 닿을 것 같은데 올라서면 이미 저기 멀리 있고, 저기만 돌아서면 되겠지 싶었는데 돌아서면 여전히 저기에 있다. 그렇게 정상에 올랐다. 그러니 그동안 답답하고 억눌려있던 마음이 확 트이는 기분이 들었다. 계속 죽을 생각으로 가득했던 마음에 시원하고 상쾌한 바람이 스며들자, 살고자 하는 의욕이 싹트기 시작했다. 이 힘든 산도 혼자 올라왔는데 내가 못할 게 뭐가 있겠어. 죽을 용기가 있으면 살아야지. 죽기는 왜 죽냐. 애들도 키워야 하고 그동안 치열하게 살아온 게 아까워서라도 내가 어떻게 죽어. 살자. 지금껏 살아온 것처럼만 하자. 뭐든 할 수 있을 거야.

고향이란 것

종일 아무것도 먹지 않고 지리산을 올라갔다 왔더니 배가 너무 고팠다. 깜깜한 밤이 되어 친정집에 들어서니 걱정에 발만 동동 구르시던 엄마가 깜짝 놀라며 반겨주었다. 잔소리와 함께 저녁을 챙겨주는 엄마에게 멋쩍은 웃음 한번, 지어주신 따스한 밥 맛나게 먹었다. 그 따스한 밥. 눈물이 났지만 외려 더 크게 웃으며 꾸역꾸역 밥을 밀어 넣었다. 몸을 씻고 포근한 이부자리에 누워 기절하듯 잠이 들었다.

다음날 아침. 집으로 돌아오며 김윤아 회장님께 전화를 드렸다.

"저, 죽으러 갔는데 겨울 산이 너무 예뻐 못 죽고 돌아왔어요. 이제 처음부터 다시 시작해 보려고요."

"잘 생각했어. 넌 잘할 수 있을 거야. 난 너를 믿는다."

"감사해요, 회장님. 그리고 지난번엔 어린애처럼 징징거려서 죄송해요."

"네가 얼마나 힘들었으면 그랬겠니. 다 이해한다. 힘내라."

회장님의 격려를 받으며 돌아온 집에는 사랑스러운 두 아들과 말없이 나를 바라보는 남편이 기다리고 있었다. 살 것인가 죽을 것인가. 나의 답은 '살자'였다.

2년 반의 노력. 실버타운 개원

강의를 하며 새로운 일을 준비하고 있던 어느 날 김윤아 회장님께서 연락을 주셨다. 순천에 요양시설은 몇 개 있는데 아직 양로시설이 없으니 양로시설을 한번 해보는 게 어떻겠냐고 권하셨다. 요양시설에 비해 인가절차가 까다롭지 않으니 지금의 시설을 조금만 손보면 어렵지는 않을 것 같았다. 어린이집을 운영하며 사회복지사 자격증을 따 둔 것이 이렇게 사용될 줄은 몰랐다. 언젠가 나도 나이가 50살 정도 되고, 인생의 경륜이 좀 쌓이면 노인들을 돌보는 일을 해도 좋을 것 같아 기회가 될 때 따자 싶어 공부한 것이 요긴하게 쓰이게 된 것이다.

평생 유아교육만 하고 살아온 사람이 갑자기 어떻게 노인시설을 운영할지 눈앞이 캄캄했지만 다른 방법이 없었다. 건물은 사용하지 않아도 매월 기본적으로 들어가는 비용이 있다. 시간이 지날수록 건물의 가치는 떨어질 것이고, 어차피 돈은 계속 들어가는데 비워놓는 것보다 의미 있는 일에 사용하는 것도 좋을 것 같았다.

건물이 비워진 지 8개월. 2006년 3월 말에 개원식을 했다. 하지만 운영은 녹록지 않았다. 어느 날 오후엔가는 혹시라도 누가 상담이라도 올까 해서 홀로 실버에 앉아있었다. 아무도 오지 않는다. 암담한 마음에 무릎을 꿇고 기도하기 시작했다. 처음에는 조용조용 이야기하듯 기도를 시작했는데 나중에는 펑펑 울고 말았다.

"하나님, 저는 지금까지 최선을 다해 살아왔는데 왜 저한테 이러시는 거예요. 누구보다 바르게 살려고 노력했고 열심히 살아왔는데. 왜 잘되던 어린이집은 문을 닫게 되고, 노인들을 섬기는 사명 감당하겠다고 개원한 실버에는 왜 석 달째 어르신이 한 명도 안 와요. 저보고 어쩌라고 이러세요. 하나님을 위해 정말 열심히 살아왔는데 하나님은 왜 제게 아무것도 안 해주세요."

어린아이처럼 엉엉 울며 신을 원망하고 내 상황을 한탄하며 기도하는데 마음속에서

넌 너를 위해 평생을 살았잖아. 지금까지 네가 하고 싶은 것 다 했잖아. 그러니 이제부터는 부디 나를 위해 좀 살아봐.

하는 울림이 있었다. 나는 지금도 그날의 기억을 신과의 대화였다고 생각한다. 어린 시절부터 기독교 집안에서 자라왔고, 이 세상에 내가 태어난 것은 신의 영광을 드러내기 위함이며, 크리스천으로서 부끄럽지 않게 살아야 한다고 믿고 살아왔다. 물론 난 그리 바르지도 완벽하지도 않은 정욕으로 똘똘 뭉친 한 인간에 불과했지만, 매주 교회 주일학교에서 아이들을 가르치며 좋은 사람이 되고자 노력하며 살았다. 어린이집을 시작할 때도 40일 새벽기도를 다니며 기도 끝에 결정했다. 국·공립 어린이집에 도전할 때도 여리고 성 기도를 생각하며 신의 인도를 구했다.

그날 난 신이 보낸 천사와 함께 씨름하며 축복을 달라 떼를 쓰던 이삭의 아들 야곱처럼 긴긴 시간 울며 신과 많은 대화를 나누었다. 기도가 끝나갈 무렵 전화벨이 울린다.

10년 넘게 사회복지를 하고 계시는 하늘교회 목사님이다. 사회복지는 돈도 안 되고 힘든 일이니 하지 말고, 그냥 맘 편하게 살라며 극구 말리던 목사님이다. 그런데 오늘따라 계속 내 생각이 나서 걱정스런 마음에 전화를 하셨다고 한다. 조금 전에 있었던 신과의 대화를 얘기했더니 목사님은 아무래도 내가 이일을 꼭 해야 될 것 같다며, 본인이 왜 내게 전화하고 싶었는지 알 것 같다고 하셨다.

이후 목사님은 나의 멘토를 자청하셨다. 한발 한발 목사님의 안내와 조언을 따라 사회복지를 제대로 하기 시작했다. 물론 제일 먼저 한 일은 늘 그랬듯 전단지를 손에 쥐고 온 마을을 돌아다니며 붙이는 일이었다.

2019. 3.
실버. 아, 나의 실버

퇴원 후 집에서는 이틀만 자고 오늘 이곳 실버로 이사를 했다. 가족들 곁에 있으면 더 좋았겠지만 지금 내게 가장 필요한 곳은 아무리 생각해도 실버였다. 집에서 남편이 내 수발을 다 들어줄 수도 없는 노릇이고 아침과 저녁 출퇴근도 아예 번거로워 이곳으로 왔다.

월·수·금은 병원 통원치료를 하기로 했다. 총 4 종류의 치료를 받는다. 운동치료, 도수치료, 작업치료, 수중치료 등을 30분씩 받는데, 사실 수중치료 받을 일이 좀 걱정이 되긴 하다. 혼자 수중치료실로 이동해서 옷을 갈아입고, 샤워 후에 리프트에서 휠체어를 타고 이동한다. 수중풀에 들어가 치료를 받고 다시 리프트를 타고 풀 밖으로 나오면 다시 휠체어를 타고 샤워실로 이동해 젖은 옷을 벗고 샤워 후 마른 옷으로 갈아입는다. 휠체어를 움직여 1층까지 와야 하는 고난이도의 활동을 처음부터 끝까지 스스로 해야 한다. 퇴원하기 전에 도움 없이 연습도 해보았다. 하지만 혹시 이동하다가 넘어지기라도 한다면 지금까지의 노력이 한순간에 퇴행될 수 있어 걱정스러웠다.

하지만 도전하지 않는다면 아무것도 이룰 수 없다. 될지 안 될지는 해봐야 알 수 있는 것이니까. 난 힘이 들어도 도전해 보려고 한다. 해보고도 안 되면 그때 포기해도 늦지 않을 테니 일단은 해 보자며, 머릿속으로 계속 생각해 본다. 혼자서 이동하는 모습, 씻는 모습, 옷 갈아입는 모습, 벗은 옷을 챙기고 가져간 옷을 입고 머리를 말린 후 혼자 나오는 모습을 떠올려 본다. 왠지 잘 해낼 수 있을 것 같다. 지금껏 잘해왔고 잘못할 이유도 없다. 내 평범한 일상이었다. 걱정되었던 시간들이었지만 나름 잘 견뎌냈다. 한 번도 안 넘어졌고 안 다쳤다. 그것만으로도 다행이었다. 그래도 아직은 많이 힘들다.

월요일은 전체 직원회의가 있는데 6개월 만에 처음 하는 전직원 회의다. 조금 긴장이 됐다. 무엇보다 그동안 나 없이 실버를 잘 이끌어준 팀장님을 비롯하여 전직원들 한 사람 한 사람에게 감사의 마음을 전했다. 무슨 얘기를 어떻게 할지 수첩에 적고 또 적고 하나하나 떠올렸다. 매우 설레고 긴장되었던 날이었다.

회의는 눈물로 시작되었다. 회의 전 기도를 하며 나도 모르게 울먹여서 선생님들도 함께 울었다. 아프지만 이렇게 다시 제자리로 되돌아올 수 있는 것에 대한 감사. 그동안 제자리를 지켜준 선생님들에 대한 감사. 그리고 건강하게 잘 지내주신 어르신들에 대한 감사, 모든 것이 감사해서 그저 눈물만 났다.

선생님들에게는 어르신 한 분 늘어났다고 생각해 달라며 나를 부탁했다. 아무 염려 말라며 타 병원에 계신 것보다 원장님이 곁에 계셔 너무 좋다며 내게 힘을 주셨다. 그 말이 내겐 큰 힘이 되었다. 회의가 끝나자 박혁수님이 나를 거의 안다시피 차에 옮겨주시고, 휠체어를 실어 병원으로 데려다 주셨다.

작업치료실에서는 선생님들과 함께 이동했다. 치료 후 작업치료 선생님이 워커로 걷기운동을 시켰다. 이후 치료실로 데려다 주어 혼자 휠체어 타고 수중치료실로 가서 샤워를 했다. 휠체어에서 혼자 샤워의자로 옮겨 앉는 것이 좀 불안했지만, 오른쪽 다리에 힘이 들어가니 이동하는 것에 조금씩 요령이 생겨나고 있다. 샤워가 끝나면 휠체어에 큰 비닐을 깔고 휠체어로 다시 옮겨 수중풀로 가서 리프트에 올라앉는다. 그러면 기다리고 있던 수중 선생님이 풀 안으로 리프트를 내려준다. 그런게 지금의 내 하루다.

쓰이지만, 쓰이지 않는 시간들

물속에서의 나는 매우 자유롭다. 풀 안에는 손잡이가 있어 옆으로 이동할 수도 있고 서 있는 것도 힘들지 않았다. 물이 따뜻해서인지 들어

가면 샤워하느라 식었던 몸도 데워졌다. 친절한 선생님들이 여러 가지 동작으로 힘을 길러주어 기분이 좋아졌다. 하지만 그 짧은 30분이 지나고 다시 리프트를 타고 나와 휠체어로 옮겨 앉아 샤워장으로 들어가면 그때부터는 힘든 시간이 다시 시작된다.

샤워의자로 다시 옮겨 앉아 젖은 옷을 벗어 깨끗한 물에 헹군 후 비닐봉지에 넣는다. 따뜻한 물로 머리를 감고 비누거품으로 몸을 깨끗이 씻어내어 물기를 닦는다. 그런 후 휠체어로 옮겨 앉아 준비해간 마른 옷을 갈아입는다. 앉은 채로 바지를 끌어 올리는 것이 쉬운 일은 아니었기에 팬티는 입지 않고 상의만 걸쳐 입는다. 다리를 손으로 끌어올려 휠체어 위의 양말과 신발을 신는다. 감기에 안 걸리려면 겉옷과 스카프도 잘 챙겨 입어야 한다. 물에 들어갔다 나오는 일은 많이 추웠다. 하지만 물에 있는 시간이 너무 좋았기에 그깟 추위쯤은 잘 이겨낼 수 있었다. 끝나면 옷을 챙겨 입고 머리카락도 잘 말리고 곱게 화장도 한다. 비록 몸은 아프지만 추하게는 보이고 싶지 않았다.

12시에 시작되는 수중치료는 12시 30분에 끝났다. 특수치료가 시작되는 1시 30분까지 한 시간 정도 남아 있었다. 하지만 그 모든 것을 해내기에는 몸도 시간도 빠듯하다. 다행히 이번 한 주 동안 한 번도 늦지 않고 제시간에 모든 치료를 했다. 잘해 내고 나니 왠지 뿌듯해졌다. 뭐든 잘 해낼 수 있을 것 같은 희망. 뭐 그런 거. 그런 게 지금 내겐 필요하다.

실버에 돌아오면 오후 2시 30분이다. 점심은 먹지 않고 간단한 간식 정도만 먹고 내가 처리할 일들을 한다. 6시가 되면 야간근무 선생님들이 출근해서 함께 저녁을 먹는다. 선생님들은 엄마처럼 나를 잘 챙겨주고 저린 내 다리를 위해 족욕기에 물을 채워서 30분 정도 족욕을 시켜주셨다. 족욕이 끝난 후 선생님들은 휠체어를 밀어 나를 방으로 데려다주신다. 그렇게 혼자 책도 읽고 글도 쓰고 보고 싶은 사람들과 통화를 하다 보면 어느새 잘 시간이 다가온다.

이동식 변기에 볼일을 보고 불을 끄고 누우면 하루가 끝나게 되는데 가장 불편한 것은 대변통제가 잘되지 않는다는 것이다. 이번 주는 설사가 계속 이어졌다. 아침에 이동식 변기에 대변을 보면 치우는 선생님들이 싫어할까 건물 안에 있는 화장실로 가다 휠체어에서 변기로 옮겨 앉는 사이에 대변이 나와 버려 바지를 두 번이나 버렸다.

변기 위에 혼자 앉아 옷을 벗어 빨고 몸에 묻은 변을 씻어냈다. 정말이지 눈물이 났다. 내 맘대로 되지 않는 내 몸. 참 원망스러웠다. 이러다 안 좋아지면 주변 사람들에게 불편만 주고 평생 민폐만 끼치는 쓸모없는 인간이 되는 것은 아닐까 두려워졌다. 선생님들은 그런 내게 어르신들 기저귀도 매일 가는데 뭐가 문제냐고, 아무렇지도 않다며 절대 불편해하지 말라고 했다. 하지만 내가 불편했다. 그 후로는 신호가 오면 최대한 빨리 변기로 향했다.

그래도 다음 주에는 이번 주보다 더 잘할 수 있을 것이다. 밤이 오면 통증보다 외로움에 더 힘들지만 어차피 통증도 외로움도 나와 함께 가야 할 녀석들이다. 감정에 크게 치우치지만 않는다면 지진 않을 것이다. 실버에서의 첫 주를 난 이렇게 보내고 있다. 곧 남편이 오고 난 따뜻한 집으로 돌아가 가족들이랑 오순도순 맛있는 것도 먹고 즐거운 주말을 보내고 올 것이다. 고통의 시간만 계속 이어지지 않고 하루하루, 순간순간의 행복과 기쁨, 즐거움, 희망 등이 찾아온다는 것. 그게 바로 축복이었다.

2019. 4. 3.
벚꽃놀이. 군중 속의 고독

실버 앞 큰길가에 벚꽃이 만개했다. 어르신들은 따뜻한 봄볕 마당에 나가 일광욕을 하신다. 나도 휠체어를 타고 밖으로 나갔다. 벚꽃들이 눈처럼 흩날렸다. 실버 마당의 자두나무도 하얀 꽃을 가득 피워 향기를 쏟아낸다. 샛노란 개나리들은 나도 피었으니 나도 좀 봐달라는 듯 손짓을 한다. 그런 꽃들을 보면 마냥 기분이 좋아진다.

실버에는 사랑이라는 진돗개가 있다. 삼월에 강아지 다섯 마리를 낳았다. 이후 어르신들은 매일 강아지 보는 낙으로 하루를 보내신다. 나도 어르신들 틈에 앉아 녀석들이 꼬물거리며 돌아다니는 것을 보고 있다. 생명이란 거. 그토록 소중하다. 문득 어르신들을 섬기는 내가 그분들의 마음을 이제야 조금씩 공감하고 있구나. 란 생각이 들자 그동안의 내가 죄송스러워졌다.

주어진 사명이라 생각하며 실버를 운영했다. 정말이지 최선을 다했다. 하지만 난 어르신들의 아픔을 이해는 해도 공감을 하지 못했던 것 같다. 자녀들과 떨어져 시설에 와있는 자신들의 삶에 대한 한탄과 버림받은 듯한 정서적 우울. 그리고 노년의 피할 수 없는 육체적 고통과 질

병들. 하루하루가 괴롭고 힘들 그분들의 마음을 난 심정적으로 함께 느껴보진 못했던 것 같다. 그게 죄송했다. 그랬던 내가 이렇게 아파서 어르신들 틈에 있다 보니 어르신들의 고통과 괴로움들이 절절하게 다가왔다. 그래서 더 죄송했다.

단순히 이해하고 아는 것은 누구나 할 수 있다. 하지만 진심으로 공감하고 함께 느끼는 것은 경험해 보지 않으면 불가능한 일임을 요즘 매일 느낀다. 어쩌면 신은 내게 그것까지 하라고 말하고 있는지도 모른다. 그냥 알지만. 알지만 말고 느껴보라고. 그들을 공감하고 제대로 섬기라고 말이다. 그 사명. 그저 감사할 뿐이다.

목마르거든

강아지들이 꼬물거리며 노는 것을 보고 있자니 생명에 대한 생각이 많아진다. 나의 생명도 터키에서 끝날 수 있었는데 이렇게 덤으로 살아간다. 축복이다. 모든 삶에는 다 이유가 있지 않을까. 다시 태어난 아이가 되어 누워 있다 이제 조금씩 기어 다니고, 휠체어에 앉아 움직이고 있는 내 모습이 저 강아지들처럼 새로운 삶의 출발점에 서 있는 것 같다. 지금은 이전 삶에 대한 기억을 고스란히 가지고 있어 그전의 나로 돌아가고 싶은 간절하다. 그게 오히려 나를 괴롭힌다. 하지만, 난 이제 새로 태어났으니 새로운 삶으로 나아가야 한다. 녀석들을 보며 이런저런 상념으로 이 좋은 봄날 하루를 보낸다. 참으로 기쁜 하루다.

보고 싶은 분들이 찾아오신다. 지난주에는 내 철학적 스승이자 도반이신 송기득 교수님께서 찾아오셨다. 팔순이 넘으신 노 교수님과의 인연은 몇 년 전 도법 스님의 평화통일 걷기에서였다. 평소에 송 교수님의 책을 몇 권 읽으며 많은 감동을 받았는데 우연히도 그곳에 교수님도 참석하셨다. 함께 걸었다. 책 이야기를 나누고 본인의 책을 감명 깊게 읽었다는 독자가 반가우셨는지 교수님은 다음 백운산길 걷기에도 동참해 달라 부탁하셨다. 그 후로 몇 번 백운산 산책로를 함께 걸었다. 교수님께서 다른 책들도 선물로 주셔서 만날 때마다 책을 읽은 느낌과 질문을 드리곤 했다.

교수님은 나보다 40년이나 더 넘게 사신 분이셨지만 나이와 상관없는, 좋은 친구가 되어주셨다. 교수님 꿈은 길을 걷다 죽는 것이라며 나에게 도반이 되어달라고 말씀하셨다. 영광스러웠다. 그 이후 교수님께서 권하셨던 철학 모임을 함께 하게 되었다. 강의가 있으면 모시러 가고 모셔다드렸다. 그러나 보니 어느덧 친구처럼 자식처럼 가까워진 도반이 되었다. 그런 교수님이 누워있는 나를 보기 위해 오셨다. 80 노구를 이끄시고. 억장이 무너졌다.

"형 교수, 내가 누워있어야 하는데 형 교수가 이렇게 누워있으면 어떻게 해. 함께 걸어야 할 길이 너무 많이 남아 있는데 나 혼자 걸으라고 그래?"

"교수님, 죄송해요. 저도 얼른 일어나 함께 걷고 싶어요."

"그래. 형 교수는 의지가 강한 사람이니 금방 일어설 수 있을 거야. 책 몇 권 가져왔어. 먼저 세상을 떠난 아내에게 매일 편지 쓴 것을 책으로 냈는데 시간 되면 한번 읽어봐."

"감사해요, 교수님. 사모님은 하늘에서도 행복하시겠어요. 이렇게 사랑하는 남편의 편지를 매일 받으시니 얼마나 좋으실까요."

"그럴까? 그냥 너무 그리워서 매일매일 내 마음을 적다 보니 벌써 책 세 권이 되어버렸어. 나도 이제 아내 곁으로 갔으면 좋겠는데. 혼자 있 는 시간이 길어지니 좀 힘이 드네."

"교수님 댁에 피어있는 사모님 꽃도 있잖아요. 저는 아직도 그 꽃을 보며 행복해하시던 교수님 모습이 눈앞에 선한 걸요."

"그래. 나도 형 교수도 이 어려움 잘 이겨내 보세. 또 올게."

지극히도 사모님을 사랑하셨던 교수님은 사별 후 쓰신 아내에 대한 그리운 마음이 절절히 적힌 책들을 두고 떠나셨다. 그 후, 교수님은 두 번이나 더 나를 보러 오셨다. 얼마 후 집에서 쓰러지신 뒤 사흘 만에 세 상을 떠나셨다는 소식을 들었다. 함께 걷자던 교수님을 그렇게 떠나보 낸 것에 몇 날을 울었다. 참으로 멋진 분이셨다.

오늘 오후에는 박주인 사장님이 치킨을 사 가지고 찾아오셨다. 강아 지들의 꼬물거리는 모습을 보며 마당에 있는 벤치에 앉아 치킨을 나눠 먹었다. 이런저런 얘기를 나누는데 너무도 고마웠다. 사는 것이 그리 바쁘다는 데도 이렇게 발걸음을 해주는 사람들이 있어 이곳에서의 날 들이 견딜 만한 것 같다.

밤에는 혼자 침대에 누워 외로움과 싸워야 한다. 좋아하는 책들에 위 로받다가도 순간순간 틈을 파고드는 외로움이란 것은 참… 질긴 녀석 들이다. 특히 비가 오는 오늘 같은 날이면 나도 모르게 눈물이 주르륵 흘러내린다. 홀로 아무것도 할 수 없는 존재가 되어 버려 이렇게 누워

있는 내 모습을 받아들이는 것이 아직 너무 괴롭다. 지붕 위로 떨어지는 빗소리는 내 가슴을 두드린다. 그 질긴 두드림 끝에 흘러내린 내 눈물로 나는 결국 모든 것이 무너져 버린다. 그런 날은 그냥 원 없이 운다. 한편으론 어차피 인생이란 게 혼자라는데 뭘 그리 서럽다고 어린애처럼 울고 있나 싶기도 하다.

그러다 아 맞다. 난 지금 어린아이지. 이제 7개월 된 어린아이니까 우는 것은 당연하지. 너무 어른인 척, 강한 척하지 말자. 어린아이가 되어버렸음을 받아들이자. 다만 오래도록 그냥 어린아이로만 있지 말자. 비록 내 인생에서 오늘의 몸 상태가 가장 안 좋은 날이긴 하지만. 오늘은 어제보다 좋아졌고 내일은 오늘보다 분명 좋아질 것이다. 결국 난 어린아이로만 남아 있지 않고 언젠가 어른이 될 것이다. 그러니 힘든 날이 찾아오면 실컷 울자. 뭐, 사람들 앞에서 징징거리는 것도 아니고 나 혼자 빗소리에 묻혀 우는 건데. 그렇게 한 번 시원하게 울고 나면 다음 날엔 비 개인 하늘처럼 내 마음도 맑아져 있다.

매주 화요일과 목요일에는 손해사정인이 찾아온다. 그에게는 일이겠지만 이젠 그런 방문조차 반갑다. 여행자보험회사에 소송하자며 변호사를 대동하고 왔을 때는 나도 잠시 망설여졌다. 승소하면 1억까지 받을 수 있다고 하지만 패소하면 최소 2천만 원을 날리는 일이다. 그는 이길 확률이 높으니 소송을 진행하자고 한다. 다른 보험은 모두 보상을 받았는데 여행자 보험만 패러글라이딩을 탔으니 보상해 줄 수 없다고 했었다. 보험료도 얼마 되지 않고 일회성 보험이라 별 생각도 안 하고 있었는데 변호사까지 함께 와 소송을 하자고 하니 따르기로 했다. 그것이 그분들이 그동안 내게 보여준 정성에 대한 예의라고 생각했다.

한 달 정도 실버에서 생활하니 어느 정도 안정이 된다. 월·수·금에는 병원에 가서 재활 치료를 받고 화·목에는 실버에서 일을 보며 시간을 보낸다. 그리고 금요일 저녁이면 남편과 함께 집으로 간다. 하지만 나는 아직도 남편이 해주는 밥을 먹는 게 무척 어색하고 미안하다. 주말이면 늦잠도 자고 뒹굴거리며 오전이 지나야 겨우 침대에서 나오곤 했던 남편은 아침 약을 먹어야 하는 나를 위해 9시 전에 일어나 김치찌개를 끓이고 계란 후라이를 해준다. 할 수 있는 요리가 많지 않아 대부분 비슷한 식사를 준비해 줬는데, 얼마 전부터 요리 프로그램을 열심히 본다. 그러더니 소고기 야채볶음을 해주었다. 레스토랑에서 나오는 것처럼 피망과 버섯을 곁들여 마늘과 간장으로 간을 한 요리였다. 사실 맛은 좀 이상했다. 하지만 맛있다며 깨끗이 다 먹었다. 뿌듯해하는 남편. 그런 그이의 모습이 나는 너무 고마웠다.

그렇게 내가 집에 있는 2박 3일 동안 남편은 아무 곳에도 가지 않고 식사를 챙겨주며 내 수발을 다 들어주었다. 집에서는 조금씩 워커로 걸어 다니기도 혼자 화장실도 갈 수 있는데. 아직은 걱정이 많이 되나보다.

지난 주말에는 벚꽃을 보러 동천 변에 갔었다. 마침 휴가를 나온 세현이도 함께였다. 늘 보아왔던 그 벚꽃 길을 휠체어 위에서 바라보기만 했는데도 아, 이렇게 살아있어 가족과 함께 꽃을 볼 수 있구나 싶어 감사했다. 우린 함께 사진을 찍고 웃으며 즐거운 시간을 보냈다.

하지만 늘 누군가와 함께 할 수 없는 것이 삶이니 혼자 있는 시간도 즐길 줄 알아야 한다. 세현이도 돌아갔다. 남편도 출근했다. 실버로 돌아온 나는 꽃을 보며 강아지들과 함께 웃으며 혼자라도 참 좋겠다 싶었다. 그렇게 내 삶에 내려온 불행 속에서 찾아낸 작은 행복들을 붙잡고 난 하루하루를 견뎌내고 있다.

2019. 4. 7.
삶이라는 것. 혜선 언니의 부고

 며칠 전, 혜선 언니가 비행 중 추락하여 사망했다는 소식을 들었다. 믿을 수가 없었다. 며칠을 울었다. 리그전에서 알게 된 혜선 언니는 나와 신체조건이 비슷해 서로의 어려움을 나누며 가까워졌다. 그런데.
 아… 이제 그 언니를 다시 볼 수 없다고 한다. 다시는 볼 수 없다고 한다.

 들리기로는 곧 있을 리그전을 준비하기 위해 연습비행을 하다 산 뒤로 넘어가 추락했다고 했다. 언니도 나처럼 작고 가벼워 바람이 조금만 세면 비행하는 것을 무척 버거워했었다. 기체도 나와 같은 제노를 탔는데, 리그전 중 바람이 센 날이면 바람을 이겨내지 못해 억울해했던 언니였다. 나처럼 기체에 비해 몸무게가 부족해 늘 10㎏ 정도의 물과 모래주머니를 달았다. 그래도 체중 탓으로 이륙 실패를 맡아 놓고 하는 것까지 나와 비슷했다. 바람이 좋은 날은 이륙이 그리 크게 어렵지 않다. 하지만 우리처럼 체중이 적게 나가면 바람이 조금만 세거나 약하면 이륙할 때 무척 애를 먹는다. 하지만 언니는 포기를 모르고 도전하기를 멈추지 않았다.

2018년 봄 평창에서 대회를 하던 날. 내가 골까지 들어가서 기분이 좋아 들떴던 그날. 착륙장으로 돌아오니 언니는 내게, 같은 신체조건인데 어떻게 넌 골까지 잘 갔냐 물었던 기억이 난다. 본인은 리그전에 출전하기 시작한 지 벌써 10년이 다 되어 가는데도 비행이 마음대로 안 된다며 속상해 했다. 그러면서 어떻게 너는 리그전에 몇 번 나오지도 않고, 기체도 같고, 신체조건도 비슷한데 그리 잘 나냐고 물었다. 그러면서 자신의 비행을 자책했다. 내게 어떤 루트로 갔다가 골까지 못 가고 착륙해 버렸는지까지 이야기를 했다.

언니는 그만큼 비행에 정말 진심이었다.

비행을 시작한 지 그리 오래되지 않았던 나는 언니에게 해줄 수 있는 말이 별로 없었다. 그냥 이야기를 들어주고 개인적인 이야기를 많이 나누었다.

"언니는 이렇게 예쁘고 사랑스러운데 왜 결혼을 안 했어요?"
"아이고, 예쁘기는. 내가 매력이 없나 봐. 남자들은 놀자고만 하고 막상 결혼하자고는 안 하네."
"언니가 너무 예뻐서 남자들이 부담스러워 하나 봐요."
"근혜씨 같이 봐주는 남자가 없었던 것 같아. 근데 한편으론 결혼 안 하고 이렇게 사는 것도 좋은 것 같아. 조금 외로워질 때면 결혼도 하고 싶지만, 이상한 남자랑 결혼해서 불행한 것보다 혼자 즐겁게 사는 것도 나쁘지는 않은 것 같아."
"맞아요. 전 일찍 결혼해서 하고 싶은 것을 늦게나마 지금 이것저

것 해보는데 걸리는 것이 많아요. 자유롭게 비행하는 언니가 전 부러워요."

"그래. 다들 서로 못해본 것들을 부러워하나 봐."

언니는 정말 자유로운 영혼이었다. 홈쇼핑 회사에서 팀장으로 근무하며 나름 성공한 골드미스였던 언니는 패러글라이딩, 카이트보드, 스노우보드 등 많은 스포츠를 즐겼다. 바람이 세서 비행을 못 하는 날에는 패들보드를 들고 와 강에 띄워놓고 패들을 저으며 즐기던 언니의 모습이 지금도 눈에 선하다.

그랬던 언니가. 마흔아홉 봄날, 곁을 떠났다. 시들어 떨어지는 꽃잎이 아니라 한창 아름다울 때 통꽃으로 떠나버리는 능소화처럼 너무도 예쁜 혜선 언니는 그렇게 떠나버렸다. 슬펐다.

센바람에 돌 위로 추락해버린 언니의 마지막 모습을 직접 본 이는 아무도 없다. 몇 시간 동안 무전이 되지 않아 많은 사람이 찾아 나섰고 산 뒤에 추락해 있는 언니를 발견했을 뿐이다. 비행을 하는 이들은 누구나 비행을 하며 죽는 게 남의 일이 아닌 바로 나의 일임을 알고 있다. 그러기에 누군가가 비행사고로 떠나갈 때는 가슴 아프지만 가장 행복한 죽음이라고 축복한다.

모르는 이들은 어떻게 다른 이의 죽음을 그렇게 받아들일 수 있냐고 비난할지 모르지만 비행인들은 그렇다. 나 또한 비행하면서 죽는 것이 소원이었다. 영화 〈포인트 브레이크〉의 한 장면처럼 내가 비행하다 죽으면 나를 위해 축제를 열어 달라고 말하곤 했었다. 그것은 내가 하는 비행에 대한 일종의 품격을 지키는 일이다.

　하지만 비행하다 떠난 혜선 언니의 소식엔 눈물만 났다. 영화처럼 동료를 보내는 일이 불가능하다는 것을 그 날 뼈저리게 느꼈다. 비행을 시작한 지 7년. 벌써 여러 번 비행하다 떠난 사람들을 보았다. 내가 다쳤을 때, 어린아이처럼 울던 동료들의 마음을 이제야 알 것 같다. 어쩌면 이렇게 다쳐서 누워있는 것보다 깔끔하게 떠나는 것이 더 나은 것일지도 모른다는 생각. 하지만 삶도 죽음도 그저 내게 주어진 것일 뿐. 결정할 수 없으면 그저 받아들여야 한다.

삶이라는 것 II

　처음 터키에서 영영 불구로 살아야 할지도 모른다는 생각에 차라리 죽는 것이 낫겠다 싶었다. 어떻게 하면 죽을 수 있을지를 매일 고민했다. 하지만 지금은 완전하지는 못해도 걸을 수 있다. 라는 희망을 붙들고 하루하루 최선을 다해 살아가고 있다. 살아있음에 늘 감사하고 있다. 지금 생각해 보니 치열했었던 내 젊은 날엔 늘 그랬다. 너무도 생각이 많아 눈을 뜨는 순간부터 잠이 드는 순간까지 끊임없는 생각들로 힘들었다. 그것이 심해졌을 때는 공황장애와 우울증으로 이어졌었는데 신기하게도 비행을 한 이후에는 그 증상이 줄어들었다. 가끔 증상이 나타날 때는 더 긴 시간, 더 높은 고도를 유지하려고 일부러라도 멀리 날았다. 당시 비행은 내게 치료제와 같았다.

비행인들마다 비행을 하는 목적은 다 다르겠지만 그 느낌은 비슷할 것이다. 비행이 친구고 연인이고 가족인 사람들은 위험을 감수하고서라도 비행을 한다. 안전수칙만 지킨다면 비행은 그 어떤 스포츠보다 안전하다고 가르쳐 주셨던 스승님의 말은 대부분 옳다. 다만 갑작스런 이상기후나 돌풍 등이 일어나지 않는다는 전제하에서.

혜선 언니가 이륙할 때는 비행이 가능한 정도의 바람이었다고 한다. 비행 중 바람이 세지고 위험하다 싶을 땐 차라리 숲에라도 들어가 추락하자는 용기를 내지 못했기에 떠난 것은 아닌가 생각해 본다. 나무에 걸려 동료들에게 민폐를 끼치게 되는 것을 피하기 위해 어떻게든 바람을 이겨보려 한 것은 아니었을까.

비행을 통해 만난 친구들

나 또한 그렇게 산 능선에서 강한 바람과 대치하다 순식간에 산 뒤로 넘어가 추락한 경험이 있다. 다행히 나는 수많은 바위 틈에 자라있는 두 그루의 나무에 걸려 목숨을 건졌고 손끝 하나 다치지 않았다. 하지만 언니는 하필 그 수많은 나무 사이에 있는 바위 위에 떨어졌다고 한다. 벚꽃이 화려하게 피어나면 시샘하듯 불어오는 바람과 비에 떨어지듯, 혜선 언니는 그렇게 우리 곁을 떠나갔다. 평안한 곳에서의 영면을 기원한다.

2019. 4. 23.
장애인 등록과 보험금 수령.
그 지난한 과정

사고 후 6개월이 지나면 장애인 등록이 가능해진다. 혼자서 아무것도 할 수 없는 나로서는 장애진단을 받고 아픈 기간 동안 받을 수 있는 혜택을 다 받아야만 했다. 그것엔 장애인으로 등록이 되면 보험금 수령에도 유리하다는 손해사정인의 적극적인 권유도 한몫을 했다.

병원에서 퇴원하기 전에 진단에 필요한 서류들을 미리 준비했다. 현재 나의 상태뿐만 아니라 향후 내 몸 상태가 어떠할 것으로 예상되는지에 대해 구체적인 문구들이 들어가야 했다. 의사 선생님은 최대한 의사 양심을 지키며 내 장애 등록에 유리하도록 진단서를 작성해 주셨다. 치료실에서도 각 선생님이 내 의견을 물어보며 치료소견서를 작성해 주셨고, 부장님도 적극적으로 도와주셨다.

척수손상 환자가 장애진단을 받을 때 가장 중요한 것 중에 하나가 근전도 검사다. 다니던 병원에서 작성해 주면 환자와의 유대관계 때문에 객관적으로 볼 수 없다고 해서 보험회사에서 지정한 다른 병원으로 가야만 했다. 순천병원으로 갔는데 그 병원에는 진료 기록도 없고 자신들이 책임지고 싶지 않아서인지 진료를 거부당했다.

문득 아빠의 파킨슨병을 오랫동안 보살펴 주신 한 신경과 원장님이 떠올랐다. 연락을 하고 찾아가니 원장님은 내 모습에 너무 놀라 말을 잇지 못하셨다. 내 상황을 말씀드리니 울먹이는 목소리로 걱정하지 말라며 진단이 잘 나오도록 최선을 다해 주시겠다 말씀하셨다.

근전도 검사는 척수가 흐르는 곳을 바늘로 찔러 어떤 반응이 나오는지 보는 검사다. 많이 아프다. 머리부터 시작해 등, 허리, 다리와 발끝까지 바늘로 찔러 신경이 살아있는지를 평가한다. 거의 한 시간이 걸린다. 검사가 끝나고 결과지를 받아 나오는데 원장님은 밖에까지 나와 배웅하시며 힘내라고 위로의 마음을 전해주셨다. 개인적으로 직접 아는 분도 아니었고 의사와 보호자의 관계였을 뿐이었는데 그토록 마음을 써 주시는 게 너무도 고마웠다.

결과지를 들고 국민연금관리공단에 장애인 등록을 위해 찾아갔다. 신청서류를 작성하고 준비해 간 서류를 모두 제출한 후 직원과의 면담이 이어졌다. 다치게 된 경위와 치료과정 그리고 현재의 상태에 대한 질문들이 이어졌다. 참 이상한 게 친절한데 뭔가 사무적으로 이야기하는 직원의 모습이 권위적으로 느껴졌다. 나를 장애를 입은 사람으로 취급하는 태도에 모멸감마저 들었다. 막상 장애인이 되었으면서도 장애인으로 취급받는 것에 대한 이러한 반감. 난 곧 건강해질 사람인데 내가 왜 이런 일을 하고 있는지에 대한 부끄러움. 함께 갔던 손해사정인은 곧 낫게 되어 멀쩡해지더라도 현재는 장애를 입은 상태이니 받을 수 있는 혜택은 모두 받아야 한다고 했다. 그리고 감정에 치우치지 말라고 조언해 주었다.

따스한 말 한마디

서류 제출을 한 후 한 달쯤 지났나. 공단에서 직원 두 명이 실버로 심사를 위해 찾아왔다. 장애인 등록 신청을 한 사람이 실제로 장애 정도와 서류가 일치하는지 확인하는 과정이었다. 20대 어여쁜 여성 공무원 2명이 와서 매우 조심스러운 언행으로 여러 가지 행동을 해보도록 했다. 팔을 들어봐라, 다리를 올려라, 당겨라, 밀어라, 돌아누워 봐라, 혼자 일어나 앉아봐라 등등. 신체 기능이 어떤지 다양한 방법으로 평가를 했는데 하체와 관련된 행동은 거의 되는 게 없었다. 겨우 팔로 침대 난간을 잡고 모로 돌아눕자 더 이상의 평가는 진행하지 않았다.

대소변은 어떻게 처리하는지, 돌보는 것은 누가 해주는지, 식사는 잘하는지도 물어보았다. 난 있는 그대로 답을 해주었다. 그녀들은 현장을 많이 다녀서인지 장애를 입게 된 사람의 심정을 잘 이해하고 있는 듯했다. 그냥 의자에 앉아 찾아온 사람의 서류를 접수 받는 사람과는 전혀 달랐다. 말투와 표정, 손짓 하나하나에도 신경을 쓰고 조심하려는 모습이 보여 괜히 눈물이 났다. 그녀들의 그런 모습이 나를 배려해 주는 것 같아 고마웠다. 하지만 그런 배려를 받아야만 하는 존재가 되어버린 내가 서러워 울고 말았다. 그냥 서러웠다.

　나는 지체 장애 2급. 매우 심한 장애판정을 받았다. 실장님과 함께 주민 센터에 가서 장애인 등록증을 발급받고 차도 장애인 차량으로 등록했다. 병원에 갈 때면 장애인 차량이 아니라 멀리 주차해야했고 그래서 이동하기도 불편했었다. 하지만 이젠 장애인 주차구역에 주차할 수 있다. 휠체어 꺼낼 때가 제일 편하다.

　한편으론 일이 년만 지나면 다 좋아질 텐데 장애인 등록까지 받아야 되나 싶은 생각도 들었다. 하지만 아픈 동안 조금이라도 편해졌으면 하는 마음에 그 지난한 과정을 밟아나갔다. 그리고 나니 장애를 입은 사람 중 직접 관공서를 가야만 하는 그런 과정이 불편해 장애등록을 하지 못하는 사람도 있다는 말도 실감이 났다.

　막상 장애인 등록증이 내 손에 도착하자 기분이 참… 착잡하고 좋지 않았다. 내가 이제 정말 장애인이 되었구나. 나는 이제 정상적인 사람이 아니라 남들과 다른 사람, 평범하지 않은 사람, 눈에 띄는 사람. 그래서 누구나 한 번쯤 뒤돌아보고 불쌍한 시선을 받게 되는 사람임을 인정받았구나. 란 생각에 슬프고 우울해졌다.

　장애진단이 끝나자 보험료 지급이 하나둘 완료되었다. 장애 2급은 보험에서는 거의 최고 수준의 금액을 받을 수 있기에 생각지도 못했던 금액이 통장에 입금되었다. 주변에서 도와 달라 부탁하면 거절을 못 해 들었던 보험들. 심지어 모르는 사람들이 걸어온 전화마저도 마음이 약해 가입했던 보험들이 적게는 몇 천에서 많게는 억대의 돈으로 되돌아왔다. 병원비의 대부분도 보험에서 해결되었다. 보험금은 고스란히 통장에 남았다. 그 돈으로 일단 빚부터 모두 정리했다.

앞으로 5년 정도는 더 갚아야 정리될 수 있었던 실버의 담보대출과 집을 사면서 빌린 20년짜리 장기대출금액까지 모두 갚았는데도 5천이 남았다. 남은 돈은 모두 남편에게 주었다. 돈이라고 생긴 것은 일단 은행에 넣어두는 것밖에 모르는 성실한 그이가 기분이라도 든든하라고 주었더니, 얼른 은행에 가서 예금으로 묶어놓고 와서 통장을 보여주었다.

"당신 쓰라고 준 건데 하고 싶은 거 하지 왜 전부 은행에 넣었어?"
"쓰고 싶은 게 뭐가 있어. 집 있고 차 있고 나도 벌 만큼 버는데. 나중에 쓸 데 생기면 쓸게."
"그래도 돈 생기니까 좀 든든하지? 난 10년 넘게 빚만 갚고 살다 갑자기 빚이 없어지니까 이상하다."
"그러게. 난 빚이 얼마인 줄도 모르고 맘 편하게 살아왔었는데. 당신이… 참 고생 많았네."
"갑자기 할 일 다 끝낸 노인네가 된 기분이야. 빚만 갚자 하면서 정신없이 살았는데 벌써 다 끝나 버리니 할 일도 없어진 것 같고."
"이제 알뜰살뜰 모을 일만 남았네. 얼른 건강해져서 여행도 가고 하고 싶은 것도 하자."
"그래. 근데 우리 올해 결혼 20주년 계획했던 지중해 크루즈 여행은 내가 다쳐서 못 가겠다."
"내년에 가면 되지. 크루즈 여행 상품은 아직 몇 년 더 넣어야 하니까 천천히 가도 돼."

"그러자. 내년에는 좀 더 잘 걸을 수 있을 테니 내년에 가자."

정말 내년이면 여행을 다닐 수 있을 만큼 건강해질까. 올해만 고생하면 정말 이 고통이 끝날까. 정확히 알 수는 없다. 하지만 그 희망이라도 붙들고 살아가련다. 내년 5월이 되면 크루즈 타고 지중해의 아름다운 바다를 보며 내가 좋아하는 씨푸드와 와인 한잔 할 수 있게 되길. 그래, 그런 시간이 내게도 곧 올 것이다.

2019. 5. 16.
승진. 8개월 만의 휠체어 졸업.
워커로만의 이동

드디어 휠체어를 졸업했다. 5월이 오자 내 방에서 사무실까지 워커(이동보조용 의료기기)로 이동하는 게 가능해졌다. 선생님들이 와서 휠체어를 밀어주어야 그나마 사무실까지 갈 수 있었다. 그런데 어느 날 아침 워커를 짚는 팔이 그리 많이 아프지 않아 그대로 밀고 문밖을 나서 보았다. 한발 한발 옮겨 경사로를 내려갔고, 다시 경사로를 올라가 시설 현관에 도착했다. 경사로를 올라갈 때는 워커의 앞부분을 손으로 잡고, 힘을 앞쪽에다 주어야 워커가 들리지 않는다. 반대로 경사로를 내려올 때는 워커의 뒷부분을 눌러주어야 미끄러지지 않고 내려갈 수가 있다. 내가 혼자 현관에 도착하자 복도에서 오가며 일을 하던 선생님들이 깜짝 놀라 현관문을 열어주었다.

"오마, 우리 원장님 이제 승진하셨네요."

"네 선생님, 한발 한발씩 와보니 올 수 있네요. 팔목은 덜덜 떨리지만 어쨌든 왔어요."

"우리 원장님 나날이 좋아집니다. 이제 금세 펄펄 뛰어 다니겠어요."

"얼른 뛰어다녀야 선생님들이 덜 고생하시는데. 어르신들 돌보기도 바쁘실 텐데 저까지. 선생님들이 너무 힘드시잖아요."

"뭣이 힘들대요. 맨날 하는 일인디. 암시랑토 안 항께 걱정 말고 열심히 운동만 하셔요. 원장님이 건강해야 우리도 힘이 난당께요."

선생님들의 말씀은 참 많은 위로가 되었다. 늘 나를 향한 따스한 시선이 느껴진다. 교대 업무를 하는 선생님들은 새벽 4시에 일어나 어르신들 기저귀 케어를 하고, 6시에 아침 식사를 챙기기 시작하신다. 초저녁잠이 많은 어르신들 특성상 밤 9시 전에 모두 잠이 드시고 새벽같이 일어나신다. 그래서 실버의 아침은 늘 해가 뜨기도 전에 시작된다.

어르신들의 아침식사가 끝나면 선생님들도 아침밥을 드시는데 매일 아침 나를 위해 계란 프라이와 먹을 것을 살뜰히 챙겨주신다. 잘 먹어야 운동도 하고 건강도 빨리 좋아진다며 식사뿐 아니라 선물로 들어온 홍삼이나 양파즙 같은 건강식품도 챙겨줘서 마치 엄마의 돌봄을 받는 듯한 사랑을 느낀다.

월·수·금에는 박혁수 실장님이 나를 병원까지 차로 태워주신다. 박혁수님은 최근에 요양보호사 자격증을 따서 실버의 정직원으로 취직을 했고, 호칭은 실장님이 되었다. 몸이 아파 입소하신 어르신에서 함께 일하는 직원이 된 것은 매우 드문 일이다. 당시에 가만히 그분을 보고 있자니, 운동이나 하며 세월을 보내기엔 아직 너무 젊으셨다. 그래서 권했다.

"혁수님, 요즘 이렇게 건강해지셨는데 요양보호사 자격증 한번 따 보시는 거 어때요?"

"아이구, 제가 그런 거 따서 뭐하게요."

"제가 보기엔 혁수님 너무 젊으셔요. 이제 건강도 거의 회복하셨으니 자격증 따서 직원으로 함께 일해보시면 어떠실까요?"

"제가 할 수 있을까요? 그거. 자격증 따는 거 어려운 거 아닌가요?"

"요양보호사 시험이 어렵다면 어려운 분들도 있겠지만 한번 도전해 보세요."

"그렇게만 된다면야 저는 너무 좋지요. 원장님이 하자는 대로 해볼 테니 잘 가르쳐 주십시오."

그날부터 혁수님은 요양보호사 교육원에 등록하고 책을 사서 공부를 시작했다. 그리고 시험에 합격을 했고, 요양보호사 자격증을 취득했다. 나는 정식 직원으로 채용했다. 남자 요양보호사가 없던 차에 실장님이 직원으로 들어오자 많은 도움이 되었다.

휠체어를 졸업하니 일단 짐이 줄어서 좋았다. 무거운 휠체어 대신 접혀지는 워커만 달랑 신고도 병원에 갈 수 있게 되었다. 휠체어가 아닌 워커만 의지하고 병원에 가자 치료사 선생님들이 축하를 해주었다. 너무 빨리 휠체어에서 졸업한 거 아니냐고 수중 선생님은 걱정을 했다. 아무래도 수중치료실은 물기가 있어 넘어지기 쉽기에 혹시라도 넘어지면 뼈가 상할까 더 걱정하셨다. 수중치료를 마치고 특수치료실에 가니 부장님이 또 반겨주신다. 휠체어를 용감하게 던져버리고 워커로 들어서는 나를 보자 부장님은 내 용기에 박수를 쳐 주셨다.

"조금 위험하기는 합니다. 혹시 넘어지셔서 골절이 되면 한동안 움직이지 못하게 되고 그러면 지금껏 해온 운동이 말짱 도루묵이 될 수 있습니다."

"조심조심 다녀볼게요."

"형근혜님은 의지가 강하시고 조심성이 많으시니 믿기는 하지만, 욕심내지 마시고 천천히 하셔야 합니다."

"네, 알겠습니다. 조심 또 조심할게요."

사실 나보다 훨씬 잘 걷는 사람들도 병원에서는 모두 휠체어를 타고 다닌다. 병원에서는 낙상으로 인한 골절을 방지하기 위해 환자들에게 휠체어 사용을 하도록 권하기 때문이다.

나는 이제 겨우 한발 한발 내딛는 정도인데, 무리하게 휠체어를 던져버린 것인지도 모른다. 하지만 이렇게 할 수 있는 범위를 조금씩 벗어나고 좀 더 많은 도전을 해 보는 것이 내게는 더 필요한 것 같았다. 위험할 수 있지만 그럴수록 더 과감히 움직이는 기능들을 더 많이 사용할 필요가 있다고 생각했다. 조금 어렵더라도 지금 한 단계 올라서지 않는다면. 현재 상황에 적응해 버리니 조심스럽게 다음 단계로 나아가는 일이 중요할 것 같았다.

아무래도 워커를 사용하니 움직임이 훨씬 많아졌다. 병원에서 운동

시간에만 사용하던 워커를 일상에서 사용하다 보니 그만큼 운동량이 많아 질 수밖에 없고, 마음먹고 운동을 하는 것처럼 더 많이 움직이게 되었다. 하지만 아직 왼쪽 다리는 겨우 허리를 움직여 앞으로 끌고 나와 이동할 수 있을 뿐, 힘이 거의 없기 때문에 팔 힘과 오른쪽 다리 힘으로만 이동한다. 그러다 보니 팔과 손목에 무리가 갔다.

워커를 사용하면서부터 손목이 많이 아파 하루 종일 손목 보호대를 착용한다. 아무리 손목 보호대를 착용해도 팔뚝과 팔꿈치 그리고 손목이 너무 아프다. 특히 오른쪽이 많이 아프다. 다치기 전부터 엘보우가 와서 아팠던 오른쪽 팔목이 버텨줄지 잘 모르겠다.

통증을 호소하니 부장님은 근육주사를 권하셨다. 어차피 재활은 통증과 함께 가야 하는데 통증이 올 때마다 살살 달래서 가는 방법밖에 없다고 하셨다. 신경과 진료와 통증완화 주사를 권하셨다. 통증약도 지을 겸 진료를 받았다. 오른쪽 팔목에 주사를 놔주셨다. 초음파로 보시면서 주사를 깊이 찔러 넣어 근육과 뼈 사이에 약물을 넣는다. 주사 바늘이 신경을 건드리고 지나는 느낌이 너무 아팠다. 하지만 참는 것밖에 다른 도리가 없다. 잠깐의 고통이 더 큰 고통을 막아줄 것임을 알기에 눈물 찔끔 흘리고 그 주사를 참아냈다. 앞으로도 이런 고통은 수없이 찾아올 것이다.

통증이란 녀석

조금 좋아지려고 하기만 하면 어김없이 먼저 찾아오는 녀석이 바로 통증이다. 그래도 그 통증을 잘 달래서 넘어서면 어느새 발전한 다음 단계의 내 모습을 발견하게 된다. 오른쪽 다리가 좋아질 때도 그랬다. 열심히 운동을 하다 보면 한동안 너무 아파서 힘들게 된다. 그러나 그 고통을 이겨내고 계속 운동을 하다 보면 어느새 통증이 있던 자리에 근육이 들어서 있음을 느끼게 된다.

휠체어를 벗어난 것은 마치 어린 아기가 누워만 있다 기어 다니는 것과 비슷하다. 누군가의 도움을 받아야만 이동이 가능했던 아기가 이제 조금씩 스스로 이동을 시작하는 것과 같다. 이전에는 사용하지 않았던 근육들을 쓰게 된다. 그런 과정에서 통증도 밀려온다. 하지만 그러다 보면 어느 순간 무릎도 단단해지고 팔목과 팔뚝 그리고 어깨도 단단해져 나의 아픈 팔목도 언제 그랬냐는 듯 좋아질 것이다. 그렇지 않으면 외려 내가 통증에 익숙해져 이 아픔도 어느 날에는 별것 아닌 내 일상이 될 것이다.

오늘은 유난히 특수치료가 힘들었다. 그동안 하던 동작을 모두 했는데도 시간이 남는다고 부장님이 새로운 동작을 몇 개 더 추가해 주셨다.

첫 시작은 늘 밴드로 하는 팔운동이다. 두 손에 밴드를 잡으면 부장님은 내 머리 위에서 적당한 텐션을 유지하고 선다. 15개씩 3세트를 잡아당기면 부장님이 발 쪽으로 이동하고, 나는 밴드를 머리 위쪽으로 만세 하듯 팔을 쭉 편 자세를 유지한다. 15개씩 3세트를 올렸다 내린다. 다음번엔 주먹을 쥐고 아령을 들듯 밴드 당기기 10회, 엄지손가락을 세워 당기기 10회, 팔을 좌우로 나란히 자세로 당기기 15회를 3세트 한다. 그런 다음은 다리운동이다. 땅콩처럼 생긴 볼을 두 발 아래 놓고 무릎을 세워 당겼다 밀기를 15회씩 3세트. 그 뒤 다시 왼쪽과 오른쪽을 한 다리씩 15회 3세트 민다. 다음은 허리운동이다. 내 배 위에 1㎏짜리 모래주머니 3개를 올리고 무릎을 세운 자세에서 엉덩이 들기를 10회씩 3세트. 모래주머니를 다 내리고 나면 다시 20회를 한 후 부장님 손을 잡고 윗몸일으키기 15회 3세트.

대각선으로 손을 잡고 일어났다. 팔을 쭉 펴고 누운 후 다시 일어서기를 좌우 15회씩 하고 나면 엎드려서 하는 운동 시작이다. 엎드린 자세에서 매트 위쪽을 손으로 잡은 뒤 무릎을 가슴까지 가져가 무릎을 꿇었다가 뒤로 펴서 완전히 엎드린 자세를 취하면 1개다. 이 자세로 15회 좌우 엉덩이 찍기를 한다. 그리고 부장님 어깨를 붙잡고 상체를 일으키는 스탠딩 자세가 되면 부장님이 내 허리를 밀어, 다시 무릎 꿇고 앉은 자세가 되었다가 또 일어서기를 15회씩 3세트 한다.

이쯤 되면 나는 완전 지쳐 숨을 헉헉거리게 되는데, 시간이 남으면 부장님은 어깨와 하이워커를 한쪽씩 짚고 매트 아래로 일어났다 앉았다를 또 15개 3세트를 시킨다. 거기까지는 정해진 루틴이다. 이제 마칠 만도 한데, 내 두 다리에는 모래주머니가 채워져 있고, 그때부터 하이워커를 잡고 일어나 걷기가 시작된다. 부장님이 뒤에서 하이워커를 밀어주면, 나는 팔을 가슴높이의 손잡이 위에 올리고 빠른 속도로 걸어 운동치료실을 크게 한 바퀴 돌아 특수치료실로 돌아온다.

그렇게 쉬지 않고 30분을 보내고 나면 나는 숨이 턱턱 막힌다. 너무 힘들어 한참을 앉아 물을 마셔야 겨우 안정이 되는데 부장님은 자비가 없다. 잘하면 잘할수록 더 잘하도록 만든다. 처음에는 엉덩이를 들어 올리는 것도 발을 미는 것도 안 돼 너무 힘들었는데 이제는 조금씩 자세가 나온다.

힘들지만 특수치료를 받고 나면 오늘 넘어야 할 산을 넘어선 듯한 기분이 들어 성취감을 느낀다. 비록 팔과 다리는 후들거리고 얼굴은 벌겋게 달아올라 있지만, 마라톤의 골인점을 들어올 때의 기분이랄까. 땀이 난 옷을 갈아입을 때면 언젠가는 반드시 좋아질 것이라는 생각에 힘이 난다. 그렇게 나는 또 하루를 살아냈다.

2019. 6. 20.
세현. 아들이 주는 안도와 기쁨

터키에서 돌아올 때 그리고 서울에서 내려오며 4시간 가까이 차를 탄 것을 마지막으로 멀리 가본 적이 없다. 5월 말에는 군 복무 중인 세현이를 면회하기 위해 강원도 고성으로 5시간 이상 차를 타고 이동을 해야 했다. 내 허리가 버텨줄지 먼저 걱정부터 됐다. 하지만 남편과 데이트하듯 가보기로 했다. 미리 설악산 절경이 한눈에 보이는 리조트도 예약해 놨다. 차가 안 막히는 루트를 찾아 남편은 열심히 운전했다.

중간에 휴게실에 들려 잠깐 커피 한 잔 마시고 밤 8시가 되어 숙소에 도착했다. 간단하게 저녁을 먹고 씻은 후 피곤에 지쳐 잠이 들었다. 다행히 내 허리는 그 긴 시간을 잘 버텨주었다. 통증은 밀려왔지만 못 견딜 정도는 아니어서 진통제로 참아냈다.

다음날 아침, 남편은 해가 뜨기도 전에 세현이를 데리러 차를 몰고 부대로 갔다. 아침 7시부터 외박이 가능한 시간이라 한시라도 빨리 아들을 보기 위해 부대로 향한 것이다. 몇 개월 사이에 세현이는 늠름한 군인 아저씨가 되어있었다. 벌써 상병이 되어 실질적으로 자기가 실세라며 군부심이 가득했다.

군복을 입은 현이는 운동을 얼마나 했는지 살도 엄청 빠지고 어깨는 넓어져 남자 냄새가 폴폴 났다. 어린 줄만 알았던 녀석이 언제 저렇게 멋진 어른이 되어버렸는지 새삼스럽기만 했다. 마침 숙소를 나서는데 철봉이 보이자 멋진 거 보여준다며 달려가더니 턱걸이를 시작한다. 반동을 이용하는 꼼수도 없이 팔 힘으로만 몸이 쭉쭉 철봉 위로 올라간다. 순식간에 스무 개를 채우고 나더니 어때 멋있지. 또 보여 줄까 한다. 남들이 보든지 말든지 박수를 치며 환호해 주었다. 멋진 놈.

자기가 있기 때문에 북한도 일본도 절대 못 쳐들어온다며 입만 열면 군부심을 뿜어내는데 우습기도 하고, 사랑스럽기도 하고, 자랑스럽기도 했다. 일단 아픈 엄마 때문에 우울해지거나 힘들어하는 모습을 단한 번도 보인 적 없는 세현이에게 고마웠다. 그렇게 군 생활을 열심히 하는 모습을 보니 걱정했던 모든 것들이 순식간에 사라졌다. 오히려 워커로 걷는 내 모습을 보더니 우리 엄마 많이 컸네. 곧 뛰어다니겠는데? 하며 웃어댄다.

그게 그렇게 고마웠다.

아침밥은 순대국밥 집에서 먹었다. 세현이 또래의 군인들이 가득한 국밥집에서 평상시 세현이가 자주 먹는다는 순대국밥을 시켰다. 그리고 세현이 스타일대로 먹었다. 그게 내가 할 수 있는 최선이었다. 옷을 사고 싶다고 해서 남방과 면바지를 사서 평상복으로 갈아입혔다. 늠름하던 군인 아저씨는 어디로 가고 사랑스러운 내 아들이 앞에 있다. 속초 바닷가의 해변을 걷다 점심을 먹을 횟집으로 향했다. 속초에 가면 꼭 먹어야 한다는 물횟집에 갔는데 사람이 너무 많아 기다려야 했다.

그 와중에도 녀석은 쉬지 않고 군대 이야기를 했다. 아마 녀석은 지금 겪고 있는 군대 이야기를 평생 동안 하고 또 할 것이다. 남자들이 모이면 가장 많이 한다는 군대 이야기를 지금 만들고 있으니 얼마나 하고 싶은 말이 많을까. 부대에서 있었던 일들과 사람들 이야기, 거기에서 느낀 것들에 대해 종알종알 떠들어 대는데 우리는 적극적인 리액션과 공감으로 즐겁게 들어주었다.

곧 분대장이 되기 위해 교육에 들어간다며, 이제 자신이 부대의 실질적인 리더가 되니 우리나라 군사력은 세계 최강이 될 거라나. 그렇게 자신감이 넘치는 모습이 이전에는 볼 수 없었던 모습이라 조금 생소하기도 했다. 하지만 소심해지거나 위축되지 않고 즐겁게 지내고 있는 것 같아 안심이 되었다. 그게 내 아들이었다.

물회를 먹으며 창밖의 아름다운 속초 바다를 감상하고 커피숍으로 자리를 옮겼다. 처음 세현이가 군에 갔을 때는 제대하기 전에 내가 걸을 수 있을 거라 생각했는데 요즘에는 그게 조금 어려울 수 있겠구나 싶다. 좋아지는 속도가 생각보다는 느린 것 같다. 부장님이 내년 말쯤엔 걸을 수 있다고 말씀하실 때 그렇게 늦게 좋아지나 싶었는데, 내년 말이면 세현이가 제대하고도 한참이나 지난 시간이다. 좀 늦어도 걸을 수만 있으면 좋겠다.

세현이는 벌써 상병이다. 세현이는 얼마 안 가 제대를 할 것이고 그전에 난 예쁘게 걷고 싶은데. 모르겠다. 나도 세현이처럼 하루하루 최선을 다해 살아야겠다는 생각이 많이 들던 하루였다.

자유롭지 못한 나 때문에 여기저기 다니지는 못했다. 그러다 세현이가 자주 간다는 노래방에 갔다. 조그만 노래방에 셋이 앉아 동전을 넣고 노래를 불렀다. 그러니 세현이가 군대 가기 전날 가족들이 함께 갔던 그 노래방 생각이 났다. 녀석은 바비킴의 마마를 불러주었다. 난 첫 소절을 듣자마자 눈물샘이 터져버렸다. 자식을 군대를 보내야 한다는 생각과 1년 반이 넘는 시간 동안 떨어져 있어야 한다는 생각에 어찌나 눈물이 나던지 펑펑 울었었다. 하도 울었더니 나중엔 머리가 어지러울 지경이었다. 지금도 제일 미안한 건 녀석을 군대에 보내면서 울었던 것이 그날뿐이란 것이다.

입소식 때는 함께 따라간 친구들이 일곱 명이나 있었다. 하물며 비 때문에 연병장에 모이지도 않고 바로 체육관으로 들어가 버렸다. 울 기회도 없었다. 퇴소식 때는 내가 다쳐 가보지도 못했다. 자식이 입대 시 입고 간 옷이 소포로 돌아올 때 엄마들은 제일 많이 운다고 하는데 나는 병원에 있어 옷이 온 것조차 몰랐다. 이번에도 마마를 들려준다. 나는 눈물이 나지 않았다. 그 어느 때보다 잘 지내고 있는 것 같아 안심이 되었고, 별 탈 없이 잘 돌아올 것을 믿으니 울 필요도 없었다. 세현이는 그런 애였다.

2019. 7. 15.
집에 오니 참 좋다

실버에서의 생활을 마무리하고 집으로 돌아왔다. 일단 마음이 너무 편했다. 무엇보다 남편과 함께 있으니 덜 외롭고 덜 서글펐다. 아침마다 실장님이 차량으로 나를 데리러 와서 월·수·금에는 병원으로 데려다 주었다. 치료가 끝나면 시간 맞춰 나를 데리러 와 주셨다. 집에 와서 워커로 한발 한발 걸어 올라오면 한여름의 더위에 온몸이 땀으로 흠뻑 젖었다.

실장님께는 매번 너무 미안하고 고마웠다. 언제나 친한 삼촌처럼 미리 와서 기다려주고 손잡아주며, 자신이 아팠던 시절 얘기도 해주며 내 아픔에 공감해 주셨다. 그 덕분에 아픈 중에도 열심히 일하고 재활을 게을리 하지 않을 수 있었다.

내가 집에 오니 이젠 남편이 분주해졌다. 이미 소파 옆에 이동식 선반과 행거를 사다 놨다. 그리고 매일 쓰는 옷과 화장품 등 물품들을 올려놔 주었다. 식사도 챙겨주고 집안일을 도맡아 하는 그이가 너무 고마웠다. 이런 고생을 시키는 게 너무 미안해 나도 밥 한 끼라도 챙겨주고 싶었다. 쇼핑몰에 보니 음식을 올려놓고 이동할 수 있는 끌차가 있어 바로 주문을 했다. 삼단으로 되어있는 끌차를 한 손으로 잡고 또 다른 한 손으로는 워커를 잡아 이동했다. 냉장고에 있는 식재료를 끌차 위에 실어 싱크대로 옮겨 놓고 식탁 의자를 하나 끌어 싱크대 앞에 앉아 채소를 씻고 요리를 했다.

다치고 나서 처음으로 해보는 식사 준비였다. 두 손을 다 사용해야 하는데 혼자 설 수 없으니 그렇게 의자에 앉아 조리대에 팔꿈치를 올려놓고 음식을 만들었다. 너무 힘들었다. 하지만 계란 전을 부쳐내고, 김치찌개를 끓이고, 두루치기를 만들어 저녁을 차려냈다. 요리만큼은 자신 있었건만. 자유롭게 움직일 수 없으니 속도가 나지 않아 거의 두 시간 가까이 걸려 밥을 했다. 퇴근해서 온 남편은 깜짝 놀랐다.

"힘든데 뭐 하러 밥을 차렸어. 내가 하면 되는데."
"내 손으로 밥 한 끼 차려주고 싶었어. 힘들지만 해냈다. 나 잘했지?"
"정말 잘했네. 이걸 언제 다했어."
"시간은 좀 걸렸지만 나도 할 수 있게 돼서 너무 다행이야. 이제 내가 밥 자주 차려줄게."
"아이고, 이십 년을 챙겨주셨잖아요. 이젠 내가 좀 해도 괜찮아요. 오늘 날도 너무 더웠는데, 땀을 이렇게 쭉쭉 흘려가며 차린 걸 내가 어떻게 먹냐. 아이고, 참."

말은 그렇게 했어도 그이는 맛있다며 음식을 남김없이 다 먹었다. 정말 땀이 비 오듯 나서 정작 나는 음식 맛도 못 느꼈다. 하지만 눈물이 날만큼 기분이 좋았다. 주말마다 집에 오면 금요일 저녁부터 월요일 아침까지 내 밥을 챙겨주느라 애쓰는 남편에게 나도 무언가 해주고 싶었다. 그 바람이 이루어진 것이다. 물론 매일 밥을 해주지는 못했다. 남편은 날마다 반찬가게에서 음식을 사다 날랐고 대부분 그 음식들로 식사를 해결했다. 가끔 일찍 퇴근한 날이나 주말에 함께 음식을 준비하는 것이 나의 역할이었다. 조금씩 몸이 더 좋아진다면 늘 그랬듯. 더 잘해줄 수 있을 것이다.

주말이면 둘째 세종이가 학교 기숙사에서 나온다. 다치고 나서는 세종이와 많은 대화를 하게 되었다. 고등학교 2학년이 되면서 대입에 대한 압박도 심해지고 스트레스도 많아진 녀석의 고민을 많이 들어주고 내 생각도 나누다 보면 대화는 새벽까지 이어지기도 한다.

세종이는 엄마가 다친 후 가장 좋은 점이 엄마랑 친해진 것이라고 했다. 그 얘기를 들으니 가슴이 먹먹해졌다. 다치기 전엔 너무 바빠 아이들과 많은 시간을 함께하지 못했었다. 아이들 일이라면 최선을 다했다고 생각했지만, 세종이의 이야기를 들어보니 난 아이들을 외롭게 방치해 둔 나쁜 엄마였다. 일한다고, 공부한다고, 강의하고, 사회활동 한다고 쫓아다니고 패러글라이딩에 미쳐 주말마다 밖으로 돌아다녔으니 그런 생각이 드는 건 너무도 당연한 일일 것이다.

학교에서 늘 반장이든 학생회 임원이든 활동을 많이 했던 두 녀석에게 난 늘 1학기에는 반장을 맡지 말아달라고 부탁했었다. 반장 엄마는 학부모들 모임을 주선하고 학교 청소나 학교 앞 횡단보도 안전요원 봉사를 정하는 일, 학부모 시험감독, 도서관 봉사 등을 챙겨야 했고, 스승의 날과 소풍 그리고 체육대회 등 다양한 준비를 해야 했다. 한두 번 하다 보니 시간이 너무 많이 들고 신경 쓸 일도 너무 많았다.

녀석은 엄마가 자주 학교에 와서 그런 역할을 해주길 원했다는 것을 이제야 얘기한다. 그때의 나는 그런 일보다 나 자신을 위한 사회적인 활동을 더 중요하게 여겼다는 것을 솔직하게 얘기하고 더 많은 시간을 내어주지 못한 것에 진심으로 사과했다. 고맙게도 받아주었다.

"아들, 너무 미안하다. 엄마는 아침마다 학교 데려다주고, 매일은 아니어도 끝나는 시간 맞춰 데리러 가고, 학교에서 엄마가 해야 할 일들은 최선을 다한다며 한다고 했는데, 아들이 원하는 만큼은 해주지 못했었구나. 정말 미안해."

"아니야, 엄마. 어린이집 다니고 초등학교 다닐 때는 집에 오면 늘 엄마가 없어서 많이 외로웠지만 독립심도 그만큼 생겨서 내일은 스스로 챙길 수 있게 된 점도 있어."

"너희들 어릴 때 석·박사 공부하고 어린이집 운영하느라 정말 바쁘게 살았어. 어린 너희를 옆집 아줌마에게 맡기고 밤에 학교 갈 땐 맨날 울면서 갔어. 내가 이렇게 공부하는 게 맞을까. 너희들과 함께 있을 수 있는 시간은 금세 지나간다는 거 알면서도, 나를 위한 공부만 하는 것은 너무 이기적인 게 아닐까 많이 고민했어. 하지만 너희들을 키우느라 나를 키우지 못하면 나중에 너희들을 원망할까 봐 그리고 후회하게 될까 봐 그게 많이 두려웠어."

"그래도 엄마가 공부도 하고 사업도 하고 강의도 하면서 열심히 사는 거 보며 나도 공부 열심히 해야겠다고 생각했어."

"고마워, 아들. 엄마가 헛공부한 것은 아니었구나."

"당연하지. 난 엄마가 강의 나간다고 예쁜 옷 입고 나갈 때 너무 멋져 보였는걸."

"고마워. 그렇게 봐줘서."

그렇게 많은 대화를 하면서 어렸을 때의 속상했던 마음도 털어놓고, 서로의 상황도 이해하면서 아들과 많이 가까워지게 되었다. 아들은 맘에 드는 여자 친구 얘기까지 스스럼없이 하면서 내 생각도 물었다. 공부에 대한 고민도 많았지만 나는 꼭 좋은 대학 가지 않아도 괜찮다고. 네가 하고 싶은 일이 무엇인지, 어떤 삶을 살고 싶은지를 더 많이 고민해 보라고 말해주었다. 노력한 만큼 성적이 나오지 않는다고 고민하기에 많이 힘들면 학교 그만두고 검정고시 봐도 좋다고 하니, 친구들이 너무 좋고 학교도 재미있어 학교는 열심히 다니고 싶다고 했다. 기숙사 생활도 재미있고 선생님들도 다 좋아서 끝까지 열심히 해 보고 싶다는 녀석이 몹시도 기특했다. 역시 멋진 녀석이다.

엄마가 다쳐서 마음이 많이 아플 텐데, 조금씩 좋아지고 있으며 지금은 과정일 뿐이라고 받아들이는 아들에게 오히려 내가 위로와 힘을 얻었다. 어린아이들이 배밀이 하듯 기어 다니는 내 모습을 불쌍하게 보지 않고 귀엽다며, 내가 그 녀석이 어릴 때 손을 펼쳐 이리오라고 앞에서 손뼉을 쳤던 것처럼, 이제 똑같이 두 손을 펴 나를 기다려준다. 그런 아들에게 나는 기어가 안기는 기쁨을 누린다. 내 아픔을 보고 누군가가 아파하면 더 많이 아프고 힘들지만, 아무것도 아닌 일처럼 일상으로 대해주며 동정하지 않을 때 훨씬 더 힘을 낼 수 있다는 것도 그제야 깨달았다. 그저 지금의 고통은 과정일 뿐이니 관심 가져주고 응원해 주는 것이 주변 사람들이 해줄 수 있는 최선일 것이다.

집으로 와서 워커로 한발 한발 옮겨 화장실에 갔다. 세면대 앞에는 의자가 놓여져 있다. 그곳에 앉아 씻은 후 몸을 돌려 팔을 뻗으면 수건이 있다. 변기로 옮겨 앉아 볼 일을 보고 화장지가 없어 뒤돌아보면 항상 화장지는 채워져 있다. 언제나 남편의 손길은 내 필요한 것들 앞에 미리 있다. 늘 보이지 않는 곳에서 나를 지키고 있다.

언젠가부터 밖으로 나가기 위해 신발을 신는 자리에도 의자를 놔줬다. 거기에 앉아 등 뒤에 있는 신발을 꺼내어 한쪽 무릎 위에 다른 쪽 다리를 올려 손으로 신발을 신는다. 그리고 또 다른 발을 올려 신발을 신는다. 다시 워커를 짚고 한발 한발 이동해 문을 열고 나가면 엘리베이터가 있어 나를 1층까지 데려다준다. 감사한 일이다.

아파트에서 만나는 이웃 중에 안면이 있는 사람들은 어쩌다 다쳤는지 묻고 쾌유를 빌어준다. 친절한 몇 사람들은 엘리베이터가 닫히지 않도록 개방 버튼을 눌러주고 기다려주며 배려해 준다. 감사한 일이다.

하지만 어떨 때는 그런 배려가 불편한 경우도 있다. 내가 걷고 있으면 그들은 나에게 행여 방해라도 될까 멀리 돌아서 복도 옆 계단으로 가거나 다 지나갈 때까지 비켜서서 기다리기도 했다. 빨리 가지도 못하는데 그렇게까지 배려를 해주면 난 벌써부터 등에 땀이 나고 미안함에 어쩔 줄을 모르겠다. 그냥 일상적으로 다른 사람들 대하듯 조금은 시크해도 괜찮을 텐데 말이다. 그래도 제일 좋은 것. 집에 오니 참 좋다.

2019. 7. 20.
쓰이지만 쓰이지 않는 시간 II

집에서 생활하며 힘든 점은 남편과 한 침대에서 자는 것이다. 병원 침대에 익숙해져 있어서인지 푹신한 침대에서 자고 일어나면 허리가 아팠고 난간도 없어 돌아눕기가 너무 불편했다. 늘 혼자 자다 옆에 사람이 있으니 그것도 불편했다. 남편도 내가 자꾸 몸을 뒤척이니 같이 잠을 설치게 됐다.

그 얘기를 들은 큰언니는 얼마 전 산 황토 침대를 권했다. 언니도 허리가 안 좋은데 황토 침대를 사용해 보니 많이 푹신하지도 않고 적당히 딱딱해서 자고 나도 허리가 아프지 않다고 했다. 침대가 불편해서 거실에 두꺼운 이불 두 개를 깔아놓고 잔다는 내 말을 듣더니, 결국은 침대를 사서 김제에서 순천까지 달려왔다.

침대 프레임을 해체해서 엘리베이터로 옮겨 왔는데 매트리스가 너무 커서 아파트 엘리베이터에 들어가지 않았다. 결국 남편과 형부 그리고 언니가 1층부터 그 큰 매트리스를 들고 11층 집까지 가지고 올라왔다. 꺾어지는 부분에서는 매트리스가 끼어 한 번에 들어 올려지지 않아 이리저리 비틀고 위치를 바꿔 들며 고생들을 했다. 게다가 계단에 놓여있는 자전거와 유모차 그리고 장난감 등 각종 물건들로 집까지 올라오는 데만 한 시간이 넘게 걸렸다. 집으로 들어온 세 사람은 7월의 한낮 더위에 이미 온몸을 땀으로 목욕한 상태였다. 형부는 챙겨온 공구를 사용해 하나하나 침대 틀을 잡았다. 그 위에 매트리스를 얹어 놓자 거실이 곧 내 침실로 변했다.

집에 아기가 태어나면 모든 것이 아이 중심으로 바뀌듯 내가 다쳐 아이가 되자 우리 집의 모든 것도 나를 중심으로 바뀌고 있다. 큰언니는 음식도 바리바리 싸 와서 집밥을 먹게 해주겠다며 그 더위에 요리를 해준다. 본인도 허리 디스크에 갱년기 우울증까지 시달리면서도 아픈 동생을 위해 전을 부치고, 갈비를 재우고, 꽃게찜까지 상다리가 부러질 정도로 상을 차려주었다.

큰언니는 나에겐 항상 엄마 같은 존재다. 여섯 살 위 큰 언니는 농사일로 바쁜 엄마 대신 본인이 초등학교도 들어가기 전부터 나와 동생을 업어 키웠다. 시집간 지 3년도 안 되는 시기부터 공부 잘하는 남동생을 맡아 대학에 다닐 때까지 돌봐주었다. 나 역시 대학생 때와 직장생활을 할 때 큰언니 집에 얹혀살았다. 그런 언니에게 난 늘 돌봐주어야 하는 동생일 텐데. 난 이렇게 다치기까지 했다.

큰언니가 사준 침대는 내게 정말 잘 맞았다. 푹신한 침대에서 자고 나면 허리가 신기하게도 하나도 아프지 않았다. 거실 바닥에서 워커를 붙잡고 일어서려면 너무 힘들었는데 침대에서는 일어나기도 아주 편했다. 언니 덕분에 집 생활이 편안해졌고 이동도 훨씬 자유로워졌다. 늘 엄마처럼 나를 챙겨주고 보살펴 주는 큰언니의 사랑을 어찌 다 갚을지. 그저 고맙기만 하다.

며칠 후, 대학 때부터 이어 온 모임에서 여름 휴가철에 모이자는 연락이 왔다. 작년 여름에 모임을 했고 난 가을에 다쳤으니 그냥 안부만 전하고 다친 것을 얘기하지 않았었다. 근데 모임 날짜를 잡자고 하니 말을 안 할 수가 없게 되었다. 좀 크게 다쳤다고 이야기를 했더니 모두 어떻게 그럴 수가 있냐며 순천으로 내려오겠다고 한다. 박사 동기 선생님들과 함께 묵

었던 펜션을 예약하고 서울, 익산, 전주 등에서 내려온 친구들을 맞이했다.

20년 넘게 모임을 해 왔지만 이렇게 큰 사고를 당한 사람은 내가 처음이었다. 1년에 한 번씩 이어온 모임이다. 이렇게 큰 사고를 당하고도 왜 말 한마디 없었냐며 다들 너무 서운해하면서도 충격을 받은 것 같았다. 다행히 워커로 살살 이동은 할 수 있었지만, 그토록 건강하게 뛰고 날아다니던 내가 이런 모습으로 있으니 선뜻 받아들이기 어려운 모양이었다. 다행히도 그들은 내가 곧 일어나리라는 것을 믿어 의심치 않았다. 그동안 각자의 생활에 대한 이야기로 밤을 지새웠다. 그 밤은 낮보다 아름다웠다.

다음날 아침, 멀리 순천까지 찾아와준 분들에게 같이 가볼 만한 곳이 없을까 알아보다 송광사에 가기로 했다. 법정 스님이 인생의 마무리를 하셨던 무소유의 길이다. 입구부터 대웅전까지 상당히 먼 길을 걸어가야 하지만 장애인을 위한 휠체어가 제공되어 친구들과 함께 움직일 수 있었다. 약간의 부슬비가 내렸다. 우린 초록이 무성한 산책로를 따라 사찰 안으로 들어갔다. 종직이와 건재 오빠가 휠체어를 밀어주었다.

조금만 예쁜 장소가 나오면 정현 언니는 계속 사진을 함께 찍자고 한다. 휠체어를 밀어본 적 없던 친구들이라 내리막길에서는 너무 세게 내려가는 바람에 깜짝 놀라기도 했다. 하지만 그로 인해 모두 깔깔거리며 웃을 수 있었다. 길옆으로 흐르는 계곡에서는 물안개가 신비롭게 사찰을 감싸고, 이름 모를 꽃들은 피어 손을 흔들고 있었다. 계곡 물소리는 새소리와 어우러졌다. 아름다웠다.

오랜만에 친구들과 좋은 시간을 보내고 나니 허전함과 아쉬움이 더 크게 느껴졌다. 내년 모임에는 더 건강해져서 만날 수 있겠지. 내년의 내 모습은 어떨지 모르지만 그래도 걸어가서 함께 즐거운 시간을 보낼 수 있을 거야 하며 우울한 기분을 덜어냈다. 긴 세월 가장 친한 친구들이었는데 그들은 다친 것을 말해주지 않았던 나를 무척 서운해 했다. 어려운 일은 더욱 주변에 꼭 알려야 한다며 다음부터는 절대 그러지 말라고 나무랐다.

오른쪽 다리는 조금 힘이 생겼지만, 왼쪽 다리는 골반의 힘으로 겨우 발을 옮겨 놓을 뿐 버티지를 못해 팔 힘을 이용해 앞으로 이동한다. 1년이면 걸을 수 있을 거라던 주변의 희망 섞인 전망은 현실이 되기는 어려운가 보다. 1년이면 걸을 수 있다는 말 앞에 '워커 짚고'가 생략되어 있었던 것은 아닌가 싶다. 그래도 누워있는 상태에서 왼쪽 다리를 세울 수 있고, 옆으로 벌렸다 다시 세우는 일도 가능해졌다. 왼쪽 다리 운동도 스스로 조금씩 해나가고 있으니 이 얼마나 다행인가. 이젠 누워 다리를 뻗은 상태에서 왼쪽 다리를 좌우로 움직이는 것은 누구의 도움 없이도 할 수 있다. 엎드려서 기어가는 자세를 스스로 만들어 배밀이로 움직이지 않고 아기처럼 잘 기어 다니게 되었다. 나의 재활은 계속 진행 중이다.

2019. 8. 10.
차를 운전하다

두 달 전쯤 남편과 시골을 다녀오다 뜬금없이 운전을 할 수도 있지 않을까. 란 생각이 들었다. 그리고 나니 운전이 너무 하고 싶어졌다.

"내가 여기서 저만큼까지만 운전해 볼게. 차 좀 세워 봐요."

"뭐?! 안 돼. 그러다 큰일 나려고."

"조금 해보다 안 되면 멈출게. 할 수 있을 것 같아서 그래."

실랑이 끝에 남편이 길가에 차를 세워주었다. 나는 다리를 하나씩 옆자리로 옮긴 뒤 운전석으로 옮겨 앉았다. 사실 좀 무서웠다. 혹시 다리가 컨트롤이 안 돼 사고라도 날까 걱정도 됐지만, 천천히 엑셀에 발을 얹고 살며시 힘을 주었더니 차가 스르르 움직였다.

"된다 된다. 조절할 수 있네~"

"조심히 살살 해봐. 좀 더 가보자."

그렇게 천천히 달리다가 브레이크를 밟아보니 아직 힘이 부족해 땀이 난다. 하지만 포기하지 않고 계속 갔고 고속도로에 진입했다. 의외로 차가 많지 않아 브레이크 밟을 일도 없으니 운전하기는 더 편했다. 그렇게 남원에서 순천까지 손에 땀을 쥐며 운전하며 아무런 사고 없이 집에 도착했다. 감사했다.

그날 차를 사야겠다고 생각했다. 출근하고 병원 가는 일을 매번 실버 실장님의 도움을 받아야 했었는데 혼자 갈 수 있다는 희망이 생기니 너무 좋았다. 승용차는 너무 낮아 워커를 짚고 차에 타고 내리는 것이 불편했고, SUV 차량은 너무 높아 역시 타고 내리기 불편했다.

아는 분을 통해 베뉴를 추천받았다. 일단 차 높이가 나에게 딱 맞아 타고 내리기가 아주 편했다. 차 길이는 일반 승용차보다 짧은데 높이가 낮지 않아 작아 보이지도 않았다. 요즘 유행하는 디자인에 스마트함까지 갖춘 녀석이었다.

차에 대한 설명을 자세히 듣고 차에 올라 혼자 운전해서 오려니 겁도 좀 났다. 두 달 전에 운전했을 때는 남편이 옆에 있어 안심이 되었었다. 그런데 혼자 운전하려니 혹시 다리가 내 마음대로 안 되서 위험한 상황이라도 생기지 않을까, 하는 두려운 마음도 들었다.

다친 후 처음으로 운전을 할 때, 브레이크와 엑셀로 발을 옮기는 게 쉽지 않아 긴장을 많이 했다. 브레이크를 밟을 때 힘이 잘 들어가지 않아 저 멀리 정지 신호가 나면 먼저 식은땀부터 났었다. 늘 생각보다 운전을 잘 해냈다고 칭찬하는 남편의 위로에도 혼자 잘 해낼 수 있을까에 대한 의구심도 있었다. 다행히 두 달 사이에 내 오른쪽 다리는 조금 더 힘이 강해졌고, 브레이크를 밟는 것도 생각보다 어렵지 않다. 엑셀도 부드럽게 밟을 수 있어서 큰 어려움 없이 운전을 할 수 있다.

그렇게 남편과 운전 연습을 하던 어느 날이었다. 신호 대기를 하느라 차를 세웠는데 남편의 차가 내 옆 차선에 선다. 창문을 열고 말한다.

"어때, 운전은 좀 할 만해?"
"조금 무서워. 나 잘하고 있는 거 맞아?"
"응 잘하네. 너무 겁먹지 말고 맘 편하게. 천천히 해."
"알았어. 그래도 지난번보다는 조금 편하게 운전이 되네."
"내가 봐도 안정적으로 잘하고 있어. 이전 실력 금방 나올 거야. 원래 형근혜 운전은 카레이서 실력이었잖아."

"그치. 내가 오늘은 처음이니까 봐준다."

"하하하, 역시 형근혜답네. 신호 바뀐다. 조심히 따라와."

초록색 불이 들어오고 우리는 나란히 운전해서 집으로 돌아왔다. 다치기 전에 운전하던 카니발과는 차 크기 차이가 많이 나서인지 주차하기는 아주 편했다. 누가 보면 평범한 하루였겠지만 내겐 스스로 운전을 해서 출근하고 병원을 가고 집으로 돌아온 기적적인 날이었다.

다음날 바로 장애인 차량등록을 했다. 열 손가락 모든 지문을 다 등록했다. 기계에 어떤 손가락을 갖다 대도 본인 인증이 된다. 고속도로를 지날 때면 도로요금 50%를 할인 받을 수 있다. 난 차 이름을 베가본드라 붙였다. 방랑자란 그 뜻대로 녀석을 타고 어디든 자유롭게 가보고 싶었다. 하지만 아직은 허리가 많이 아파 오래 운전은 못 한다. 그래도 출·퇴근을 혼자 할 수 있게 됐다는 것이 중요하다.

차 문을 열면 엉덩이를 운전석에 걸친 후 워커를 접어 옆자리에 넣는다. 다리를 손의 도움을 받아 차 안으로 넣고 문을 닫으면 출발이다. 처음이라 운전이 좀 겁나긴 했지만, 살아있다는 것에 참 고마운 느낌이 들었다. 하여, 나는 오늘부터 방랑자가 되었다. 무엇이든 용기를 내어 보는 것은 중요한 것 같다. 할 수 있을 것 같은 느낌이 들 때는 과감히 시도해 보아야 한다. 두렵다고 시도해 보지 않으면 영영 할 수 없게 될 것이다. 해 보길 참 잘했다.

제3부

재활,
그 치열함에 관하여

2019. 8. 31.

박사 동기 모임. 드디어 혼자 다녀오다

박사 동기 모임을 다녀오기로 했다. 운전을 할 수 있다 생각하니 두려울 게 없어졌다. 집과 실버 그리고 병원만 오가던 답답하던 생활도 달라지기 시작했다. 누군가의 도움이 없이는 아무 곳에도 혼자 갈 수 없을 거라 생각했는데, 이젠 어디라도 갈 수 있을 거란 자신감이 생겼다. 하지만 집에서 실버 그리고 병원만 운전하다 약속 장소로 1시간 이상을 달려야 하니 힘이 들었다. 그래도 휴게소에 잠시 들려 허리를 쭉 펴고 잠시 누워 쉬었다가 다시 달리기 시작했다. 도착하니 빛나가 뛰어나와 반겨주었다. 지난번 만났을 땐 휠체어에만 앉아있던 내가 워커로 이동하는 것을 보고 많은 분이 축복해 주었다.

그날 각자의 영역에서 성공한 선생님들의 모습은 참 보기 좋았다. 이번 모임의 주인공인 허기 선생님과 서울에서 한걸음에 달려온 안정숙 선생님. 그리고 지난번 순천만에는 못 봤던 문병환 선생님도 합류해서 늦은 밤까지 많은 얘기를 나눴다. 참 많이 좋았다. 다치고 나서 다른 곳에서 자는 일이 처음이라 불편하긴 했지만 그래도 좋은 사람들 곁이라 견딜만했다. 걱정을 많이 했던 남편의 우려와는 달리 운전하는 일은 그리 힘들지 않았다.

돌아오는 길에 다시 휴게소에 들러 잠깐 쉬는데, 곡성에서 탠덤 사업을 하고 있는 이정철 사장님이 생각났다. 전화를 해 보니 비행하고 있다며 들렀다 가라고 하신다. 검색해 보니 착륙장까지는 10분이면 갈 수 있는 거리였다. 네비를 찍고 가보니 함께 사업을 하고 있는 그분의 아들이 반겨주었다.

이륙장에서 두둥실 글라이더가 떠오르고 두 대의 기체가 하늘로 올라가는 게 보였다. 1년 만에 본 글라이더는 참으로 아름다웠다. 이렇게 다치고도 글라이더가 아름답게 느껴지는 것을 보면 분명 병인가보다. 열이 별로 없었는지 몇 번 오가던 기체는 착륙장 위로 와서 그네를 타듯 좌우로 흔들며 윙오버를 하고 고도를 낮춰 사뿐히 내려앉았다. 탠덤 손님을 보내고 나를 발견한 이 사장님은 내 손을 잡더니 아이처럼 눈물을 터트렸다.

"내가 근혜씨를 너무 많이 좋아했었나 봐. 다쳤다는 소리를 듣고도 도저히 마음이 아파 가 볼 수가 없었어. 너무 미안해."

"이제 이렇게 운전도 하고 조금씩 좋아지고 있으니 너무 마음 아파하지 마세요."

"그래. 어서 나아서 비행도 같이 하고 함께 놀자."

탠덤 파일럿으로 일하고 있는 굳패러팀의 선원씨도 가까이 와서 인사를 하더니 말을 잇지 못하고 이내 저만치 떨어진 해먹으로 가 드러누웠다. 선글라스에 가려진 눈에 슬픔이 서려 있음을 보지 않아도 알 수 있었다.

선원씨는 몇 년 전 내게 총무를 맡기면서 우리 비행투어 이름을 '각하투어'로 붙였다. 당시 대통령과 내 이름이 같아 다들 나를 부를 때 농처럼 각하라고 불렀다. 장난삼아 붙인 그 이름이 이후에도 오랫동안 회자되었다. 팀원들과 전주, 단양, 대천, 영월 그리고 평창까지 가서 비행했다. 잊지 못할 투어였다. 평창에선 늦은 밤까지 캠핑을 하며 쏟아질 듯한 별들과 함께 타오르는 모닥불을 지폈다. 하지만 지금은 그저 추억이 되어버렸다.

환갑이 지난 사장님의 지치지 않는 열정도 멋져 보였고 함께 놀 수 있는 마당을 만들고 싶어 하던 선원 씨의 바람이 이루어진 것도 좋아보였다. 다만 늘 함께였던 내가 더 이상 그들과 함께일 수 없다는 것이 슬픔으로 다가왔다. 사장님의 눈물에 나도 눈시울이 뜨거워졌다. 하지만 웃으며 일어났다. 워커를 짚고 삐뚤삐뚤 걷는 내 뒷모습을 보는 그들의 가슴 아픈 시선이 느껴져 마음이 무거워졌다.

또 봐요. 다음엔 더 건강해져서 올게요. 미안해요.

비행하러 숱하게 오가던 길이라 함께했던 이들과의 즐거웠던 시간들이 발길을 붙든다. 차를 잠시 세워 섬진강 가를 따라 천천히 걸었다. 살아있다는 것이 얼마나 좋은가. 이 길을 다니며 참으로 즐거웠고 행복했었음을 그제야 알 것 같았다. 그때는 그저 달리기에 바빴고 날고 싶기만 했는데, 달리고 날던 그 순간에는 정작 행복을 제대로 느끼지 못했었던 것 같다. 이제 이렇게 천천히 걸어보니 그때의 나도 행복이었고 오늘의 나도 행복이다.

어찌되었든 오늘 나는 내 인생에서 가장 힘든 시기를 보내고 있으니 앞으로 좋아질 일만 남아 있을 것이다. 오늘이 이렇게 좋은 걸 보니 다시 예전처럼 온전히 건강해질 수 없다 해도 이 순간의 행복을, 오늘처럼 잘 찾다 보면 그것도 그냥 괜찮을 것 같다.

나의 현실

문득 내가 함께하던 사람들 곁으로 돌아가는 일이 몇 년 동안은 불가능하거나 영영 불가능할 수도 있다는 생각이 들었다. 눈물이 났다. 그리고 우울해졌다. 가입해 있던 SNS에서 모두 탈퇴했다. 비행 팀, 바다 수영 팀, 자전거 팀, 산행 팀, 수영장 팀 그리고 경실련 대학원 동문 팀과 마지막으로 언론협동조합과 시청 관련 밴드 등 함께 날고 달리던 사람들과 나는 스스로 멀어지는 것을 선택했다. 이전의 삶과는 다른 삶을 살아야 하는 현실을 인정하고 받아들인 것이다. 더 이상 과거의 즐거웠던 시간을 그리워하며 보내는 것이 내게 무의미하다는 생각이 들었다. 그러자 지나간 것들과의 과감히 결별할 수 있는 용기가 생겼다. 눈물 몇 방울로 아쉬움을 달랬다.

이제 과거와 미래를 살지 말고 현재를 살아야 한다는 것을 받아들이니 주어진 일상 속에서도 소중한 것들을 발견하는 지혜가 찾아왔다. 그 후로 나는 패러인들과의 연락도 자제했다. 자주 전화로 안부를 물어오거나 밥이라도 먹자고 찾아오는 사람들에게조차 나는 연락을 받지 않고 피했다. 내가 가장 하고 싶은 일은 여전히 패러를 타고 하늘에 오르는 일이기에 다시 건강해져 비행할 수 있는 시기가 오기 전까지는 그들과 거리를 두기로 마음먹었다.

처음에는 너무도 안타까운 마음에 자주 들렸던 이들도 시간이 지나자 차츰 뜸해졌다. 잊고 지내다 문득 생각나면 연락하는 이들에겐 얼마만큼 좋아졌는지, 좀 걷게 되었는지 대답하기도 싫어졌다. 회복은 더디게 나타나는데 비슷한 상태를 매번 반복해서 말해야 한다. 듣는 사람은 한 번이겠지만 말하는 나로서는 여러 사람에게 같은 말을 매번 반복해야 한다. 자기들은 나 없이도 여전히 잘 달리고, 잘 날며 즐거운 시절을 보내면서 함께 할 수 없는 나는 안중에도 없다는 생각이 들자, 여전히 잘 달리고, 잘 날아다니는 이야기를 왜 내 앞에서 계속하는지 견디기 어려웠다.

물론 그들의 의도가 아님을 너무나 잘 알고 있다. 하지만 다치고 나니 소외될 수밖에 없는 나를 이해하지도, 발견하지도 못하는 그들의 무심함에 서운해진 것이다. 다 내 탓이다. 연락을 아예 받지 않자 연락은 점차 줄어들고 자연스럽게 관계도 멀어졌다. 나도 곧 괜찮아질 테고 결국 그들도 괜찮아 질 것이다.

2019. 11. 9. 재활 14개월차
수영장

병원에서 퇴원한 후, 몸의 회복 속도가 눈에 띄게 빨라졌다. 이전엔 아파트 주차장을 워커로 한 바퀴 도는데 1시간 이상 걸렸었다. 이젠 1시간에 두세 바퀴 돌 정도로 빨라졌다. 조금만 걸으면 아파왔던 다리와 허리 그리고 팔까지 1시간 이상 걸어도 견딜 수 있을 만큼 강해졌다. 홀로 운동하는 시간이 점점 늘어난다. 아직 잘 못 걷는 내게는 그래서 더욱 특별하다.

지금 내게 가장 좋은 운동은 걷기인 것 같다. 예전엔 운동을 위해 워커를 짚었다. 이젠 걷는 것 그 자체를 위한 걷기가 되었다. 어느 날부터는 집 앞 주차장만 다니다 점차 범위를 넓혀 아파트 울타리를 넘어 도로변을 걷기 시작했다. 가을이 깊어지니 도로변에 심어놓은 상사화는 화려하게 피었다. 은행잎과 단풍잎들도 거리마다 가득하다. 그 아름다운 것들을 하늘이 내게 선물해 주는 동안 나는 한 걸음씩 한 걸음씩 앞으로 나아간다. 아, 역시 가을은 운동하기 좋은 계절이다.

이전 강의를 할 때 오전과 오후에 모두 강의가 잡혀 있으면 중간 떠버리는 시간엔 있을 만한 곳이 마땅치 않았다. 그래서 차로 이사천이나 상사천 주변을 훑고 다녔다. 나만의 몇 시크릿 스팟이 있다. 그중에 나무가 우거진 물가였는데 따스한 햇볕을 맞으며 강의 준비도 하고 간단한 점심도 먹었던 곳이 있다. 오랜만에 가보니 여전히 그곳은 한가롭고 평화로웠다.

갈대숲을 지나고 다 사그라진 고추밭을 지나 배추밭을 가로질러 대나무 숲을 따라 걷는다. 어느새 세 시간을 걸었다. 내가 기특했다. 하지만 1.5㎞ 정도의 거리를 홀로 걷다 서다를 반복하니 팔목이 몹시도 아팠다. 고관절과 허리와 어깨와 팔꿈치도 내게 무리하지 말라고 고함을 지르는 것 같았다. 그래도 누군가의 도움 없이 그 모든 것을 혼자 해냈다는 성취감에 미소가 지어졌다.

또 하나 기쁜 소식은 혼자 수영장을 다닐 수 있게 되었다는 것이다. 처음에는 소이의 도움을 받아 수영장에 갔다. 소이가 옷 갈아입는 것부터 씻고 수영장으로 들어갈 때까지 손과 발이 되어주었다. 지금 생각해 보니 쉽지 그 일을 아무런 일도 아닌 듯 묵묵히 해 주었다. 고마울 따름 이다. 의자도 놔주고 수영장 들어가고 나갈 때도 아이 돌보듯 내 손을 잡아 이끌어주었다.

수영장에 들어가서는 벽을 잡고 서서 왼쪽 다리를 앞으로 뒤로 흔들기, 위 아래로 올렸다 내리기, 엎드려서 발차기, 배영 자세로 발차기 등을 100개씩 했다. 아직 다리에 힘이 없어 허리와 골반 힘으로 밀고 당겼지만, 그렇게 힘을 쓰다 보면 언젠가는 좀 더 잘할 수 있게 될 것이다. 수영을 해보니 자유형은 어차피 팔 힘으로 가는 거니 오른쪽 다리만 발차기를 해도 25m는 갈 수 있었다. 배영도 엉성하긴 하지만 갈 수 있었는데, 평영과 접영은 시도조차 어려웠다. 16년을 해온 수영인데 물속에서 허우적거리는 내 모습이 너무도 안타까웠다.

수영장은 들어가고 나오는 것도 쉬운 일이 아니었다. 소이가 도와주기는 하지만 워커를 잡고 무릎을 꿇은 후 그 워커를 접어 한쪽에 놓는다. 그리고 다리를 하나씩 물에 넣은 뒤 팔 힘을 이용해 수영장 안으로 들어간다. 그것은 내 몫이었다.

그러는 동안 집중되는 사람들의 시선은 견디기 쉽지 않았다. 소이가 같이 있는 동안에는 견딜만했는데, 혼자라도 해보고 싶어 갔더니 무엇보다 사람들의 그 시선이 가장 힘들었다. 안전 요원이 도와주려고 달려오거나, 수영하던 사람들이 어쩌다 다쳤냐, 수술은 했냐, 언제 다쳤냐 자꾸 묻는 것들이 불편했다. 그럴까 봐 일부러 주말에 사람들이 별로 없는 시간대를 골라 수영장에 갔는데… 뭐, 이젠 그런 불편함들도 조금씩 적응이 되어간다.

걷는 레인으로 가서 벽을 짚고 조금씩 걸어 다니기도 하고 발차기, 한 발 수영, 다리 밀기를 한 시간 이상 하고 나온다. 그 모든 과정은 매우 더디고 어렵다. 하지만 혼자서 수영장에 가고 누군가의 도움 없이 내가 하고 싶은 일을 할 수 있다는 것이 매우 즐거웠다. 좋은 친구 소이는 늘 나서서 함께해 주었고 가끔 숙영과 순영 언니도 동행해서 밥도 먹으러 다니니 이전의 삶으로 점점 돌아가고 있는 것 같아 기분이 좋았다.

좋은 사람들과 어울리는 시간이 늘어나고, 허리에 힘이 생겨서인지 운전을 한 시간 정도 하는 것과 의자에 2~3시간 정도 앉아있는 것도 이젠 견딜 만하다. 처음 영화 보러 갔을 때는 허리가 너무 아파 곤욕스럽기까지 했었는데, 이제는 편하게 볼 수 있다. 근육도 조금씩 들어차고 있어 왼쪽 다리를 밀고 당기는 것과 누워서 무릎을 세웠다 펴는 것, 옆으로 누워서 앞쪽으로 당겼다가 뒤로 미는 것, 엎드린 자세에서 두 다리를 가슴으로 당겨 무릎을 꿇었다가 원상태로 엎드리는 것, 그것도 15개까지는 한꺼번에 할 수 있게 되었다. 무릎을 꿇은 상태에서 바닥을 짚고 고양이 자세로 엎드렸다 다시 무릎 꿇기도 20개씩 그것도 하루에 100개씩은 꼭 해내고 있다. 물속에서 힘이 없어 떠버렸던 왼쪽 다리를 내려 발로 딛고 오른발을 옮기는 것도, 이젠 조금씩 되고 있다.

며칠 전, 내 생일에는 수중치료를 받고 있던 중에 왼쪽 발이 바닥에 닿을 수 있게 힘을 주는 게 가능해졌다. 수중치료 선생님과 하이파이브를 하며 함께 기뻐했다. 물속에서는 수중치료 선생님을 붙잡고 걷는다. 아직 엉덩이를 뒤로 빼고 걷기는 하지만 다리가 버텨지니 할 수 있는 것들이 점점 많아진다. 재활은 결국 시간과의 싸움이고 자신과의 싸움인 것 같다. 끈기를 가지고 하다 보면 어제보다 오늘이 그리고 오늘 보다는 내일이 더 건강해질 것이다. 그런 매일의 노력과 성과들이 쌓여 내가 아팠던 때가 언제였던가 기억도 나지 않을 날이 오길 기도해 본다.

2019. 11. 21.
워커, 누군가의 따스한 손을 잡고 지팡이로 걸을 수 있다는 것

가을이 깊어지고 곧 겨울이 시작될 모양이다. 병원에서 퇴원하기 며칠 전, 오랫동안 알고 지내던 친구 영순이가 병원으로 찾아왔다. 내가 다친 것 자체를 모르고 있던 영순이는 안부 차 전화를 했다가 내가 다친 것을 알게 되었다. 내 모습을 보더니 충격 때문에 한동안 아무 말도 없이 서 있었다. 하지만 영순이는 시원스러운 그 성격대로 내 상황을 받아들이고 긍정적인 얘기들로 내게 많은 위로를 해주었다.

사실 환자에게 위로랍시고 건네는 대부분의 말은 거의 위로가 되지 않는다. 오히려 상처가 되는 경우가 훨씬 더 많을지도 모르겠다. 하지만 영순이는 내가 비행을 하러 다닐 때부터 누구보다 내 얘기에 귀를 기울여 준 친구다. 자신은 겁이 나서 못 타지만 마음껏 하늘을 날아다니던 나를 진심으로 부러워하며 응원해 주던 그런 친구였다. 영순이는 그 이후에도 시간을 내어 실버에도 찾아와 놀아주었다. 워커로 걷기 시작하자 바닷가로 데려가 차를 마시며 오랫동안 곁을 지켜주었다. 그저 오랫동안.

아픈 사람에게 필요한 것은 단 한 사람이다. 내 말에 귀 기울여 주고 공감해주는 그냥 따스한 그런 단 한 사람. 영순이는 내게 가장 소중한 벗으로 자리 잡았다. 활동을 같이했던 동호회 사람도 아니고 다치기 전엔 일 년에 몇 번 만나 밥 먹고 차 마시며 세상 돌아가는 이야기를 나누던, 대화가 잘 통하는 친구였을 뿐이다. 그런데 이 친구는 다른 사람들과 달랐다. 내가 다치고 나니 더 자주 연락하고 내 재활에 가장 많은 관심을 가져주었다.

비 오는 밤, 그저 슬펐다. 실버의 빈 방에 누워 홀로 울고 있을 때도 그냥 생각이 나서 전화했다며 내 이야기를 들어준다. 유쾌한 대화를 나눠주며 내가 웃고 떠들다 잠들 수 있게 해준 유일한 친구였다. 물론 많은 이들이 간간이 전화해 안부를 물어오고 찾아오기도 했다. 하지만 다친 사람의 가장 큰 관심사인 재활을 자기 일처럼 여긴 이는 영순이뿐이었다. 교대근무를 하는 아이인데도 평일에 가끔 시간만 나면 나를 재촉해 운동하러 가자 졸라댄다. 그리곤 내 옆에서 묵묵히 함께 걸어주었다. 그저 묵묵히.

워커로 걷는 것은 아직 한발 한발 이동 자체가 힘들다. 오른쪽 다리로 버티고 워커를 밀어 이동한 후 왼쪽 발을 끌어와 앞으로 이동한 뒤 다시 오른쪽 다리로 버티며 워커를 밀기를 수없이 반복해야 겨우 한 발씩 나아갈 수 있었다. 손목과 팔은 많이 아팠고 허리도 끊어질 것 같다. 하지만 그렇게라도 걸을 수 있음에 감사했다. 이후 영순이가 전화했을 때, 혼자 주차장을 걷고 있다고 하니 박수를 치며 대단하다고 진심으로 기뻐해 주었다. 고마웠다.

"그렇게 한발씩 움직이다가 곧 워커가 필요 없어지고 지팡이로 걷게 되고 곧 지팡이도 필요 없어질 날이 올 거야. 네가 이렇게 노력하는데 안 좋아질 리가 있어?"

"고맙다, 친구야. 힘이 막 난다."

"이제는 조금씩 지팡이로 걷는 것도 같이 해 보자. 병원에서 지팡이로 걷는 연습해?"

"응. 한 손으로. 선생님 팔짱을 끼고 한 손으로는 사각 지팡이 짚고 걷는 연습하고 있어."

"그래? 그럼 이번 주 나 쉬는 날 만나 같이 걸어보자. 내가 팔 빌려줄게."

"그래 좋아. 같이 걸어보자."

영순이는 봉사활동에 관심이 많은 아이라 장애인 관련 봉사도 자주 다닌다. 그래서인지 장애를 입은 사람을 이해하고 보조해주는 것에도 매우 사려가 깊다. 한 번도 나를 장애를 입은 불쌍한 친구로 보지 않았다. 그 시선이 얼마나 큰 힘을 주는지 일반 사람들은 잘 모를 것이다. 곧 일어나 온전히 걷기 위해 노력하는 친구로 보는 영순이 덕분에 걷는 건 힘들었지만 즐거웠다. 며칠 뒤엔 선암사에 함께 도전해 보기로 했다. 선암사는 주차장에서 절까지 왕복하면 3㎞ 정도 되는 거리다. 내겐 너무 무리가 되지 않을까 걱정이 앞섰다.

"내가 할 수 있을까. 길도 흙길이고 돌멩이들도 많고 오르막 내리막도 많은데. 넘어지면 어떡하지?"

"내가 있는데 뭐가 걱정이야. 야~ 지금 선암사에 단풍이 절정이란다.

예전엔 너랑 봄꽃이 절정인 선암사도 갔었잖아. 이번에는 단풍이다. 콜?"

"콜~! 해보지 뭐. 단풍 구경 친구랑 한 번 해보자."

"출발! 할 수 있다, 형근혜."

영순이의 파이팅 넘치는 응원으로 난 선암사로 향했다. 다행히 운전을 할 수 있으니 내 차로 주차장에 차를 세우고 영순이의 팔과 지팡이를 의지해 선암사로 향했다. 하지만 길은 순탄치 않았다. 길이 파이는 것을 방지하려고 깔아놓은 파쇄석이 울퉁불퉁해 왼쪽 발이 자주 뒤집어졌다. 그때마다 나는 영순이의 팔을 잡고 넘어지지 않으려고 안간힘을 써야 했다. 벤치만 나오면 무조건 쉬며 한참 동안 다리를 주무르고 허리 통증을 다스려야 다시 걸을 수 있었다.

영순이는 이번에는 50걸음만 걷고 쉬자, 이번에는 100걸음만 걷고 쉬자, 다음에는 저기 보이는 벤치까지만 걸어보자, 하며 목표를 정해주었다. 그 말을 들은 나는 일단 저기까지만. 하는 심정으로 발걸음을 옮겼다. 그러는 사이 어느새 절에 도착했다. 거의 두 시간이 넘게 걸려 1.5㎞를 걸어왔다. 우린 아이스크림을 하나씩 사 먹으며 힘들었지만 잘해 냈다고 서로 하이파이브를 했다. 그 아이스크림. 참 달았다.

한참 동안 단풍감상을 하고 물소리를 들으며 수다를 떨었다. 다시 내려오는데, 내려오는 것이 올라가는 것보다 더 힘들었다. 무릎이 굽혀지지 않으니 뻣뻣한 다리를 펴서 내딛는 게 쉽지 않았다. 경사가 급한 곳에서는 정말 한 뼘 정도밖에 발을 내디딜 수 없었다. 그렇게 조심스러운 발걸음을 걷다 결국 돌멩이를 잘못짚어 그만 주저앉고 말았다. 에이

~! 한 번도 넘어지지 않고 올 수 있었는데, 주차장이 바로 코앞에 보이는 지점에서 넘어져버렸다. 다행히 영순이가 팔을 놓치고 있지 않아 위험하지는 않았다. 엉덩방아만 살짝 찧었다.

이상하게 우린 그 순간 함께 웃었다.

그래, 나에게는 너무 긴 길이었고 너무 어려운 도전이었다. 한 번도 넘어지지 않고 해낸다는 것은 내 욕심이지. 그래도 끝까지 해냈다는 것이 중요하지. 다친 이후 가장 먼 길을 걸었다. 가장 아름다운 가을 단풍을 실컷 보며, 그렇게 좋은 친구와 나는 어제의 나를 넘어서는 경험을 했다. 지리산 종주를 할 때보다 더 힘들었다는 느낌이 들 만큼 그 길은 내게 정말 큰 도전이었는데. 그 모든 게 영순이 덕분이다.

2019. 12. 18. 15개월 차
보험소송이란 것

터키로 여행을 떠나기 전 현희와 함께 여행자 보험에 가입했었다. 현희가 가입을 해주었다. 비용을 보냈건만 여행을 떠날 때까지 보험회사에서는 어떠한 확인 절차 없었다. 의례 그런가 보다 했다. 하지만 사고가 난 후 비용이 몇 천만 원이 들어가자 보험에 가입했던 것이 떠올라 현희에게 가입했던 보험에 대해 물어봤다. 대답은 본인 역시 가입 의사를 물어보거나 상품에 대한 설명이 없었다고 했다.

병원에 있으면서 다른 보험은 모두 청구한 후 지급이 되었는데, 여행자 보험은 패러글라이딩을 하다 다쳤기 때문에 보험금을 지급할 수 없다고 한다. 그 보험 상품이 일회성이고 소멸성이고 금액도 작아 사실난 별생각도 없었다. 하지만 이것저것을 분석한 손해사정인의 적극적인 권유로 소송을 시작하게 됐다. 시간이 지날수록 보험금 지급을 거부하는 보험회사의 행태를 보았다. 그때 내 권리를 찾아야겠다는 생각이 들었다.

보험에 가입한다는 것은 위급한 상황에 처했을 때 생겨나는 금전적 위기를 넘기기 위한 수단인데, 무턱대고 여행 중 패러를 타다 다쳤으니 치료비를 지급할 수 없다 한다. 이해할 수가 없었다. 병원에서 퇴원 후 소송이 시작되었다. 변호사들이 각 자의 입장에서 서류를 제출하고 변론을 한 결과 일단 법원에서 내 몸 상태를 확인해 봐야겠다는 통보가 왔다고 전했다. 단순히 보험금 지급 여부가 아니라 지급한다면 얼마를 지급해야 할지도 중요했기 때문에 관련 내용을 한꺼번에 판결하려는 것이다. 손해사정인이 연락을 해왔다.

"법원에서 정해준 병원에서 신체 평가를 받으라는 결론이 나왔습니다. 병원은 서울 순천향병원이에요. 일단 12월 15일에 서울로 가시구요. 제가 함께 병원에서 동행해 드릴 테니까 그날 시간 맞춰 올라오세요."

"혼자 움직이기도 힘든 사람보고 서울까지 가라고요? 그냥 이쪽 병원에서 검사하면 안 되나요?"

"예, 이것은 저희가 할 수 있는 것이 아니고 신뢰를 확보하기 위해 법원에서 랜덤으로 정해준 병원에 가서 검사를 받아야 하는 겁니다. 그날 꼭 시간 맞춰서 올라가셔야 해요."

"알겠어요. 힘들겠지만 해 볼게요."

손해사정인은 보험회사에서는 최대한 보험금을 지급하지 않기 위해 모든 방법을 다 쓸 것이라고 했다. 신체 능력 평가는 기존에 다니고 있는 병원에서 받게 되면 환자에게 유리하도록 나올 것이고, 보험회사가 원하는 곳에서 받게 되면 보험회사에 유리하게 나올 수가 있어 법원이 정해준다고 했다. 몇 년이 걸릴지 모를 싸움에서 지쳐 포기하도록 끌고 가는 작전을 쓴다는데 순간 오기가 생겼다.

치료를 위한 것도 아닌데 소송용 검사는 보험도 안 돼 입원비와 검사비를 모두 내 돈으로 내야 했다. 그 금액이 최소 5~6백만 원이다. 그러니 중도에 소송을 포기하는 사람들이 생겨나나 보다. 소송비용으로 변호사 선임비, 법원에 들어가는 비용, 병원비 등 벌써 2천만 원 정도를 썼다. 이길 것이라는 보장도 없기에 또 5백만 원 이상을 들여 계속 진행할지, 포기할지가 고민되기도 했다. 하지만 난 계속 소송을 진행하기로 결정했다.

이런 소송을 수없이 진행해 보신 분이 말하길, 소송은 돈 있고 시간 많은 사람이 반드시 이긴다고 했다. 여지껏 약한 사람에게는 한없이 약해지는 나였지만, 강하다며 무례하게 구는 사람에게 굴복해 본 적은 없다. 내가 지금까지 들어간 돈을 다 날리게 된다 하더라도 포기하지 않겠노라 다짐했다.

보험회사 입장에서는 수익이 목적일 테니 손해를 보지 않기 위해 반론을 펼치는 것도 당연하다. 하지만, 정당한 사유 없이 어떻게든 약정된 돈을 지급하지 않겠다는 것은 그냥 두고 볼 수만은 없었다. 보험금 몇만 원인데 그까짓 거 하며 포기하면 그만이었다. 하지만 그런 사람들이 대부분이기에 그들의 행태는 바뀌지 않았을 것이다. 나는 싸우기로 마음먹었다.

첫째 아들 세현이가 초등학교 시절 지나가던 차에 치여 앞니 두 개가 빠진 적이 있었다. 영구치여서 앞으로 평생 앞니가 없이 살아야 하는 아이에게 보험회사는 보철비용으로 계산해서 2~3백만 원 이상 지급할 수 없다고 했다. 그때는 임플란트 기술이 처음 도입되었던 시절이라 치아 하나당 가격이 수백만 원이었다. 보철로 평생 불편하게 살라는 말인가 싶어 너무도 화가 났다.

그때도 싸웠다. 먼저 비슷한 사건에서 다른 보험사가 어떤 방식으로 얼마를 지급했는지를 알아보았다. 타 보험사의 사례가 970만 원을 지급한 것을 알게 되었다. 보험 담당자에게 말했다. OO화재가 그 회사보다 못한 회사냐고. 나도 OO화재 10년 넘게 가입 유지 중이고 가해 차량의 보험도 OO화재인데 겨우 이 정도밖에 안 되냐고 따졌다.

담당자가 회사 규정 운운하며 자꾸 발을 뺀다. 먼저 OO화재 고객 게시판에 글을 썼다. 사건의 전말과 타 회사의 지급액을 비교해서 설명한 후, 그보다 적은 금액을 지급할 시 금융감독원에 제소하고 소송도 진행하겠다고. 어린이집을 하고 있던 때라 여차하면 전국 어린이집 연합회에서도 공론화하겠다고 하자 바로 광주 본사에서 지점장이 찾아왔다.

지점장은 1천만 원을 제시했다. 대신 금감원과 소송은 진행하지 않는 것으로 합의했다. 그 돈은 한 푼도 안 쓰고 엄마 포도밭 살 때 보태라고 보내드렸다. 보상금액은 문제가 아니었다. 그냥 옳은 일을 했다는 생각이 들어 기분이 좋았다. 그런 의미에서 이번 소송도 내겐 꼭 이기고 싶은 소송이었다.

당일에 올라가면 시간에 늦을 수도 있을 것 같다. 하루 전날 영순이와 함께 서울로 향했다. 오랫동안 앉아있는 일은 내게 너무도 힘든 일이다. 우린 중간중간에 휴게실에 들러 쉬었고, 나는 차에서 거의 드러눕다시피 했다. 5시간이 걸렸다. 그리고 미리 예약해 둔 호텔에서 편하게 잔 뒤 다음날 병원으로 향했다.

손해사정인과 만나 몇 시간을 기다려 의사를 만났다. 새파랗게 젊은 여 의사는 몇 마디 물어보더니 신체감정평가를 제대로 하기 위해서는 입원을 2~3일 정도 해야 한다고 했다. 이 먼 거리를 또 와서 며칠간 입원을 해야 한다고 하니 누가 간병을 해주고 이동을 도와줄 것인가. 입원비뿐만 아니라 간병비와 교통비 등 또 많은 비용이 발생하게 되는 것이다. 짜증도 나고 막막해지기도 했다.

입원 날짜를 잡으려고 보니 1월까지는 검사가 꽉 차 있었다. 설날이 1월 말이라 2월로 날짜가 미뤄졌다. 2월 3~5일로 예약했는데 상황에 따라 하루 이틀 검사가 더 길어질 수도 있다고 했다. 간병인을 써야 할지도 몰라 혹시나 알아보니 다행히 며칠만 돌봐주는 파견 간병인이 있었다.

병원 자체적으로 운영되는 간병인센터는 없어 서울 지역 간병인센터를 검색해보고 미리 컨펌도 받았다. 며칠이 걸릴지 알 수도 없다. 신체능력이 생각보다 좋은 것으로 결과가 나오면 보상비용이 적어 질 수도 있다. 그렇다고 포기할 수는 없었다. 손해사정인은 긍정적인 이야기를 많이 해주었다.

"작년에 저희가 승소한 사건이 두 가지가 있어요. 한 건은 스킨스쿠버를 하다가 사망한 경우였는데, 여러 명이 함께 스킨 스쿠버를 했기 때문에 동호회 활동으로 봐야 한다며 보험회사에서 지급을 거부했었거든요. 하지만 단지 함께 배를 빌려서 나간 것이지. 한 동호회 사람들도 아니었기 때문에 결국 보상액 전액을 받았어요."

"저랑 상황이 비슷하네요."

"네, 맞아요. 또 한 경우는 해외로 암벽등반을 하러 갔다가 사고가 나서 하반신 마비가 되어 돌아온 경우인데, 그분도 레저용품 광고를 찍으러 여러 사람이 함께 갔기 때문에 역시 동호회 활동으로 봐야 한다고 보험회사에서 주장을 했어요. 하지만 그들이 계속 동호회로 모여 활동을 한 사람들이 아니고 기업에서 광고를 찍기 위해 일시적으로 모인 사람들이라 연관성이 없다고 역시 승소판결을 받았어요."

"저도 여행 중에 비행을 했는데 그곳에 한국 사람들이 있었다고 보험회사가 동호회 활동으로 몰아가고 있잖아요. 처음 본 사람들이 대부분인데."

"그러니까 유사한 사례를 들어 개별 여행인 것을 입증하면 승산이 있습니다. 신체감정이 몇 프로 장애로 나올지는 모르겠지만 다른 보험회사에서 이미 2등급 장애로 판정받아 지급을 받으셨으니 그 정도만 나오기를 바라야지요."

"일단 결정을 했으니 결과는 의사와 병원에 맡겨야겠네요. 그때 봬요."

손해사정인의 말대로라면 끝까지 싸워볼 가치가 있을 것 같았다. 병원을 나와 다시 집으로 돌아오는데 통증약을 먹어도 다리는 시리고 허리는 끊어질 듯 아팠다. 영순이와 휴게소에 들러 맛있는 것도 사 먹고 유쾌하게 시간을 보내지 않았더라면 내게 서울행은 불가능한 미션이었을지도 모른다. 함께 해준 친구가 있어 가장 고통스러운 순간이 행복한 여행의 순간들로 바뀌었다. 고통의 한가운데서도 내 앞에 나타나 준 행복의 순간들로 스스로를 꼭 붙들어 본다.

2019. 12. 31.
재활, 그 치열함에 관하여

벌써 한 해의 마지막이 저물어 간다. 내일이면 새해가 되고 내 몸도 하루하루가 다르게 회복되어 갔다. 수중치료실에 들어가고 나갈 땐 늘 리프트를 이용했었다. 그런데 어젠 처음으로 계단으로 직접 내려가 계단으로 나왔다. 수중 선생님이 혼자 계단으로 오르내릴 수 있게 되면 맛있는 거 사준다 했었는데. 이젠 아무것도 안 잡고 오르내리는 날로 약속을 미뤄버렸다. 기분 좋게 그날을 기약하며 열심히 운동했다.

올 해초 1년만 더 고생해보자며 나를 다독였다. 치열했던 재활의 시간을 보냈지만 지금의 나는 아직도 갈 길이 너무 멀다. 또다시 1년 동안 재활을 위해 보내야 하는 것일까. 올해처럼 내년도 이렇게 힘들면 어떻게 하지. 내가 다시 걸을 수 있기는 한 걸까. 답답함이 밀려온다. 부장님께 1년이 지났는데도 왜 난 혼자 걷는 것조차 어려운지 물었다.

"1년 동안 형근혜님. 정말 열심히 하셨어요. 거의 교과서처럼 재활을 하고 계십니다. 치료를 하루도 안 빼먹었고 운동도 스스로 끊임없이 하셨지요. 하지만 재활은 그렇게 단시간에 끝나는 것이 아닙니다."

"병원을 계속 다니는 것이 큰 의미가 있을까요."

"제 생각에는 적어도 1년 정도는 더 꾸준히 병원 다니시면서 치료를 받으시는 것이 좋을 것 같습니다."

"도대체 언제쯤 되어야 걸을 수 있을까요."

"아마도 지금 상태면 내년 연말쯤 지팡이 짚고 편하게 걸을 수 있을 것으로 보입니다."

"지팡이를 안 짚고는 못 걸을까요."

"잘하면 지팡이를 던져버릴 수도 있겠지만 제가 보기에는 그렇게까지는 어려울 수 있어요."

"진짜 너무 힘들게 가야 하네요. 끝이 있을지 답답합니다."

"형근혜님, 다친 것을 생각해 보세요. 아주 심하게 다치셨고, 지금 이만큼 좋아진 것도 정말 대단하신 것입니다. 옆을 돌아보세요."

맞다. 나는 내 속도가 늦다고 불평하고 있지만, 주위에 있는 사람들을 보면 처음 병원에 들어와서 봤던 1년 전이나 지금이나 조금도 나아지지 않고 그대로인 사람들도 많다. 물론 나보다 더 빨리 좋아져서 퇴원한 사람들도 있지만, 재활은 다친 만큼 좋아지는 것이니 나처럼 심하게 다친 사람이 이만큼 좋아진 것도 기적이라는 말이 과언은 아닌 것 같다.

하지만 또다시 1년을 올해처럼 보내야 한다 생각하니 맥부터 풀렸다. 올해 초, 누워서 누군가의 도움을 받아야만 했던 내가 휠체어로 혼자 옮겨 탈 수 있게 되고, 이젠 아무런 도움을 받지 않아도 화장실도 가고, 워커로 걷고, 차를 운전도 하고 있지 않은가. 뿐만 아니라 가족을 위해 요리나 설거지 등 집안일도 할 수 있고, 어르신들의 옷을 꿰매드리거나 내 업무를 스스로 다 할 수 있게 되지 않았는가. 그저 감사해야 한다. 아직 힘들고 고통스러운 것들이 나를 꾹꾹 억누르고 있지만 그런 것들에 기죽지 않고 있으니 그 또한 감사할 일이다.

지난 나의 1년은 온통 재활로 채워졌다. 그 과정은 고통스러웠지만 난 그 속에서도 희망의 끈을 붙들고 서 있었다. 다치기 전에 비하면 나는 여전히 불편하고 모든 것이 느려졌다. 하지만 점차 속도도 붙을 것이고 나의 울타리는 점점 넓어질 것이다. 그렇게 누워있던 시절에는 상상도 할 수 없었던 일들이 지금은 가능해졌다. 더 멋진 시간이 올 것임을 난 믿는다. 다시 1년만 더! 재활을 위해 더 치열하게!

2012. 4월
패러글라이딩과의 만남

실버가 안정될 즈음 시간이 날 때마다 산행을 다녔다. 끊임없이 밀려오는 많은 생각들 때문에 정서적으로 힘이 들자, 몸을 쓰는 활동을 통해 머리를 비우고자 했다. 그렇게 답답해진 마음으로 산 정상에 오르면 이대로 날아올라 저 아래까지 내려갈 수 있다면 얼마나 좋을까 늘 생각했다. 그리고 하늘을 날 수 있는 방법을 찾아보기 시작했다. 어릴 때부터 다시 태어나면 꼭 새로 태어나 하늘을 마음껏 날아보고 싶었다. 그런 내 소망을 이뤄 준 것이 바로 패러글라이더였다.

충남의 병아리 학교라는 곳에서 2박 3일 동안만 훈련을 받으면 하늘을 날 수 있다고 한다. 남편은 펄쩍 뛰었다. 너무 위험하다며. 그렇게 날고 싶으면 이혼하고 가라 한다. 어쩔 수 없이 포기하고 있던 어느 날, 우연히 패러글라이딩 회원모집 현수막을 보았다. 바로 전화를 해서 보성 패러 회장님을 만났다. 여자인 데다 나이도 삼십 대 후반인 가정주부가 비행을 배우겠다고 하니 선뜻 회원으로 받아주지 않고 일단 지상 훈련을 받아보라고 하셨다.

그날부터 거의 한 달 넘게 지상에서 글라이더 세우는 연습을 했다. 요령을 모르니 너무 힘이 들었고 글라이더도 제대로 컨트롤 할 수 없었다. 그래도 포기하지 않고 계속 가르쳐 줄만한 사람들에게 전화를 하고 가르쳐 달라고 귀찮게 굴었다. 많은 분이 지상 연습을 도와주셨다.

따스한 봄날 초저녁이었다. 주월산 정상에서 생애 첫 비행 날짜가 잡혔다. 내 앞의 남자 동기가 먼저 이륙하고 내 차례가 되었다. 콩닥거리는 가슴을 안고 하네스(낙하산 모양의 지붕과 연결된 의자)를 어깨에 걸친 후 허리와 가슴에 안전띠를 맸다. 캐노피(지붕이라는 뜻으로 글라이더의 머리가 되는 부분)를 초승달 모양으로 예쁘게 펼쳤다. 그리고 적당한 바람이 불어올 때 몸을 뒤로 젖히면서 라이저(하네스와 캐노피를 연결해 주는 줄)를 당기자 캐노피가 머리 위로 올라왔다. 재빨리 몸을 돌려 산 아래쪽을 향하여 힘차게 내달렸다. 그러자 하늘로 두둥실 몸이 날아올 랐다.

아… 너른 들판과 푸르른 바다. 게다가 여기저기 떠 있는 아름다운 섬들. 눈부시게 맑은 하늘과 새하얀 구름들. 그 모든 것들이 내 가슴속 으로 넘실대며 들어왔다. 너무도 아름다워 나도 모르게 탄성이 터져 나 왔다. 터질 것 같은 내 심장소리가 들렸다. 앞을 바라보니 지금까지 보 아온 세상과는 비교도 할 수 없는. 크고도 넓은 세상이 있다. 삼차원적 이었던 나의 삶이 순식간에 사차원의 세계로 옮겨가는 듯한 느낌이었 다. 그렇게 나는 하늘을 알아버렸다.

그날 이후, 비행을 향한 나의 열망은 아무도 막을 수 없었다. 비행하 는 동안에는 내가 해야 할 일들은 무엇인지, 만나야 할 사람은 누구인 지, 지금 해결되지 않고 있는 일들을 어떻게 해결해야 할지 등의 생각 이 나지 않았다. 그저 하늘이다. 날아오르는 일과 눈앞에 펼쳐진 아름 다운 풍경들을 있는 그대로 누리고 즐기는 일. 그 외에는 아무것도 생 각나지 않았다. 그 어떤 시간보다 온전한 나로 행복해진다.

이 좋은 것을 왜 이제야 알게 되었을까. 좀 더 일찍 알았더라면 얼마 나 더 좋았을까. 그래도 지금이나마 이런 세계를 알게 되었으니 조금이 라도 더 많이 타고 더 오래 타야겠다.

매일 아침 눈을 뜨면 나는 날씨부터 확인한다. 바람의 방향과 속도를 체크하고 낮과 밤의 기온 차를 알아보며 주변에 함께 비행할 사람을 찾는다. 비가 오거나 바람이 세서 비행할 수 없는 날엔 기운이 빠져 쳐져 있던 내 어깨는 내일은 날이 좋아질 것이란 일기예보가 나오면 비행할 생각에 절로 어깨춤이 춰졌다. 난 하늘을 날 때면 그 창공이 마치 엄마 품 같이 느껴졌다. 그래서인지 제법 위험한 상황도 몇 번 겪었지만 비행을 그만둬야겠다는 생각은 들지 않았다.

크로스컨트리 자격취득과 해외에서의 성취

동호회를 통해 비행을 시작하며 제일 처음 받은 자격증은 연습조종사 자격증이다. 연습조종사는 조종사 자격증을 가진 사람의 지도로 비행을 해야 한다는 것을 의미한다. 비행 중에도 무전으로 지시를 받아야 한다. 즉 초보 단계라고 보면 된다.

비행을 하다 보면 더 높이, 더 멀리, 더 빨리 날고 싶은 욕구가 점점 강해지게 된다. 나 역시 그랬다. 함께 비행하던 사람들이 산을 넘어 다른 산으로 날아가면 무턱대고 따라가기 시작했다. 산을 넘어가는 것은 다음 산까지 갈 수 있을 만큼의 충분한 고도를 확보해야 한다. 낮은 고도에서 산을 넘어가게 되면 산 뒤로 넘어오는 바람에 눌려 추락할 위험이 있다. 그래서 바람의 영향을 받지 않을 만큼 열을 잡아 더 높이 올라가야 한다. 어느새 나도 고도 1000m만 넘으면 어느 방향으로 넘어갈지 눈을 돌리게 되었다.

처음에는 바람을 뚫고 들판으로 날아가는 안전한 비행을 했다. 그러다 점점 산을 넘어 또다시 고도를 잡는 크로스컨트리 비행이란 것에 빠지게 되었다. 행여 선배 비행인들이 멀리 날아가는 방법이라도 한 마디 던지면 바로 수첩에 적어두었다. 하루도 빠지지 않고 비행일지를 쓰며 비행 과정을 복기했다. 그러다 보니 점점 비행 실력이 늘었고, 직선거리 30㎞ 이상 날아가는 장거리 비행도 가능해졌다.

자격증이 나오기 전에 리그전을 경험할 수 있는 방법은 윈드더미로 참가하는 것이다. 윈드더미는 선수들의 이륙 전 먼저 이륙해 열과 바람을 체크하는 역할을 한다. 윈드더미가 고도를 잡지 못하고 착륙해버리면 선수들은 이륙하지 않는다. 그러면 다음 윈드더미가 나간다. 그 사람도 안 되면 또 다음 사람, 그렇게 보통 5명 정도의 윈드더미가 차례로 뜬다. 그중 누군가 열을 잡으면 선수들이 앞다투어 하늘로 날아오른다.

윈드더미로 처음 나갔을 때, 내 앞의 3명 모두 고도를 못 잡을 정도로 열 잡기에 고전하고 있었다. 다행히 내가 어렵게 고도를 잡았다. 그랬더니 순식간에 수십 명의 선수가 하늘로 날아올랐다. 그리고 내 곁으로 와서 열을 잡는다. 그 모습은 와… 정말 환상적이었다. 100명이 넘는 선수들이 하나의 열을 중심으로 비행하는데 그 모습이 하늘에 가득 핀 꽃 같았다. 그 사람들 중에 내가 있다는 것이 얼마나 신기하고 아름답게 느껴지든지 지금도 형용할 방법이 없다.

윈드더미로 처음 참석한 리그전에서 나는 모든 날을 골라인 근처까지 날아갔다. 함께 대회에 참석했던 분들조차 놀랐다. 사실 그렇게 할 수 있었던 이유는 우리 팀의 리더였던 주영길 회장님의 조언 덕분이었다. 윈드더미로 참석한 나와 상욱이를 앉혀놓고 알려주시길,

"너희들이 탑클래스 선수들과 함께 비행할 수 있는 기회는 어쩌면 윈드더미 시절이 처음일 거야. 그 선수들이 비행하는 모습을 보고 배우려면 타스크(목표 지점으로 날아가기 위해 시합 전 정해준 경로) 범위가 400m면 1km로, 1km 반경이면 3km로, 5km면 7km로… 이런 식으로 넓게 잡으면 탑클래스 선수들을 따라가기가 훨씬 쉬워져. 내일 타스크가 나오면 입력을 이렇게 해. 그러면 골까지 갈 수도 있을 거야. 그리고 잘하는 사람들 따라다니면서 그들이 어떻게 비행하는지 유심히 살펴보고."

"네, 알겠습니다."

다음날 산 위에서 타스크가 정해지고 GPS에 입력할 때 회장님의 말씀대로 반경을 넓게 잡고 이륙을 했다. 그랬더니 정말 탑클래스 선수들을 따라갈 수 있었다. 비행이 끝난 후, 그날 비행을 복기했다. 고도를 잃었을 때와 고도를 최고로 잡았을 때의 남은 거리를 계산하며 다음 타스크로 가기에 적절한 때는 언제였는지를 적어가며 하나씩 배움을 쌓아 나갔다.

드디어 대회출전자격을 갖추었다. 그리고 대회를 기다리는데 리그전이 자꾸만 미뤄졌다. 그러자 자연스레 해외로 관심이 갔다. 마침 중국에서 린저우 오픈 세계 선수권 대회가 태항산에서 열린다는 소식이 들려왔다. 대회 참여 전, 첫 해외 시합이라 기존에 타고 있었던 중고기체도 새 기체로 바꿨다. 그리고 그해 5월 26일. 드디어 감격스럽게 세계대회 데뷔전에 나섰다. 개회식 날 주최 측의 모터패러글라이더 20대정도가 참가국의 국기를 달고 환영비행을 했다. 장관이었다.

역시 대륙의 스케일은 남달랐다. 태항산은 중국의 그랜드캐니언이라 불리는 산으로 깎아 지르는 듯한 협곡과 능선만 60㎞가 넘는 어마어마한 산이다. 정상에 서니 오금이 저려올 정도로 아찔했다. 하지만 이륙장도 아주 넓었고 바람도 잘 들어오는 멋진 곳이었다.

5일간 꾸준히 비행을 했고 나는 여성부 1위, 전체 선수 20위로 대회를 마쳤다. 시상대 맨 위에 올라서서 트로피와 상장을 수여 받는데 기쁨을 주체할 수가 없었다. 생각지도 못한 성취에 얼떨떨했다. 선수자격을 갖추고 나간 첫 대회부터 너무 좋은 성적을 거두고 돌아오니 세계적인 선수가 탄생했다며 칭찬 반 놀림 반 반겨주는 동료들의 말들이 기쁘기도 부끄럽기도 했다.

국가대표 선발전

2017년 인도네시아 자카르타 아시안게임에 패러글라이딩이 시범종목으로 채택되면서 리그전 선수들 사이에서는 국가대표 선발전에 대

한 관심이 높아졌다. 그즈음 중국에서의 성취에 한껏 고무되어 있던 나조차도 국가대표가 꿈이라고 주변에 말하고 다닐 정도였다. 이젠 박사학위도 실버운영도 대학 강의도 별 의미가 없게 느껴질 정도로 국가대표가 되어 글라이더만 타고 살면 좋겠다는 생각이 마음에 가득했다.

기대도 안 했건만 사흘간의 경기결과는 내가 여성부 1위였다. 그토록 원하던 국가대표 선발전에서 내가 1등으로 선발된 것이었다. 하지만 그 1등은 결국 내 것이 되지 못했다. 2등으로 들어온 모 선수가 내가 인증 헬멧을 쓰지 않은 것을 문제 삼아 가장 성적이 좋았던 둘째 날 성적을 빼달라고 주최 측에 컴플레인을 건 것이다. 둘째 날 성적을 빼고 나니 나는 결국 5위로 밀려나 버렸다. 모두 진정한 1위는 너라고 위로해 주었지만 너무 속이 상했다. 눈물이 멈추지 않고 계속 흘렀다.

여수 천성산에서 홀로 비행을 하며 마음을 추스렸다. 능선을 오가며 너른 바다를 보니 내가 비행하는 이유는 1등을 위한 것이 아닌 비행 그 자체로써의 즐거움 때문인데 내가 왜 이러나 싶었다. 그토록 국가대표가 되고 싶어 최선을 다했는데도 내 것이 되지 않는 것에는 다 이유가 있을 것이다. 라며 말이다. 신이 내가 간절히 원하는 것을 허락하지 않음은 그것이 내게 좋지 않은 것이라는 믿음. 그런 생각이 들자 이내 마음이 편해졌다. 아니 후련해졌다. 그 후로는 국가대표에 대한 꿈을 더 이상 꾸지 않았다.

카자흐스탄. 비행의 짜릿함

국가대표 선발전에서 1등을 하고도 국가대표가 되지 못한 속상함에 빠져 있을 때, 카자흐스탄 오픈이 열린다는 것을 알게 되었다. 정상급 선수들도 많이 오지만 카테고리2 대회라 일반 선수들도 랭킹을 높이기 위해 많이 출전한다.

첫 비행 후 많은 선수가 내가 골에 도착한 것을 축하해 주었다. 그런 후 숙소로 왔는데 웬걸, 숙소가 꼭 수용소처럼 생겼다. 깜짝 놀랐다. 시골의 폐교 건물에 나무로 된 1인용 침대. 그 외엔 아무것도 없었다. 이런 곳에서 어떻게 10일을 버틸지 걱정도 됐다. 하지만 외국 친구들과 금세 친해져 그럭저럭 지낼 만했다.

결과적으로 5일간의 내 성적은 여성부 1등. 종합 5위였다. 관계자는 세계대회에서 여성이 종합 5위를 한 것은 매우 드문 일이이라고 했다.

10위 안에 들기도 어려운데 함께 간 한국 선수 중에서도 내 순위가 가장 높았다. 기분 좋게 엄마가 사주신 고운 한복을 입고 시상대에 섰다. 다리아 선수가 2등이었는데 다리아 선수는 국제대회 수상경력도 워낙 출중해 비행 초보시절부터 흠모해왔던 선수였다. 그런 선수가 내게 말을 건다.

"나도 당신처럼 비행을 잘하고 싶다."

아… 더욱 감동이 밀려왔다. 세계대회 경험이 거의 없는 내가 기라성 같은 선수 120명이 참가한 대회에서 전체 5위를 하다니. 한국에서 이번 대회를 관심 있게 지켜보던 동료선수들에게서 축하 전화와 메시

저자의 우측이 다리아 선수

지가 계속 쏟아졌다. 이전 나의 삶은 꿈결인 듯, 아니 지금의 이 상황이 꿈결인 듯, 그렇게 나는 꿈결 속을 걷고 있었다.

연이어서 CIS컵 대회가 시작되었다. 첫날은 바람이 강해서 대회 기간 중 처음으로 시합이 캔슬되었다. 그 덕에 한국에서 20년 살았다는 러시아 친구와 친해져 한인 식당에 함께 갔다.

카자흐스탄은 일제 강점기 때 강제 이주 된 고려인들이 많이 살고 있는 곳이다. 한국인들에 대한 인식도 매우 좋았다. 이곳에 정착한 고려인 중에는 아직도 도포를 입고 갓을 쓰고 다니는 분들도 많았다. 길에서 갓을 쓰고 오토바이를 타는 고려인을 보며 한국인으로서 정체성을 지키며 살아가는 분들에 대한 존경심이 우러났다. 청산리 전투와 봉오동 전투를 승리로 이끈 홍범도 장군도 이곳에서 생을 마감하셨다고 했다. 부강한 나라로 세계를 누빌 수 있는 삶을 살게 해준 선조들께 더욱 감사해야 할 것 같다.

오후에는 시내를 관통하여 흐르는 개울가에 선수들과 우르르 몰려갔다. 마치 우리 어릴 적 놀러 다니던 시냇가처럼 자연 그대로의 개울에 소가 풀을 뜯고 사람들이 물놀이를 하고 있었다. 천국이 있다면 이런 곳이 아닐까란 생각이 들었다.

대회 마지막 비행에서 나는 골에 못 들어갔다. 실망한 나는 한국행 비행기 표를 예약했다. 비행기를 타기 위해 출발하려는 찰나 운영진이 나를 찾으려고 난리였다. 나중에 안 사실은 수상자가 없어지면 시상식도 의미가 퇴색되니 다른 선수들도 모두 내 일정에 맞춰줬다고 한다. 결과적으로 CIS컵 대회는 여성부 1위. 전체 7위의 성적이었다. 아직도 그들의 배려가 고맙고 미안하다.

CIS컵 1위 시상식

두 번의 국제 대회 동안 탑10에 모두 들고 여성부 1위를 계속했다.
내 인생에 두 번 다시 없을 성취였다. 비행도 실컷 했고, 거의 모든 비
행이 내가 하고 싶은 대로 됐다. 그리고 심지어 성적까지 좋았다. 말 그
대로 모든 것이 참 좋았던 시간이었다.

호주월드컵. 아직도 여전히 부족했던 나

중국과 카자흐스탄에서 좋은 성적을 얻게 되자 나의 랭킹이 순식간
에 뛰어올랐다. 그리고 월드컵에 참가할 수 있는 자격도 주어졌다. 출
전권은 랭킹 순위별로 주어진다. 랭킹이 높은 선수가 참가 못하게 되면

다음 순위 선수에게 기회가 넘어간다. 그런데 이제 비행을 시작한 지 얼마 되지 않은 나에게 그 기회가 온 것이다.

월드컵 대회는 1년에 5번 개최된다. 세계 각국에서 진행되므로 낯선 지형과 기후 그리고 열과 바람을 정확히 파악하는 사람과 한정된 지역에서만 비행했던 사람과의 차이는 극명하게 드러난다. 프로로 활동하는 선수들은 직업이 패러글라이딩과 연관된 사람들이 대부분이다. 자신의 일을 가지고 취미로 활동하는 사람들은 길게 외국을 다니며 대회를 참석할 만한 시간적, 물질적 여유가 충분하지 않다. 당연히 월드컵에 나가는 것도 쉬운 일이 아니다.

고민 끝에 호주로 향하는 비행기에 올랐다.

호주를 가기 위해 20시간 가까이 비행을 하고 또 5시간 정도 운전을 해서 월드컵이 열리는 빅토리아주 브라이트에 도착했다. 캥거루가 길가를 뛰어다닌다. 호주의 아름다움에 대해서는 익히 들었지만 비처럼 쏟아져 내리는 별빛들은 손을 뻗으면 닿을 듯하다. 저 큰 달은 너무 아름다워 할 말도 생각 안 났다. 본부에 도착하니 카자흐스탄에서 만났던 외국 친구들도 보이고 우리나라 선수도 일곱 명이나 와 있었다.

대회는 우리나라 선수 중 최정만 선수가 9위, 임문섭 선수 10위, 박영종 선수가 11위를 차지했다. 우영이도 여성부 3위를 차지해 대한민국을 빛내주었다. 나는 여성부 7위 전체 97위를 차지해 100등 안에 진입한 것만으로 만족해야 했다.

시합이 끝난 후 숙소에 한국 선수들을 초대해 맛있는 음식을 나눠 먹으며 즐거운 시간을 보냈다. 호주에서 가장 유명한 것은 역시 소고기라며 주회장님은 숯불에 스테이크를 구웠다. 나는 우영과 재청의 도움을 받아 닭볶음탕, 묵은지 갈비찜, 오이무침 등의 음식을 만들었다. 한국에서부터 무거웠지만 가져간 묵은지와 된장과 고추장 등이 빛을 발하는 순간이었다. 호주에서 먹는 호주 음식도 맛있었지만, 호주에서 먹는 한국 음식은 더 맛있었다. 초대해 줘서 고맙다며 와인을 사들고 온 사람들과 한솥밥을 먹으며 더욱 가까워졌다. 그렇게 늦은 시간까지 비행 얘기로 즐겁게 이야기꽃을 피웠다.

이번에 느낀 것은 월드컵의 벽은 역시 높고 험했다는 것이다. 하지만 나름 즐거운 비행을 했다. 아름다운 호주에서 쏟아져 내리는 별빛의 축복을 받으며 캥거루가 뛰어노는 풍경을 즐긴 것만으로도 감사한 시간이었다.

터키 월드컵, 그리고 잃어버린 일상

2018년 9월. 터키에서 열리는 월드컵을 보기 위한 여행 준비로 마음이 분주했다. 사이클을 타다 생긴 엘보우로 비행은 불가능했다. 그저 그동안 알고 지내던 선수들 얼굴이라도 보고 오자는 생각이었다. 실버를 오래 비워야 하니 떠나기 전 해야 할 일들을 처리하느라 바빴고, 대학에서 하던 강의도 모두 한 학기 쉬기로 했다. 큰아들은 8월 말에 군에 입대했고. 작은아들은 학교 기숙사에서 공부하겠다고 짐을 챙겨 학교로 들어갔다. 남편이 먹을 만한 음식 몇 가지 만들어 냉장고에 넣어

놓고 공항으로 향했다.

자전거 팀과 함께 한번에 70㎞~100㎞ 이상 자주 달리다보니 오른팔에 엘보우가 생겼다. 그래서 수영장에서는 오른쪽 팔을 사용하지 않고 왼쪽 팔로만 수영했다. 그렇게 치료에 집중하고 조심했다. 병원에서 통증약을 넉넉하게 처방받고 그것도 불안해서 타이레놀도 한 통 따로 구입했다.

현희는 내 상태를 보고 여행취소를 권했다. 함께 여행을 준비하고 있던 현희에게 부담을 주고 싶지 않았고, 터키는 꼭 가보고 싶었던 여행지였기에 그냥 떠나기로 했다. 해외를 자주 다녀본 현희가 여행자 보험도 들어주고 준비해야 할 것들과 주의해야 할 점들도 알려줘 순조롭게 터키행은 진행되었다.

2018년 9월 5일. 이스탄불에 도착했다. 워낙 유명한 관광지라 가는 곳마다 TV나 책에서만 보던 곳들이 눈에 보이고 만져진다. 더 신비롭고 아름답게 느껴졌다. 기독교와 이슬람 국가가 서로 뺏고 빼앗기기를 반복하다 보니 소피아 성당엔 각각의 문화와 특색이 남겨져 부조화스럽기도 했다. 하지만 그것 역시 인간사라는 생각도 들었다. 위정자들에 의해 인간의 삶이 한없이 무너지고, 잘못된 정책으로 고통받아야 했던 민중의 아픔이 고스란히 녹아있는 셈이다.

술탄의 화려한 무덤은 아무리 큰 권력을 지닌 사람도 결국 한 줌 흙으로 돌아간다는 것을 느끼게 해주었다. 온 도시가 고고학 박물관이라 해도 과언이 아닌 이스탄불은 너무도 신비스러운 곳이었다.

그곳에서의 추락사고만 아니었다면 말이다.

2020. 1. 20. 16개월차
보행풀 시작

　지난주부터 수중치료실에 보일러가 고장 나서 수중치료를 못 하고 있다. 내가 가장 좋아하는 치료였는데 벌써 며칠째 물속에 들어가지 못하고 있다. 운동치료실에서 두호 선생님은 운동치료로 수중치료를 대신 해주고 있다. 혜빈 선생님에게 물속에 들어가 걷는 게 너무 좋고 운동효과도 좋은데 수중치료를 못 해 속상하다고 넋두리를 했다. 다행히 수중풀은 고장이지만 보행풀은 고장이 안 났으니 보행풀에서 치료가 가능한지 얘기해 주겠다고 했다.

　수중풀은 일반 수영장처럼 가슴높이 이상 물이 차 있어서 전신을 물에 담그고 치료를 할 수 있는 곳이다. 반면 보행풀은 러닝머신에 유리막을 설치해 물을 배꼽 높이까지만 채운다. 천장에 고정된 안전띠가 몸이 넘어지지 않도록 지지해 준다. 러닝머신 위를 걸을 수 있도록 하는 하반신 전용 치료 기계다. 양옆에 안전바도 있어 붙잡고 걸을 수 있고 눈앞에는 화면이 있어 내가 걷는 모습을 볼 수도 있다. 아쿠아 슈즈를 신고 안전띠를 착용한 뒤 풀 안으로 들어가자 물이 차오르기 시작했다.

　"처음에는 물이 좀 차가울 수 있어요. 금방 따뜻해집니다."

"네, 선생님. 근데 제가 잘 걸을 수 있을까요. 처음이라 조금 걱정이되네요."

"형근혜님 정도면 충분히 가능할 거예요. 혹시 넘어지더라도 물속이라 다칠 위험도 없고 안전띠가 있으니까 발만 들어 올리시면 됩니다."

"선생님이 그렇게 말씀하시니 안심이 되네요. 한번 해 볼게요."

"제가 옆에 있으니 걱정마세요. 물이 다 채워졌으니까 이제 시작할게요."

스타트 버튼을 누르자 러닝머신이 움직이기 시작했다. 천천히 한발 한발 움직여 보니 걸을 만했다. 왼쪽 다리가 옮겨지기 전에 오른쪽 다리가 너무 뒤로 밀려가 버리면 넘어지기 때문에 좀 더 빨리 왼쪽 다리를 움직여야 했다. 발뒤꿈치가 닿지는 않았다. 하지만 넘어지지 않고 한 발씩 옮겨 놓았다. 1단계를 걷다 보니 너무 느렸다. 2단계로 올려 주셨다. 딱 좋았다. 왼쪽 무릎을 너무 높이 들어 발을 옮긴다고 최대한 무릎을 들지 말고 종아리에 힘을 주어 발을 밀어보라고 하셨다.

물론 맘대로 되지 않았다. 너무도 힘없는 내 다리. 순간 안 되면 되는 것으로 열심히 해보라고 용기를 주셨던 부장님 말씀이 생각났다. 무릎을 들지 않으면 발이 나가지 않는 상태다. 일단 무릎을 들고 발을 옮기지만 최대한 종아리에 힘을 주려고 애쓴다. 그것이 지금 내가 할 수 있는 최선이다.

20분을 걸었다. 물 밖에 있는 머리는 이미 땀으로 흠뻑 젖어있다. 힘을 주고 있었던 팔뚝과 팔목 그리고 어깨가 욱신거렸다. 하지만 참아내고 결국 잘 마무리했다. 천천히 물이 빠지고 풀 밖으로 나와 안전띠를 벗은 후 지팡이를 짚자 다리가 후들거렸다. 두호 선생님은 워커를 짚고 경사로를 내려가는 내가 넘어질까 염려되는지 직접 잡지는 않고 손을 내 허리쯤에 두며 뒤에서 따라왔다. 그리고 경사로에서 내려오자 혼자 걸어가도록 놓아주신다.

"수고하셨습니다. 괜히 걱정했네요. 너무 잘하시는데요."
"그동안 열심히 치료해 주신 선생님들 덕분이죠. 너무 재밌었어요."
"보행풀을 하면서 재미있다고 말하는 사람은 처음이네요. 역시 긍정적. 수중풀 수리 끝날 때까지는 제시간에 보행풀에서 걸으세요."
"네, 그럴게요. 감사합니다."

수중풀에서는 눕기도 하고 수영도 하여 전신이 다 젖었다. 하지만 보행풀은 하반신만 젖기에 화장을 안 고쳐도 되고 옷만 갈아입고 헹구기만 하니 무척 편했다. 씻고 옷을 갈아입는다. 이전에는 화장하고 머리 말리기까지 30분 정도 걸렸는데, 오늘은 10분도 채 안 걸렸다. 이젠 화장도 일이다. 덕분에 남은 시간 동안 자전거를 20분 정도 더 탈 수 있었다.

수중치료 시작 시간이 12시라 끝나면 모두 점심을 먹는다. 부지런한 환자들은 일찍 먹고 내려와 개별 치료실에 있는 코끼리 자전거를 탄다. 나도 얼른 샤워를 하고 나가 빈자리가 있으며 자전거를 타곤 했는데 조금만 늦으면 자리가 없다. 모두 재활에 진심이다. 오늘은 다행히 샤워가 일찍 끝나 개별 치료실에 아무도 없어 자전거를 실컷 탈 수 있었다.
점심을 늦추었다. 평상시에는 20~30분 정도만 탈수 있었는데, 거의

50분을 탈 수 있었다. 아무도 내가 몇 분부터 탔는지 알 수 없으니까 가능한 일이었다. 항상 코끼리 자전거 앞에는 열심히 재활을 하는 환자들이 기다리고 있다. 그래서 정해진 시간만 타고 양보해 줘야 한다. 하지만 점심 식사를 마치고 1시가 넘어야 환자들이 내려오기에 욕심을 조금 냈다.

신기한 일은 병원에서 운동을 많이 하고 온 날일수록 더 운동이 하고 싶어진다는 것이다. 오늘도 실버에서 퇴근하자마자 호수공원으로 달려가 한 바퀴를 돌고 왔다. 이제 호수공원 한 바퀴를 도는 데 1시간 20분이면 충분하다. 시간이 조금 나는 날은 두 바퀴를 돌아도 힘이 남는다.

며칠 전 1㎏짜리 모래주머니 2개를 주문했다. 일단 왼쪽 발목에 하나를 채우고 걸었는데 발목과 무릎 그리고 골반이 떨어져 나갈 것처럼 아렸다. 그래도 견뎠다. 통증약을 먹을 시간이 지나 더 아픈가 싶어 얼른 집에 와 저녁을 먹고 약을 먹었다. 아. 통증은 왜 이렇게 익숙해지지 않는 것일까. 밤이 늦었는데도 여전히 아프다. 하지만 통증약을 더 먹지 않고 난 잠 들었다.

2020. 2. 7. 17개월 차
2년 반의 소송

소송 관련 서류준비를 위해 또다시 서울 순천향병원에 입원했다. 짧게는 3일에서 길게는 5일까지 입원을 해야 했다. 작은 언니에게 부탁해 조카들과 함께 넷이서 서울로 향했다. 언니도 몇 년 전에 허리 수술을 했기에 오래 운전하는 것이 힘들다. 둘이 번갈아 가면서 운전을 했다.

코로나19로 병원은 비상이었다. 보호자는 간병인 1명 외에 병실로 들어갈 수 없어 조카들이 잘 숙소를 정해주고 언니와 나만 병실로 들어갔다. 보통 6인실이 대부분인 지방병원과는 달리 순천향병원은 8인실이었다. 병실 크기는 지방의 절반 정도밖에 되지 않는데 침대가 빽빽하게 놓여져 있다. 보호자가 쉴 수 있는 공간도 너무 좁았다. 커튼으로 구분되어 있긴 했지만 침대 위에서 보면 옆 사람과 딱 붙어있다.

터키에서 한국으로 올 때 비행기에서 10시간 넘도록 커튼이 처진 좁은 공간에 갇혀 왔었다. 그 이후 좁은 공간에 커튼이 쳐져 있으면 너무 답답해 숨을 쉬기 힘들어졌다. 다시 그때의 고통이 떠올라 힘들었다. 하지만 비어있는 병실도 없어 참는 것 외엔 방법도 없었다.

병실에 누워있으니 젊은 남자 의사가 들어와 검사를 진행한다. 배변 활동 검사였는데 항문과 요도에 감각이 살아있는지, 변의와 요의를 느끼고 스스로 조절이 가능한지를 검사했다. 항문 주위에 작은 바늘로 여러 번 찔러 아프기도 했지만, 젊은 남자한테 그런 검사를 받고 있는 내 자신이 더 견디기 힘들었다. 한 시간 가까이 검사를 한 후 의사가 나갔다. 그러자 언니가 운다.

"많이 아프지. 어쩌면 저렇게 냉정하면서 친절하냐."
"그러게 말이야. 얼마나 많은 환자를 보겠어. 아픈 사람들과 매일 부딪치려면 친절함은 유지하되 냉정해야 견딜 수 있겠지."
"너무 고생한다. 내 동생."

많이 아팠다. 그 아픈 것이 서러워 나도 언니도 함께 울었다.

형부를 폐암으로 먼저 보낸 작은 언니는 누구보다도 아픈 사람의 마음을 잘 안다. 언니가 허리 수술한 지 한 달 만에 형부가 폐암 진단을 받았다. 그러자 자신은 뒷전이고 형부 병수발을 하느라 안 해 본 고생이 없다. 아픈 내 다리를 쓰다듬으며 눈물짓는 그런 언니를 보니 나도 눈물이 났다.

다음날에도 하루 종일 검사가 이어졌다. 물리 치료실로 휠체어를 타고 올라가 머리부터 발끝까지 운동능력 검사를 했다. 정상적인 상체의 기능은 물론 인지능력 검사와 언어능력 검사 등을 전체적으로 확인했다. 법원에 제출하기 위해서는 그런 세세한 검사가 모두 필요하다고 했다. 하루 종일 검사를 받느라 그 밤엔 나도 지쳐 잠이 들었다.

다음날에는 근전도 검사와 성기능 검사가 이어졌다. 개인적으로 가장 아프고 힘든 검사다. 이전 장애인 등록을 하기 위해 근전도 검사를 해 본 경험이 있어 그게 얼마나 아픈지 안다. 그래서 더 겁이 났다. 검사는 순천에서 받았던 것보다 몇 배는 더 고통스럽고 힘들었다. 바늘로 허리와 다리를 찌르는 단순한 검사에서 끝나지 않았다. 머리 곳곳에 바늘 달린 칩을 꽂아 전기 충격을 주는 검사, 팔다리에 전기 충격을 주는 검사였다. 그리고 가장 참기 힘든 성기능 검사도 진행되었다.

남자 의사가 내 항문과 성기에 칩을 삽입하고 통증을 느끼는지, 전기 충격에 반응하는지를 검사했다. 차가운 검사용 침대 위에서 이리 눕고 저리 누우며 검사를 받고 있자니 저절로 눈물이 났다. 아무리 참으려 해도 주체할 수 없이 계속 흐르는 눈물을 손을 움직일 수 없어 닦아내지도 못했다.

제일 슬펐던 것은 전기 충격을 아무리 주어도 꼼짝도 하지 않는 나의 왼쪽 다리다. 다친 지 1년 반이 지난 지금도 멍청이가 되어 움직이지 않는 내 다리를 보니, 영영 한쪽 다리를 회복하지 못할 것 같아 너무 슬펐다. 모든 검사가 끝나고 검사실을 나왔다. 언니는 말없이 나를 안아 주었다.

"언니. 왼쪽 다리가… 왼쪽 다리가 안 움직여져. 꼼짝도 안 해."
"… 시간이 지나면 꼭 돌아올 거야. 열심히 운동하고 있잖아."
"오른쪽은 반응이 오는데 왼쪽은 강한 충격을 줘도 축 쳐져있기만 해. 나 어떻게 해."
"걱정하지 마. 아직 얼마 안 되었으니까 절망하면 안 돼."
"흑흑흑…"

언니의 위로에도 멈춰지지 않는 눈물.
전체적인 신체능력 검사를 받아보니 더욱 객관적으로 내 몸 상태를 파악할 수 있게 되었다. 다들 희망을 말하지만 결국은 절망인가 싶어졌다. 병실로 돌아와 한참을 숨죽여 울다 잠이 들었다. 마지막 날엔 암 환자들이 검사를 할 때 들어가는 원형 통에 들어가 한 시간 이상 몸이 빙글빙글 돌려가며 사진을 찍혔다. 다행히 아프지는 않았지만 좁은 공간에 갇혀 있는 게 숨이 막혀 힘들었다.

검사 결과는 순천에서 받은 것과 크게 다르지도 않았다. 법원에 제출하는 검사이기 때문에 최대한 몸 상태가 안 좋게 나와야 더 많은 금액을 받을 수 있었지만, 막상 검사 결과가 2등급에 준하는 심한 지체 장애로 나오니 우울감이 몰려왔다.

결과서는 법원제출용으로 나에게는 제공되지 않는다고 했다. 500만 원 넘게 비용을 들여 검사를 했는데 본인에게 그 결과를 알려주지 않는다는 게 납득이 되지 않았다. 손해사정인은 검사 결과를 본인에게 알려 줄 경우, 법원의 판단에 불복하는 경우가 많아 개인들에게는 결과를 통지하지 않는 것이 원칙이라고 했다. 뭐, 그것이 법이라니 할 말이 없었다.

퇴원 수속을 마치고 결제를 하는데 이렇게 하고도 소송에서 지면 어쩌나 염려가 됐다. 물론 내가 겪은 그간의 고통을 어찌 돈으로 보상할 수 있을까 싶다가도 이렇게 힘들게 검사를 하고 많은 비용을 지불했는데 결과마저 나쁘면 너무 억울할 것 같았다.

소송 과정은 매우 지난했다. 예상대로 신체 감정 평가는 매우 나쁜 상태로 나왔고 손해사정인은 결과가 잘 나와서 보험회사에 지급 받을 수 있는 최고액을 신청할 수 있겠다며 기뻐했다. 법원에서는 양쪽의 주장이 모두 합리적이나 서로의 과실이 있으므로 청구한 금액의 절반 금액으로 합의하라고 했다. 15일 동안 양쪽에 이의가 없으면 합의가 되는 것이다. 결국 합의는 이루어졌다. 소송을 시작한 지 2년 반. 그 기나긴 법적 공방이 모두 끝났다.

100%를 받을 수도 있었는데 50%밖에 못 받았다며 변호사는 몹시 아쉬워했다. 하지만 소송이 길어지면서 지쳐버릴 대로 지쳐버렸던 나

는 기뻤다. 또 다른 누군가의 권리침해에 판례일지라도 도움이 되었으면 좋겠다며 시작한 소송이었다. 다만 변호사 비용과 병원비와 소송을 진행하면서 들어간 비용만 보상받았으면 좋겠다는 생각은 있었다. 그런데 예상보다 많은 금액이 지급되었다. 지난한 싸움이었지만 이 싸움을 포기하지 않았던 게 잘한 일이었다는 생각이 들었다.

여행을 떠나면서 많은 사람이 여행자 보험을 든다. 해외에서 다치면 보험이 되지 않아 한국으로 못 돌아오는 경우도 있다고 한다. 그래서 큰 부담 없는 일회성 보험을 드는 게 이젠 당연한 일이 되었다. 하지만 실제 사고가 일어나면 보험회사는 보험금을 지급하지 않으려 가입자에게 책임을 전가하는 경우가 많다. 물론 보험회사를 상대로 소송을 하는 일이 개인이 진행하기에는 무척 까다롭고 어려운 일이다. 하지만 나는 나의 권리를 포기하지 않았고 내 경우도 판례에 남을 것이다. 도움 주신 모든 분께 다시 한 번 이 지면을 빌어 감사를 드린다.

2020. 3. 28. 18개월차
테이블 자전거

드디어 기다리고 기다리던 테이블 자전거가 도착했다. 다리운동을 매일 할 수 있는 방법이 무엇일까. 내 상황에서는 아무리 봐도 자전거만 한 게 없는 것 같았다. 병원에 있는 코끼리 자전거는 가격이 몇 백만 원씩 한단다. 사기가 어렵다. 일반 가정용 헬스 자전거는 내 다리를 고정시킬 수가 없어 발이 자꾸 떨어져 무용지물이다. 저렴하게 헬스 자전거를 구입해서 거기에 찍찍이를 달아볼까 싶어 인터넷을 살피다 테이블 자전거를 발견했다.

헬스 자전거는 앞에 손잡이와 시간과 속도 등을 기록하는 장치가 있다. 반면 테이블 자전거는 앉은 자세로 자전거를 타며 앞에 있는 테이블 위에 컴퓨터나 책을 올려놓고 일을 할 수 있다. 페달은 재활에 사용 가능하도록 찍찍이가 달려있어 발이 빠지지 않도록 고정해 준다. 게다가 가격도 50만 원밖에 안 되는데 배달에 설치까지 해 준단다. 나를 위한 자전거가 아닐 수 없다. 제품 설명에는 따로 재활용 발판에 대한 내용이 없었는데, 문의하니 따로 찍찍이를 판매한다고 했다. 어찌나 반갑던지 통화 중 업체에 몇 번이나 감사 인사를 했는지 모른다.

실버에 출근하자마자 설치할 공간을 찾았다. 자전거 앞쪽에 테이블을 올려놓자 내 테이블 보다 15㎝ 정도 높았지만 전체 공간에 크게 거슬리지도 않고 어울렸다. 1단계부터 30단계까지 강도를 조절할 수도 있었고, 시간과 속도와 운동량이 표시되는 액정도 부착되어 있었다.

엉덩이를 안장에 걸쳐 올라앉은 후 두 손으로 왼쪽 다리를 들어 왼쪽으로 보냈다. 오른쪽 발을 발판에 끼웠다. 찍찍이를 조이고 버클까지 채우자 발이 발판에 완전히 고정되었다. 병원에서 처음 자전거를 탔을 때는 두 발 다 힘이 없었다. 그래서 발을 올리고 있으면 저절로 돌아가는 자동자전거를 탔다. 그리고 한 달쯤 지나 코끼리 자전거로 옮겨 탔다. 오른쪽 다리는 그나마 힘이 약하게 생겨 다리로 굴렸는데, 왼쪽은 손으로 굴리며 탔다.

5개월쯤 되었을 때는 왼쪽 다리도 조금씩 힘이 들어가 손의 도움을 받지 않고 발로만 굴릴 수 있게 되었다. 1단계는 아주 천천히 타야 했다. 2~3단계까지 올라가는데 1년이라는 시간이 걸렸다. 그런데 오늘부터는 일하면서도 다리운동을 할 수 있는 자전거를 탈 수 있게 된 것이다. 길다면 길고 짧다면 짧았다. 하지만 무던히도 많은 노력이 필요했다. 매일의 한 시간 한 시간이 그렇게 쌓여 오늘에 이르렀다.

　사무실에서 일하다 보면 2~3시간은 그냥 훌쩍 지나가 버린다. 너무 오래 앉아있었다 싶어 자리에서 일어나면 다리는 이미 굳어져 걷지를 못하고 후들거려 주저앉았다. 한두 번이 아니었다. 그것을 의식해 일을 하면서도 계속 다리를 좌우로 흔들고, 위아래로 내려놓는 운동을 하려고 애를 썼다. 하지만 머리와 손이 다른 일을 하는데 운동을 병행하는 것은 당시 내게는 불가능했다. 그렇게 다리운동을 못 하는 날들이 많아지자 불안한 마음이 들었다.
　그랬던 내게 테이블 자전거는 운동을 하지 않고 있다는 불안감을 덜어주는데 많은 도움을 주었다. 컴퓨터를 하면서도 은행 업무를 처리하면서도 발은 쉬지 않고 돌아가고 있다. 하지만 직원들 생각에 조금은 눈치가 보였다. 아무리 내가 시설운영자라 해도 나만을 위한 물건으로 공간이 좁아지는 진다는 것은 분명 그들에게는 불편할 것이다.

　"선생님들, 저 때문에 공간이 좁아졌네요. 좀 불편해도 이해해 주세요."
　"아이고, 우리 원장님. 병원에 누워 일어나시지도 못했던 분이 자전거도 타시고. 이제 다 나았네요. 곧 달음박질 치겠어요."

"잔말 말고 이거 타고 운동이나 열심히 하씨요. 우리는 항개도 안 불펀헝께."

눈물 나도록 고마운 말들이다. 내 아픔을 늘 함께 나눠주는 직원들의 따뜻한 마음이 느껴졌다. 나는 사고 후 너무 많은 사람에게 빚을 지고 있다. 특히 시설의 직원들은 내가 병원에 입원해 있는 그 긴 시간 동안 묵묵히 시설을 지켜주었다. 퇴원 후에도 통원치료를 하고 있는 내가 신경 쓸까 자잘한 일들은 자기들끼리 알아서 해결해 주었다. 미처 내가 챙기지 못한 것까지 주인 정신을 가지고 살뜰히 살펴 주셨다.

시설을 운영한 지 11년째인데, 나와 10년을 함께 한 최윤이 팀장님은 엄마처럼 항상 내 곁에서 궂은일도 마다치 않고 최선을 다해 주셨다. 늘 기도하며 어르신들을 섬기고, 아무도 시키지 않은 텃밭을 일궈 채소를 심고, 누가 시키지 않아도 묵은 때가 낀 주방과 화장실 이곳저곳을 말없이 치우고 다니신다.

또한 서은희 팀장님은 내가 입원해 있는 6개월 동안 매일 아침 8시만 되면 병원으로 뛰어와 시설에서 전날 있었던 일들을 보고해 주시고 출근하셨다. 작은 체구에 깡마르신 분이 어떻게 그리 에너지가 넘치는지 너무 부럽고 대단해 보이셨다. 그런 분들이 있었기에 난 누워있던 그 시간들이 그리 고통스럽지만은 않았던 것 같다.

내가 돌아갈 자리가 있다는 것. 나를 기다리는 사람들이 있고, 아직 내가 필요한 곳이 있다는 것이 그 힘겨웠던 시간 나를 지켜 주었다. 아마도 신은 너무도 부족한 나만으로는 시설운영이란 이 귀한 사명을 이

끌고 갈 수 없음을 알고 이런 천사들을 하나둘씩 내 곁으로 보내주신 것 같다.

2020. 4. 5. 19개월차
사각 지팡이만으로 이동

아침부터 무슨 일인지 알 순 없었지만 용기가 났다. 워커 말고 지팡이만 짚고 병원을 다녀올 수 있지 않을까란. 혹시 몰라 치료시간보다 일찍 도착해서 천천히 지팡이를 짚고 차에서 내렸다. 나의 왼발이 잘 버텨줄 수 있을지 두려웠지만, 한발 한발 내디뎌 보았다. 일부러 현관과 가장 가까운 곳에 차를 주차했다.

5m 정도만 가면 내 허리 높이 정도의 화단이 병원 벽과 연결되어 있다. 가능할 것 같았다. 하지만 그 5m가 마치 50m쯤 되는 것으로 느껴질 줄이야. 약간의 경사로를 넘어질까 살금살금 걸었는데 벌써 등은 땀으로 흥건하다. 그래도 무사히 화단까지 도착했다. 그러자 넘어짐에 대한 두려움은 사라졌다. 그때부터는 왼손은 화단을 짚고, 오른손은 지팡이에 의지하여 병원에 들어섰다. 다행히 병원에는 가드레일이 있었다. 벽을 짚고 이동하는 것에 큰 어려움은 없었다. 엘리베이터 앞까지 조심스럽게 가자 휠체어에 환자를 태운 보호자들이 말을 건넨다.

"우와, 잘 걸으시네. 그렇게 한발 한발 걷기 시작하면 금방 좋아집니다. 우리 마누라도 그랬거든요. 힘내세요."
"우리 딸은 이렇게 아무것도 못 하고 있는데. 부럽소, 부러워."

"네, 감사합니다."

뭐라 말을 해야 할지 몰라 그저 감사 인사만 드렸다. 치료예약시간이 좀 남아 벽을 의지하며 화장실도 다녀오고, 수중 치료실에 가서 가방도 미리 내려놓고 운동치료실로 향했다. 예쁜 혜빈 선생님이 늘 그랬듯 그 환한 얼굴로 반겨주셨다.

"어?! 지팡이 짚고 오셨어요? 우와! 축하해요."
"여지껏 실내에서만 지팡이를 사용했는데 오늘 처음 용기를 내봤어요."
"잘하셨어요. 그렇게 하나씩 도전하다 보면 곧 지팡이도 던져버릴 날이 올 거예요."

혜빈 선생님은 언제나 희망과 긍정의 말을 해준다. 그래서 함께 있으면 늘 기분이 좋아진다. 이렇게 아파지고 나니 내 건강을 응원해 주는 선생님들에게는 뭘 해 줘도 아깝지 않은 마음이 든다. 두호 선생님도 내가 지팡이로 승진한 것을 축하해 주었다.

"역시 열심히 하시더니 빨리 느네요. 이제 매일 지팡이 짚고 오시는 거예요?"
"가능하면 그래 보려고요. 오늘은 특수치료가 없어 용기를 내 봤는데, 넘어질까 좀 무서웠어요."
"할 수 있어요. 수중에서 걷는 것도 많이 느셨잖아요. 이젠 손 안 잡고도 물속에서 잘 걷잖아요."

지팡이는 처음이라 물 때문에 미끄러운 바닥을 조심해하며 샤워실로 향했다. 무엇보다 넘어지는 일이 생기지 않도록 모든 것을 더 조심했다.

옷을 갈아입고 나오니 이젠 차로 돌아갈 일이 너무 멀고 험하게 느껴졌다. 다행히 점심시간이라 복도와 엘리베이터에는 사람들이 많지 않았다. 그렇게 한발씩 걸어 차에 도착했다. 조금 전 씻은 몸은 다시 땀으로 흠뻑 젖어있다. 하지만 그 땀이 내일의 나를 조금 더 잘 걷도록 만들어 줄 것이다. 오늘은 워커를 한 번도 짚지 않은 첫날이다. 이제 조금씩 이런 날이 많아지길. 그렇게 나는 오늘 또 한 가지를 이루어냈다.

2020. 5. 20. 20개월차
나 홀로 선암사

주말이다. 날씨가 화창하니 남편도 아이들도 모두 각자의 주말을 즐기러 나갔다. 누군가를 불러 함께 즐거운 시간을 보내고도 싶었지만 지금 내게 가장 중요한 것은 나의 컨디션과 속도에 맞춰 재활운동을 하는 것이다. 햇볕이 뜨거우니 그늘이 진 걸을 만한 곳이 어디 있나 생각했다. 문득 선암사가 떠올랐다.

지팡이를 혼자서는 짚지도 못하고 다른 사람의 도움을 받아 걸어야 했던 작년. 낙엽이 지고 있는 선암사에 영순이와 함께 처음 갔었다. 그때는 주차장에서부터 선암사까지 1.5㎞ 정도를 다녀오는데 5시간 넘게 걸렸다. 절까지는 올라가지도 못했다. 그 밑의 선각당까지만 다녀오는데도 그렇게 많은 시간이 걸렸다. 50보 걷다가 쉬고 또 100보 걷다가 쉬고 의자만 보이면 무조건 가서 앉아 쉬었다. 내려오다가는 다리에 힘이 풀려 넘어지기도 했다. 힘없는 왼쪽 다리를 붙잡고 한없이 원망도 했다. 하지만 그날의 도전은 그 자체로 내게 큰 의미였다.

그리고 3개월이 지난 어느 날. 다시 선암사를 찾았다. 중간에 두 번 정도만 쉬고도 선암사 입구까지 다녀올 수 있었다. 다시 한 달이 지난 3월 중순에는 한 번도 쉬지 않고 한 시간 반 만에 선암사에 도착했다.

만물이 솟아나는 3월의 봄날. 추웠던 날씨는 풀리고 불어오는 바람은 시원했다. 순간 들려오는 경건한 종소리. 아, 내가 살아있구나.

살아있으니, 참 좋구나.

란 생각이 마음 가득 차올랐다. 그 순간 이전엔 온전히 그 시간의 나에게 집중하고 행복감을 느낀 날들이 별로 없었다는 생각이 들었다. 내 스스로에게 미안한 생각이 들었다. 선암사에 오른 그날은 평생 잊을 수 없는 아름다운 시간이었다.

두 달이 지나 5월 초에 영순이에게 연락이 왔다. 얼마나 좋아졌는지 다시 한 번 가보자고 했다. 건강한 사람들은 번거롭게 들릴 수 있지만, 정작 아픈 사람들에게는 참 고마운 말이다.

시원한 계곡물은 흐르고 울창한 나무들은 그늘을 만들어 주었다. 비록 파쇄석을 깔아놓아 울퉁불퉁했지만 완만한 경사라 걷기에는 괜찮았다. 선각당에서 아이스크림을 먹고 돌아왔다. 이제 왕복 3시간이면 충분할 만큼 나의 걷기는 나아지고 있었다.

며칠 뒤 선암사를 찾았다. 이번에는 혼자였다. 아직 지팡이로는 혼자 왕복 3㎞를 걸을 수는 없어 워커로 도전했다. 밀짚모자와 마스크, 핸드폰, 차 키만 챙기고 한발 한발 걸음을 옮겼다. 장애인 카드가 있어 무료 입장 되는 것도 다친 후에 누리는 작은 기쁨이다.

5월 초에 왔을 때보다 사람들이 많이 다녀서인지 땅이 많이 평평해져 있어서 걷기에 좋았다. 그늘 아래로 걸으니 하늘엔 해가 쨍쨍함에도 그리 덥지 않았다. 연인들, 가족들, 친구들과 삼삼오오 걷는 이들은 느리게 한발 한발 걷는 나를 쳐다본다. 나는 이제 그런 시선들에 익숙해졌다. 처음에는 나를 쳐다보기만 해도 기분이 나빴는데 지금은 그러려니 한다.

선각당까지 1시간 만에 도착해서 아이스크림 하나를 사 먹고 다시 내려왔다. 한발 한발 내딛는 것이 이리도 행복한 일이었구나. 살아있으니 이렇게 홀로 이 아름다운 길도 걸을 수도 있구나 싶어 감사한 마음이 들었다.

2020. 6. 21. 21개월차
바다수영

날이 더워졌다. 소이에게 연락이 왔다. 코로나 때문에 수영장도 폐쇄되고 운동도 못 하니 바다수영을 가자는 것이었다. 숙영이도 함께 한다고 한다. 다치기 전에는 바다수영팀에서 4월부터 11월까지 매주 토요일 여수로 바다수영을 다녔다. 수영장을 15년 이상 다녀서 바다에 가도 오리발, 튜브, 슈트도 안 입고 2~3㎞ 정도는 거뜬히 달릴 수 있었다. 하지만 지금의 내 몸 상태로 바다까지 잘 걸어 들어갈 수나 있을까 두려웠다. 하지만 친구들이 함께 해준다니 용기가 났다.

일요일 저녁, 해변의 캠핑장에는 사람들로 가득했다. 아직 해수욕장이 개장한 것은 아니었지만 우린 용감하게 겉옷을 벗었다. 혹시나 바다에 들어가서 내가 잘못될까 둘 다 슈트를 챙겨왔다. 낑낑거리며 입는데 사람들이 쳐다봐서 조금 민망하기도 했다. 하지만 나를 위해 슈트를 챙겨와 준 그 맘을 알기에 친구들에게 더 고마웠다. 수모와 수경까지 제대로 챙겨 입고 두 사람은 내 팔을 양쪽에서 붙들고 바다로 한발 한발 걸어 들어갔다.

"누가 와서 우리 들어가지 말라고 하면 어떻게 하지?"
"둘러보니까 아무도 감시를 하지는 않는 것 같아."
"맞아. 걱정하지 말고 일단 들어가 보자. 나오라고 하면 그때 나오면 되지, 뭐."
"그래도 바다에 오니까 너무 좋다. 물 온도도 좋고 깨끗하네."
"어제 아침에 바다수영팀들과 다녀왔는데 수영하기 딱 좋았어. 근데 벌써 해파리가 많더라."
"해파리. 나, 너무 싫은데…"
"해파리가 문제가 아니라 여수 돌산 쪽에서는 상어도 나타났데. 백상아리 나와서 뉴스까지 났더라고."

"진짜? 너무 무서운데? 여기까지 오지는 않겠지?"

"여기는 얕아서 상어가 오다가 모래에 처박힐 거야. 걱정하지 마. 우리가 상어 오면 다 물리쳐 줄게."

우리는 그렇게 너스레를 떨며 바다로 걸어 들어갔다. 물이 허리까지 오자 모두 몸을 담그고 수영을 시작한다. 저녁 6시가 넘었어도 해가 아직 한참 남아 있다. 한 시간 정도는 수영할 수 있을 것이다. 수영을 마친 후 물이 허리 정도 닿는 곳까지 걸어 나와 모두 두 발 모아 콩콩 뛰어다니며 장난을 쳤다. 갑자기 숭어들이 뛰어오른다. 주변에서 숭어가 계속 뛰어오르는데 우린 그때마다 박수를 치며 환호했다. 아무것도 아닌 일에 우린 깔깔거리며 웃어댔다. 마치 숭어들도 우리의 모임을 축하하는 것처럼 느껴져.

물속에 있으면 다치기 전으로 돌아간 것 같은 자유로운 느낌이 든다. 자유형은 오른발과 팔만으로도 크게 뒤처지지 않았고, 배영과 접영도 어느 정도 따라갈 수 있었다. 평형은 다리근육이 아직 생기지 않아 많이 힘들었지만 내 몸은 여전히 수영을 기억하고 있었다. 한 시간 정도 바다에서 실컷 놀고 나와 샤워를 했다. 샤워 후 나오니 노을로 바다도 세상도 모두 붉게 물들어 있었다. 셋이서 사진도 찍고 그렇게 한참을 하늘만 바라보았다.

살아있으니 참 좋구나

　좋은 친구들이 함께 있고 이렇게 아름다운 바다도 하늘도 누리고 있
으니 이 얼마나 좋은가.

　2주 후에는 수정 언니와 소리까지 합류해 5명이 다시 바다로 갔다.
지난번엔 생각 없이 갔다가 배가 고파 먹을 것을 조금 챙겨갔다. 다 같은 마음이었나 보다. 소이는 앵두를 따왔고, 숙영이는 과자를 수정 언니는 치킨을 사 왔다. 소이가 함께 자전거를 타면서 나랑 앵두 따 먹던 기억이 나서 나 먹이려고 앵두를 따왔다고 말한다. 순간 눈물이 핑 돌았다. 그때의 기억은 너무 예뻤다. 내가 다시 자전거를 타고 함께 따먹던 앵두를 다시 따먹을 수 있을지를 생각해 보았다. 분명히 할 수 있을 거라 기대하면서도 지금의 나는 할 수 없는 일이니 서럽기도 했다.

바다에 도착했다. 햇살이 아직 뜨거워 바다에 들어가기 전에 우린 함께 치맥을 했다. 자전거 팀 이야기, 철인팀 이야기, 직장과 일상에 대한 이야기를 하며 맥주 한 캔씩을 먹고 나니 뭐든지 할 수 있을 것 같은 용기가 치솟았다. 이번에는 지난번에 하지 않은 것을 도전해 보자며 경계선의 번호표를 찍고 오기로 했다.

"저기 너무 깊어서 무서운데."

숙영이가 안 어울리게 발을 뺐다.

"바다수영이 몇 년이고. 철인경기를 몇 번이나 나간 사람이 몇 백 미터도 안 되는 저기가 무섭다고. 말이 되냐?"
"맞아. 숙영이는 가끔 안 어울리는 말을 한다니까."
"발이 안 닿잖아. 백상아리 오진 않겠지?"
"내가 다 쫓아줄게 가자. 자, 하나 둘 셋 하면 출발이다."

소이의 신호에 맞춰 다섯 명의 여자는 번호표를 향해 힘차게 달리기 시작했다. 나도 좀 늦긴 했지만 끝까지 포기하지 않고 도착했다. 안 어울리는 말을 했던 숙영이는 제일 먼저 도착해서 번호판을 붙들고 우리가 오길 기다리고 있었다. 역시 '김 오빠'다. 키도 훤칠하고 운동신경이 남다른 숙영이는 남자들과 달려도 뒤처지는 법이 없었다. 심지어 자전거도 잘 타고 달리기도 잘한다. 그래서 우린 그녀를 김 오빠라 불렀다. 배영으로 누워 맑은 하늘을 한없이 바라보았다. 한참 후 물 밖으로 나왔다. 지난번에 비해 계단을 오르내리는 것이 많이 힘들지는 않았다. 오히려 온몸에 조금 더 힘이 생긴 느낌을 받았다.

오늘 세 번째로 바다에 갔다. 또다시 숙영이와 소이랑 뭉쳤다. 저녁에 가기로 해서 시간이 좀 남았다. 오후에 나와 혼자 광양 서천 변에서 3㎞ 정도를 워커로 걸었다. 땀이 많이 났지만 곧 바다에 들어갈 거라 상관없었다. 이 정도를 걸어도 에너지가 남아있어 바다에 갈 수 있다는 것이 스스로 너무 대견했다. 나는 내가 기특했다.

팔목에 헬스 장갑과 손목 보호대를 감고 걸으니 손목도 많이 아프지 않았다. 발에 매달아 놓은 1㎏짜리 모래주머니도 견딜만했다. 그늘이 쭉 이어지는 곳이 서천 변이다. 하지만 아직은 햇빛이 강해 모자와 마스크로 무장을 하고 걸어 다녀야 했다. 가끔 골반이 끊어져 나갈 듯이 아려오긴 했지만 조금만 쉬면 금세 괜찮아졌다.

그날 우린 두 번의 바다수영 때처럼 또 바다로 가서 웃고 떠들다 돌아왔다. 나에게 세 번의 바다수영은 참으로 큰 행복을 느끼게 해주었다. 나를 아껴주고 함께 해주는 좋은 친구들이 있다는 것. 그것이 무엇보다도 큰 기쁨이다. 늘 먼저 안부를 묻고 단체 톡을 만들어 날짜와 시간을 정하는 수고를 마다하지 않던 소이, 우리의 만남에 기꺼이 참여해주는 숙영이, 시간을 자주 낼 수 없어도 마음만은 늘 함께인 소리, 질문이 많고 호기심 천국인 수정 언니까지 모두 너무 고맙고 사랑스럽다. 다 나으면 꼭 이 여인네들에게 뭐라도 고마움을 갚아줘야 하는데… 나도 그들에게 꼭 더 좋은 사람이 되고 싶다.

2020. 7. 2. 22개월차
넘어진다는 것. 그리고 다시 일어선다는 것

지팡이에 조금씩 익숙해지고 있지만 그것은 쉽지만은 않은 일이다. 실내에서는 지팡이 짚는다. 자신감이 생기자 실외에서도 경사가 급하지 않으면 은근슬쩍 지팡이를 짚어보는데, 아직은 실외에서는 자신이 없다. 며칠 전 밤이었다. 거실에서 늦은 밤까지 아들과 영화를 보다 방에 들어가려는데,

"엄마, 나 졸려. 거실 불 좀 꺼주세요."
"방에서 안 자고 거실에서 자게?"
"날이 더우니까. 거실이 시원하고 더 좋을 것 같아. 잘 자요."
"그래 잘 자. 엄마가 불 끄고 들어갈게."

거실 등 스위치와 내 방은 일반인 걸음으로는 두 걸음이면 충분한 거리다. 하지만 난 다섯 번 정도를 움직여야 도착할 수 있다. 불을 끄고 내방을 향해 걷는데 너무 깜깜했다. 이쯤이면 도착했겠지 하며 벽을 짚

으려고 중심을 이동하는 순간, 손에 아무것도 짚이지 않으니 그대로 엉덩방아를 찧으며 넘어졌다. 왼쪽 엉덩이에서 통증이 밀려왔다. 아픔 속에서도 생각하는 것은 오직 하나, 부러지거나 금이 갔으면 어떻게 하지라는 걱정이었다.

아들은 벌떡 일어나서 달려와 불을 켰다. 엄마 괜찮아. 하는데 난 괜찮지가 않은 것 같았다. 한참을 넘어진 상태에서 왼쪽 엉덩이와 허리를 만지며 통증을 이겨내야 했다. 아들이 너무 미안해 하길래 내가 오히려 달래주었다. 기어서 간신히 내 방 침대로 올라갔다. 얼른 가서 자라고. 아들을 내보냈다. 이런 내 모습이 너무 싫어서 한동안 잠을 못 이루었다.

다음날 아침. 일어나 만져보니 통증은 있지만 걷고 활동하는데 크게 무리가 없어 보였다. 골절이나 금이 간 것은 아니지 싶어 다행이다 생각했다. 치료사 선생님들이 최근 들어 내게 자주 해주는 말이 조금 몸에 힘이 붙을 때가 가장 위험한 때라는 것이다. 못 걷던 사람이 조금씩 걷게 되면 예전에 잘 걷던 때만 기억하고 욕심내다 다치며 퇴행되는 경우도 많다는 것이다. 혼자 이것저것 시도해 보다 골절이 와서 또 몇 개월간 움직이지도 못한다고 했다. 그런 일이 비일비재하니 조심하라는 충고도 해주었다.

넘어지면서 나도 그런 상황이 된 것일까 걱정을 많이 했다. 그래도 벽을 한번 치고 넘어진 것이 골절을 막아준 것 같아 다행이었다. 이후부터는 또 넘어질까 매우 조심스러웠다. 그래도 더 다음 단계의 재활에 대한 도전은 쉬지 않고 계속했다. 그래서 가급적이면 지팡이를 사용한다. 아직은 불안정하지만 내 걸음걸이는 매일매일 조금씩 나아지고 있다.

요즘 사무실에서는 매일 테이블자전거를 타면서 일을 하고 있다. 일을 하면서도 두 다리는 계속 움직인다. 그러니 이전처럼 일어나 걸을 때 다리가 꺾이는 일은 없게 되었다. 자전거를 타는 것에 집중하기보다 업무에 집중하다 보면 금방 한두 시간이 지나간다. 자전거가 온 지 한 달 정도 됐는데 처음에는 1단계로 타다가 어느덧 15단계로 타고 있다. 총 30단계다. 열심히 타다 보면 어느새 마지막 단계로도 몇 시간씩 탈 수 있는 날이 올 것이다.

다치기 전에 로드형 사이클을 몇 년 탔는데, 그 아이는 지금 베란다에서 울고 있다. 그 자전거 이름이 미라클이다. 그 이름 그대로 나 역시 기적같이 예전으로 돌아가 다시 달릴 수 있길 기도하고 또 기도한다.

여름이 오니 운동하기가 쉽지 않다. 날이 더워 조금만 움직여도 땀이 나고, 해는 뜨겁고, 비는 또 왜 그리 자주 오는지. 그래도 일하면서 운동할 수 있는 자전거가 있어 참 좋다. 시원한 에어컨 아래에서 일은 일대로 하고 운동은 운동대로 할 수 있다. 일석이조다. 오늘은 120분을 탔다.

2020. 7. 20.
특급승진. 사각 지팡이

지난 4월에 용감하게 지팡이를 꺼내 든 뒤, 이제 더 이상 워커를 사용하지 않아도 되게 되었다. 지금도 신기한 게 지난 4월의 그날 아침이다. 웬일인지 용기가 생겼었다. 땀을 뻘뻘 흘리면서도 처음으로 병원에 지팡이만을 의지해서 다녀왔던 날. 그 이후로는 외부에서도 점점 지팡이로 이동하는 일이 편해지게 되었다.

첫날. 주차장에서 병원 화단이 있는 5m도 안 되는 그 거리가 어찌나 멀고 아득하던지. 그리고 50㎝ 정도의 그 짧은 경사로가 지팡이만 의지한 채 처음 오르는 내겐 얼마나 힘들었던지, 겨우 벽 앞에 도착해 왼손으로 벽을 의지할 수 있게 되자 겨우 안도의 숨을 내쉴 수 있었다. 오늘도 그날처럼 벽을 따라 병원에 왔다. 잠깐씩 벽이 없는 곳에서는 불안했지만 의지를 가지고 발걸음을 내딛으며 치료실에 도착했다. 오늘도 예쁜 혜빈 선생님이 제일 먼저 반겨주었다.

"어?! 이젠 지팡이만 짚고 다니시는 게 많이 익숙해지셨네요?"
"네. 요즘은 계속 지팡이로만 이동하고 있어요."
"우와! 승진하셨네요. 축하해요."
"선생님들이 매일 이렇게 열심히 치료를 해주시는데 다 선생님들 덕분이에요."
"안 무서웠어요?"
"무서웠어요. 넘어질까 봐. 그래도 한발 한발 천천히 왔더니 와 지네요."
"처음 그 한발이 어려운 거예요. 그래도 항상 용감하시니까 좀 걱정되긴 해도 그렇게 무서운 걸 이겨내야 다음 발도 나갈 수 있어요."
"처음 워커 짚고 병원 왔을 때도 선생님들이 제가 넘어질까 많이 걱정들 하셨는데 안 넘어지고 잘 해냈잖아요. 이제 지팡이도 해 봐야지요."
"맞아요. 겁내다가는 늘 그 자리예요. 꽝 넘어지지만 않으면 괜찮으니까 살살 다니시면서 계속하시다 보면 곧 지팡이도 던질 날이 올 거예요."

그날 우린 서로 기뻐하며 많이 웃었다. 치료하는 내내 혜빈 선생님도 변화되는 내 모습을 자기 일처럼 좋아했다. 나도 그런 선생님 덕분에 더 힘을 낼 수 있었다. 걱정되는 것이 수중치료다. 물이 있는 곳이라 바닥이 미끄러워 넘어지기 쉬웠다. 또 보행풀에 들어가려면 경사로도 있다. 과연 내가 할 수 있을지도 걱정됐다. 하지만 곳곳에 안전바가 설치되어 있고 수중치료 선생님도 지켜보고 있다. 용기를 냈다.

보행풀에서 걷는 것도 재미있어 일주일에 하루는 보행풀로, 두 번은 수중치료를 한다. 두호 선생님이 수중치료시간이 끝나도 좀 더 걷다 가도 좋다고 허락해 주셨다. 그날부터는 수중치료 후 30분 정도 더 남아서 물속을 걷기 시작했다. 처음에는 안전바를 붙잡고 걸었는데 점차 안전바를 잡지 않고도 걸을 수 있게 되었다.

물론 아직 내 걸음걸이는 많이 흔들리고 발뒤꿈치를 완전히 누르기가 쉽지도 않아 불안하다. 하지만 적어도 물속에서는 넘어지지 않을 테니 겁도 없이 마구 걸었다. 수중에서 혼자 걷는 시간은 선생님들과 수중치료를 하는 시간만큼 중요한 시간이다.

때로는 혼자 발차기도 하고, 물 위에 누워있기도 한다. 그리고 한 칸짜리 계단을 오르내리기도 하며 나름대로 시간을 보낸다. 스스로 치료를 할 수 있는 그런 시간을 허락해 준 두호 선생님이 너무 고맙다. 혹시 사고가 나거나 내가 다치기라도 하면 선생님이 책임을 져야 해서 쉽지 않을 결정이었을 텐데, 선생님은 나를 믿고 그 시간을 허락해 주셨다.

선생님은 물을 좋아하는 내가 물속에 있는 동안 얼마나 행복해 하는지 누구보다 잘 알고 있었다. 그리고 운동을 더 하고 싶어 하는 내 마음을 먼저 아셨다. 그 믿음에 부응하기 위해서라도 난 더 열심히 그리고 더 안전하게 운동하고 노력해야 한다. 매일 조금씩·아주 조금씩이라도 퇴행 없이 나는 앞으로 나아갈 것이다.

오늘의 치료가 끝났다. 다시 안전하게 차로 돌아가야 하는데 역시 쉽지 않다. 50㎝ 경사로는 오르는 것도 힘들었지만 내려가는 것은 더 힘들었다. 게다가 다른 환자가 휠체어를 타고 경사로 앞에서 기다리고 있기라도 하면 벌써부터 맘이 급해져 땀이 줄줄 흘렀다. 정상인들은 그냥 한 걸음이면 내려올 수 있는 그 길을 난 조금씩 조금씩 발을 교차하며 열 걸음은 내디뎌야 평지로 내려설 수 있다. 거기서 다시 차까지 발끝을 보며 한 걸음 한 걸음, 힘들었지만 넘어지지 않고 잘 도착했다. 하지만 그 후로는 경사로가 있는 은행도 관공서도 지팡이를 짚고 혼자 다녔다. 병원 내부에서도 일부러 벽이 있어도 의지하지 않고 지팡이만 짚고 다녔다. 누군가의 도움 없이도 지팡이만 짚고 편안히 걸을 수 있는 날이 멀지 않았다.

2020. 7. 29.
나의 러닝머신 도전기

수중치료실에서 보행풀을 시작한 지 두 달이 넘었다. 물속에서 걸을 수 있으면 물 밖에서도 걸을 수 있지 않을까, 하는 생각이 들었다. 부장님께 러닝머신을 언제쯤 탈 수 있냐고 물었더니 10월에 가서 다시 체크하자며 아직은 때가 아니라고 말리셨다.

그런데 요즘은 물속에서 걷는 속도가 붙어 1단계로 천천히 걷던 내가 5단계까지 올려도 걸을 수 있게 되었다. 슬며시 욕심이 났다. 비가 오는 날이나 햇볕이 너무 뜨거운 날, 바람이 많이 불거나 너무 추운 날에는 실외에서 운동을 할 수 없으니 바로 게을러진다.

날씨가 좋지 않은 날 실버에서는 자전거를 타며 보낼 수 있지만, 집에서는 TV 앞에 앉아서 멍하니 시간을 보낼 때가 많다. 실내에서 지팡이를 짚고 좀 걸어볼 양으로 다짐을 하고 집에 들어가도, 밥 챙겨 먹고 씻고 정리 좀 하고 나면 어느새 시간이 다 지나가 버린다.

특수치료실에서 러닝머신을 타는 사람들을 보면 늘 부러운 마음이 들었다. 난 겨우 자전거밖에 못 굴리는데 러닝머신에서 걷고 있는 사람을 보면 나는 언제쯤 저렇게 걸을 수 있을까. 조바심이 났다. 오늘 부장님께 다시 한 번 살며시 얘기를 꺼내 보았다.

"제가 보행풀에서 1단계로 걷기 시작했는데요. 지난주부터는 5단계로 걷고 있어요."

"어?! 벌써 그렇게 진도가 빨리 나가셨습니까? 역시 열심히 하시니 회복 속도가 빠르신 것 같습니다."

"네, 감사해요. 다 선생님 덕분이에요. 근데 5단계 정도 걸으면 일반 러닝머신에서도 걸을 수 있지 않을까요?"

"맞습니다. 오늘 한 번 걸어 보실까요?"

"네, 좋아요. 한번 해 보고 싶어요."

"그럼 오늘은 운동치료실에서 걷는 것 대신 한번 올라가 봅시다."

손잡이를 잡고 올라섰다. 안전핀을 몸에 부착하고 자리를 잡자, 부장님이 천천히 속도를 올리기 시작했다. 시속 1.5㎞ 정도가 딱 걷기 좋았다. 왼쪽 다리에는 힘이 없기에 엉덩이를 뒤로 빼고 걷자 부장님은 가능한 허리를 펴고 걷는 것을 노력하라고 해주셨다. 그래도 자꾸 엉덩이가 빠지자 실습 선생님을 시켜 내 엉덩이에 손을 대고 뒤로 빠지지 않도록 지지해 주셨다. 그렇게 5분 정도 지나자 땀이 줄줄 흘렀다. 손목에 너무 힘을 주면 무리가 가니까 넘어지지 않도록 붙드는 정도로만 잡으라고 하셨는데 그게 말처럼 쉽지가 않다.

"형근혜님은 걷는 것은 가능한데 아직 엉덩이가 뒤로 빠지는 자세이기 때문에 잘못하면 이게 나쁜 자세로 자리를 잡을 수가 있습니다. 속도는 1.5 이상 올리지 마시고 천천히 조금씩만 타보도록 해보세요."

"집에서도 운동을 하고 싶어서 그러는데 러닝머신을 하나 사는 게 어떨까요?"

"좋은 생각입니다. 밖에서 못 걷는 날은 집에서 걸으시되 절대 무리하시면 안 됩니다. 자세가 틀어지지 않도록 신경 쓰시고요. 손잡이가 길게 있고 안전핀이 있는 것으로 구입하면 좋을 것 같습니다. 너무 저렴한 거는 안 되고요. 튼튼하고 안전한 것으로 사시도록 하십시오."

늘 그랬듯 부장님은 다·나·까 말투로 친절하게 설명해 주셨다. 내가 땀을 뻘뻘 흘리며 걷는 모습을 한참을 지켜보시더니 기계를 멈추셨다. 그리고는 걷기운동 할 때 쓰던 하이워커로 한 번 걸어보라 하셨다.

"부장님, 발이 날아가는 것 같아요."

"네. 그걸 느껴보시라고 걸어보게 한 겁니다. 운동치료실까지 가시지요."

"와, 잠깐만 해도 이렇게 다른데 매일하면 엄청 좋아지겠네요."

"네, 그럴 겁니다. 항상 열심히 운동하시는 분이니까 다 잘 되실 겁니다."

그날부터 러닝머신 검색이 시작되었다. 생각보다 부장님이 말씀하신 조건을 다 갖춘 제품을 찾기가 쉽지 않았다. 병원에 있는 기계는 뒷면에 있는 제품명을 찍어 와 검색해 보니 금액이 너무 비쌌다. 가정용으로 저렴한 것을 사서 쓸지 아니면 나중에 실버에서 어르신들도 사용할 수 있도록 비싸도 좋은 것을 살지, 결정이 쉽지가 않다. 아무튼 오늘 난 새로운 도전에 성공했고 또 한 걸음 내딛고 왔다.

2020. 8. 5.
계단이 있는 영화관과 물리치료실 가기.
이젠 지팡이로

날이 더워지니 밖에 돌아다닐 수도, 갈 곳도 마땅치 않다. 영화를 보러 극장에 갔다. 몇 개월 전 휠체어를 타고 왔을 때는 혼자 화장실을 갈 수도 없어 소변을 참느라 고생을 했다. 그리고 자리로 남편이 업어주어야 했다. 하지만 오늘은 달랐다. 계단을 오를 때 남편이 손만 잡아줘도 지팡이를 이용해 올라갈 수 있었다. 남편이 먼저 한 계단 위에 올라가 당겨주면 오른쪽 다리와 지팡이를 먼저 계단 위에 올린다. 그리고 난 뒤 왼쪽 다리를 가져다 붙이는 방법으로 한 계단 한 계단씩 올라갔다. 물론 쉽지는 않았지만 자리에 무사히 도착했다. 그게 뭐라고 성취에 대한 기쁨이 밀려왔다. 그건 그 누구도 모를 것이다.

지난번엔 화장실 가고 싶을까 봐 먹지도 못하던 콜라와 팝콘. 하하하. 이제는 영화 보면서 먹는다. 그제야 제대로 영화 보는 느낌이 들었다. 그래, 영화란 게 이 맛이지. 혼자 기뻤다. 영화가 끝나고 다시 남편의 손을 잡고 계단을 내려왔다. 내려올 때는 남편과 지팡이가 먼저 한 칸 아래로 간다. 그런 후 왼쪽 다리를 내린 후 오른쪽 다리를 붙이는 방법으로 내려온다. 오를 때는 힘이 있는 다리가 먼저 가서 힘없는 다리를 맞이하고, 내려올 때는 힘 있는 다리가 버티면서 힘없는 다리를 먼저 내려가도록 해야 했다.

그렇게 내려와 혼자 화장실도 갔다. 병원과 실버에서도 혼자 지팡이로 다닐 만큼 힘이 생겼기 에 벽을 짚고 화장실 가는 일 정도는 이제 힘들지 않다. 그렇게 화장실에 가서 볼일을 본 뒤 일어서서 손을 씻고 나오니 그 모든 것을 혼자 해낼 수 있다는 것. 남들에겐 별일 아니겠지만, 내겐 기적이 하나 또 하나 이루어진 것이나 다름없다.

화장실 변기에만 앉을 수 있다면 얼마나 좋을까 싶었던 내가, 앉은 자세로 엉덩이를 허리힘으로 한쪽씩 들어 옷을 내리고 올리던 내가, 이젠 서서 옷도 올리고 홀로 걸어 나와 손까지 씻고 나온다. 그제야 조금은 느리긴 해도 내 삶의 홀로서기가 가능해질 것 같았다. 그저 감사한 일이다.

"이제 혼자서 화장실도 다 다니고. 다 컸네."

"그치? 나 이제 장애인 화장실에 안 가도 된다. 워커를 안 쓰니까 일반 화장실도 사용할 수 있어. 정말 편하다."

"잘했어. 잘했어."

그 기적 같았던 순간을 어깨를 두드려 주며 함께 기뻐해 주는 남편이 참 고마웠다. 영화 보는 것을 유일한 문화생활로 아는 사람이 귀찮아하지 않고 나를 데려가 주는 것도, 자리까지 업고 가서 편하게 볼 수 있도록 배려해 주는 것도 고마웠다. 그러나 이젠 무엇보다 남편 등에 매달려 업혀가지 않아도 된다. 그이를 힘들게 하지 않을 수 있게 되었음에 난 다만 감사했다.

주변에선 남편인데 왜 자꾸 고맙다, 미안하다 하느냐고 묻는다. 하지만 이상하게 난 늘 그랬다. 비행하는 것을 그토록 반대했던 사람에게 결국은 이렇게 다쳐 와서 고생시키는 것도 미안하고 군소리 없이 원망 한 번 하지 않고 내 곁을 지켜주는 준 그이가 고마웠다. 이제 많이 커서 홀로 설 수 있게 되었다. 그이를 조금이나마 편하게 해줄 수 있겠다는 생각이 드니 참 감사하다.

어느 날 남편이 말한다. 아는 동생이 물리 치료실 원장인데, 한 번 치료를 받아보면 어떻겠냐고. 남편이 아는 사람이라니 조금 부담이 되긴 했다. 남편은 골프 치며 뭉친 근육 풀려고 먼저 받아보니 좋다고 권한다. 치료실을 방문했다. 치료실이 2층이라 혼자서는 못 가는 상황이다. 남편이 1주일에 1회 함께 가주었다. 집 가까운 곳에 치료실이 있어 좋았지만 2층이라 혼자 갈 수 없다는 것이 아쉬웠다.

남편이 입구에 있는 계단 2개를 손을 붙잡아 주어야 혼자 2층 치료실까지 난간을 붙잡고 지팡이로 올라갈 수 있었다. 그놈의 계단 2개. 내겐 에베레스트다. 그것 때문에 매번 도움을 받는다. 나 역시 불편하다. 내가 치료받는 1시간 동안 남편은 핸드폰이나 TV를 본다. 사실 좀 아쉬운 것은 치료사가 아는 사람이니 집에서 할 수 있는 치료가 무엇이 있는지, 관심을 가지고 잘 배워 집에서 내게 좀 해주면 참 좋겠는데. 아니다. 그것까지 바라는 것은 내 욕심이다.

"1층에 치료실이 있으면 좀 더 사람들이 편하게 올 수 있을 텐데 2층이라 좀 불편해요."

"2층에 치료실이 있는 것은 다 이유가 있답니다."

"왜요?"

"계단을 올라올 정도가 안 되는 사람은 병원으로 가라는 얘기지요. 적어도 계단을 올라올 만큼은 몸의 기능이 되어야 제 치료의 효과를 볼 수 있고요. 그 정도가 안 되는 분은 병원에서 좀 더 치료를 받아야 한다는 말이지요."

원장님은 치료에 대한 본인만의 철학이 뚜렷해 보였다. 1층에 치료실을 차려서 좀 더 많은 환자를 보기보다는 물리치료라는 것은 보완의 역할이지 심한 환자는 병원에서 근원적인 치료를 해야 한다고 말했다.

"이곳에서의 치료는 매일 먹는 밥 말고 일주일에 한두 번 정도 먹는 특식이라고 생각하시면 맞을 거예요. 밥은 병원에서 드시고 특식은 여기 와서 드시면 돼요."

"병원 치료와 병행하는 것이 좋을까요?"

"어차피 재활은 병원에서 이루어지기보다는 일상에서 이루어져야 해요. 일상생활하시면서 움직이는 모든 동작이 재활의 기본이 되는 것이고. 그걸 좀 더 체계적으로 체크하기 위해 병원을 다니는 것이죠."

"저도 병원 치료를 이제 그만하고 집에서 운동할까 했는데 혼자하면 자꾸 게을러지더라고요."

"맞아요. 그래서 꾸준히 병원을 다니면서 재활치료를 하는 것이 효과는 제일 좋아요. 하지만 병원 치료만 의지하고 일상에서의 활동과 운동을 게을리하면 오히려 역효과가 날 수도 있어요. 지금 아주 잘하고 계신 것 같아요. 저는 몸 전체를 풀어드리고 집에서 일상적으로 할 수 있는 운동들을 가르쳐 드릴 테니 열심히 해보세요."

치료실 척추치료기 위에서 15분 동안 누워있으면, 엉덩이 부근부터 목까지 롤러가 뼈를 따라 지나가며 자극을 준다. 처음에는 수술 부위 근처만 오면 아파서 견디기 힘들더니, 두세 번 다닌 후부터는 치료기에서 잠이 들어버릴 정도로 편안해졌다. 치료기가 끝나면 옆에 있는 치료 베드로 옮겨 엎드려 있는다. 그리고 원장님이 뭉쳐있는 근육들을 정성껏 풀어준다.

병원에서는 주로 다친 왼쪽 다리 위주로 운동을 시키는데, 원장님도 병원의 부장님처럼 양쪽을 같이 운동시켜줘야 한다고 하셨다. 왼쪽이 역할을 못 하니 힘이 먼저 회복되고 있는 오른쪽이 두 배의 역할을 하느라 많이 지친다는 것이다. 또 지팡이를 오래 짚게 되면 힘을 지팡이 든 쪽으로 많이 쓰기 때문에 어깨, 팔목, 골반, 무릎 등이 상하는 경우가 많다고 하셨다. 고생한 오른쪽도 사랑해 줘야 한다며 힘을 더 쓰는 부위를 더 신경을 써서 풀어주셨다.

문득 내 오른쪽 팔다리와 엉덩이에게 미안한 생각이 들었다. 그동안 넌 좀 그나마 나을 테니 네가 고생 좀 해. 하며 실컷 부려먹고도 당연하게 생각했으니. 내 오른쪽은 얼마나 지쳐 있었을까. 훗날 왼쪽이 회복된다 해도 다시 오른쪽이 문제가 생기면 두 배로 고생해야 한다. 지금부터라도 잘 챙겨줘야겠다. 모두 내 소중한 몸이다.

원장님은 양쪽을 골고루 잘 풀어준 뒤, 엎드린 자세로 할 수 있는 다리 운동 몇 가지를 시켰다. 그리고 천장을 보고 누우라고 했다. 병원에서 항상 하는 다리 들어올리기, 밀기, 엉덩이와 허리 들어올리기 등을 5~8개씩 해보라고 했다. 그리고 바닥에 있는 매트로 자리를 옮겨 집에 있는 고무공과 폼롤러를 이용해 할 수 있는 운동들을 가르쳐 주셨다.

짐볼 위에 앉아 두 다리로 바닥을 짚고 중심 잡기, 위 아래로 몸을 굴려보기, 좌우로 흔들어보기 등을 해보았는데 안 될 줄 알았던 동작들이 모두 가능했다. 그래도 짐볼이 굴러가서 넘어지면 위험하니 소파나 책상과 의자 등. 힘이 될 만한 것들을 잡고 해야 한다고 알려주셨다. 또 누워서 두 발을 짐볼 위에 올리고 좌우로 흔들기, 엉덩이와 허리 들어올리기도 해보았다. 역시 가능했다. 난 그동안 집에 있는 짐볼을 한 번도 활용하지 못했는데, 이렇게 좋은 운동 방법이 있었다니. 귀한 시간을 TV나 보며 헛되이 흘려보낸 것 같아 아쉬웠다.

소파에 앉을 때도 그냥 앉지 말고 폼롤러를 뒤로 보내 두 팔 사이에 끼워 허리를 쭉 펴주라고도 가르쳐 주었다. 좌우로 흔들면서 허리를 곧추세우는 자세를 하다 보면 수술 부위의 힘이 더 생기고 자세도 좋아질 것이라고 했다. 그 후로는 소파에 앉을 때나 TV를 볼 때도 그냥 헛되이 시간을 보내지 않게 되었다. 일상 속에서 이루어지는 재활이라는 것. 그것을 한 번 더 새겨보는 계기가 됐다.

1회당 5만 원이다. 1시간씩 치료를 받는데 비용이 아깝다는 생각은 전혀 들지 않는다. 치료가 끝나면 몸이 아주 가뿐하다. 당장이라도 막 걸어 다닐 수 있을 것만 같은 느낌마저 든다. 일단 1주일에 1번씩 10회 받아보기로 했다.

재활에는 생각보다 돈이 많이 든다. 어느 정도 회복되면 산에도 가고, 자전거도 타며 점차 병원 치료는 줄여나가야지. 그날이 이제 얼마 남지 않았다.

2020. 9. 9. 사고 후 2년
나의 일상

어느새 2년이라는 시간이 흘러버렸다. 아직 온전히 걷지 못하는 나. 1000일이 지나면 잘 걸을 수 있을까. 사고 후 난 정말 1년 정도만 되면 뛰어다닐 수 있을 거라 믿었다. 길어야 2년이면 되겠지 싶었다. 그러나 몸의 회복이 그리 쉽지 않을 수도 있겠다는 사실을 이제 인정할 수밖에 없다.

한번 손상된 신체는 원래 상태를 온전히 회복하지 못한다. 겉으로 보기에는 멀쩡한 것 같아도 어떤 후유증이든 반드시 남는다. 하다못해 발목을 접질렸더라도 얼마 후 다시 걷는 것도, 뛰는 것도 가능해지지만, 오래 뛰거나 산을 오르는 등 거친 운동을 하면 딱 다친 그 자리에 통증이 오고야 만다. 칼에 베였을 때도 피부만 살짝 찢어진 정도면 모를까, 피가 날 정도로 깊게 베인다면 흉터로 남듯 말이다. 척수가 마비되는 큰 충격을 받은 내 몸은 반드시 후유증을 남길 거란 걸 나는 이제 안다. 다만 그 후유증이 조금이라도 덜 남도록 최선을 다할 뿐. 지금 내 상태가 어디에서 고착될지는 알 수 없다.

2주 전에 러닝머신이 도착했다. 하루도 빼먹지 않고 운동하고 있다. 평화병원의 박 부장님께서 운동방법을 가르쳐 주셨다.

"한 번에 20분씩. 속도는 시속 1.5㎞ 이상 넘지 않도록 하고, 하루 3회 이상은 하지 마세요."

"무리가 되지 않으면 한 번에 1시간씩 타도 되나요?"

"형근혜님 생각과 의지는 분명 1시간씩 하루 세 번도 타실 수 있으실 겁니다. 그러나 몸 상태는 그렇지 않아요. 아직 회복되지 않은 몸을 그렇게 사용하면 무리가 오게 됩니다. 특히 고관절이나 무릎, 발목 등에 통증이 오기 시작하면 아예 운동을 못 하게 되는 경우도 있어요."

"저는 오래 운동할수록 더 몸이 회복될 거라고 생각했는데 아닌가요?"

"정상인도 한 번에 빠른 속도로 러닝머신 40분 이상 타면 몸에 무리가 옵니다. 1.5㎞ 속도가 천천히 걷는 것 같지만 형근혜님에게는 아주

빠른 속도니까 최소한 3개월 정도는 그 이상 타지 마세요."

"네, 알겠어요. 한 번에 20분 타고 30분 정도 쉬고 또 타고 그러면 되나요?"

"아니요, 아침에 한번, 점심에 한번, 저녁에 한번이 좋아요. 3개월 이후에는 5분 정도 늘려서 같은 방법으로 3개월하고 다시 5분 늘려서 3개월. 아셨죠?"

"연말까지 30분을 목표로 해야겠네요."

"네, 맞습니다. 절대 무리하면 안 됩니다. 호수공원 1시간 걷는 것과 러닝머신 1시간 운동하는 것은 많이 달라요. 기계적으로 계속 몸을 움직이는 것이라서 꼭 조절이 필요합니다."

"그렇구나, 저 혼자의 생각대로 했더라면 큰일 날 뻔했네요. 감사합니다. 꼭 지켜서 운동할게요."

러닝머신이 도착하자 부장님 말씀대로 20분, 1.5㎞ 속도에 맞춰 하루 세 번 운동 했다. 그렇게 걸으면 하루에 한 시간씩 1.5㎞를 걷는 게 된다. 날씨가 너무 덥거나 비가 오면 밖에서 운동을 못 하니까 러닝머신으로 운동한다. 실버에서는 자전거를 80~100분 정도 탄다. 날씨가 허락되는 날에는 호수공원이나 서천 변에서 모래주머니 1㎏을 차고 워커로 1.5㎞ 정도 걷는다. 그렇게 하면 하루 3㎞를 꾸준하게 걷는 셈이다.

일상에서는 지팡이를 이용해 혼자 걷고, 좋은 사람이 있으면 손잡고 지팡이로 1.5~2㎞ 정도를 산책하듯 걷는다. 신대지구 회랑 길을 한 바퀴 다 돌면 6.4.㎞인데 지금은 2㎞밖에 못 걷는다. 하지만 올해가 가기 전, 한 바퀴를 돌아보는 게 목표다.

올해 초 지팡이로 신대지구 회랑 길을 처음 걸었을 때는 몇 백 미터만 가도 힘들어서 돌아와야 했다. 그때는 같이 걷는 사람이 왼손 팔꿈치를 받쳐주고 손을 잡아주어야 오른손으로 사각 지팡이를 짚고 겨우 걸을 수 있었다. 하지만 이젠 그냥 손만 잡아주어도 2㎞를 갈 수 있게 되었다. 느리지만 많은 발전이 있었다. 손을 잡아주지 않아도 이젠 혼자서 100m 정도는 지팡이를 짚고 걸어갈 수 있게 되었으니 말이다.

쓰이지만 쓰이지 않는 시간 III

올해 초에 지팡이를 사용하게 되면서 금방 워커를 뗄 수 있을 줄 알았는데 지팡이만을 사용해서 걷는 일은 여전히 어렵다. 완만한 평지는 혼자 걸어갈 수 있지만 경사가 심하거나 난간이 없는 계단이 있으면 누군가의 도움이 있어야 갈 수 있다. 그나마 다행인 것은 지금껏 2년 동안 한 번도 내 재활 과정에서 퇴행은 없었다는 것이다. 영순이는 내게 말했다.

"일생 중에 오늘이 가장 못 걷는 날이야. 내일이 되면 반드시 오늘보다 잘 걸을 거고. 매일매일 그렇게 좋아지다 보면 다시 함께 산에 오르고 자전거를 타며 달릴 날이 곧 올 거야. 오늘은 오늘 할 수 있는 일을 하고. 오늘 즐길 수 있는 것들을 즐기면 되는 거지."

그 말이 맞다. 난 언제나 어제보다 오늘이 더 힘이 생겼고, 내일이면 오늘보다 더 잘 걸을 것이다. 단 하루도 난 포기하거나 게으르거나 좌절하지 않았으니까.

사고 후 2년이 된 나의 하루는 굳어져 있는 왼쪽 다리를 푸는 것으로 시작한다. 아직도 매일 아침이면 내 다리는 콘크리트처럼 딱딱하게 굳어있다. 자는 동안 몸을 뒤척이긴 하지만, 움직여지지 않는 다리는 어제 아무리 많이 움직였어도 다시 바보가 되어있다. 마치 아무것도 모르고 잠들어 있는 천진난만한 어린아이 같다. 살살 달래어 주무르고, 누르고 발목을 돌려 깨워주면 그제야 조금씩 눈을 뜨는 내 왼쪽 다리 델마. 힘이 약한 델마를 대신해 두 배로 힘을 쓰고 고생하는 오른쪽 다리 루이스. 영화 델마와 루이스에서처럼 상처를 딛고 자유와 주체적인 삶을 찾아가라고 영순이가 지어준 이름이다. 역시 멋진 친구다.

난 늘 델마에게 먼저 손이 간다. 그 쪽이 많이 아프니 당연한 일이다. 그렇게 한참을 주물러 준 뒤 화장실을 다녀와 아침 식사를 준비한다. 냉장고에는 언제나 먹을 것들이 가득하다. 남편은 이제 살림꾼이 다됐다. 일주일에 한 번씩 고기와 채소 등. 내가 잘 요리하고 좋아하는 것들을 사다 냉장고를 채워놓는다.

어느 순간부터 난 밥을 아침, 저녁 두 끼만 먹는다. 병원에서 퇴원한 이후 줄곧 지켜온 습관이다. 통증약을 두 번으로 줄인 이유도 식후에 먹어야 위에 부담이 적기 때문이다. 병원에 있을 때 하루에 세 끼니를 다 먹었더니 체중 5㎏ 정도가 금방 불어났다. 근육이 없어 다리는 빼빼 말라가는데 상체와 복부에만 살이 붙어 몸이 무거워졌다. 수중치료 선생님은 하반신 마비 환자는 복부비만이 만성질환으로 나타난다고 했다.

"형근혜님은 제가 본 환자 중에 자기관리를 가장 잘하시는 환자예요. 대부분의 SCI환자는 상체와 복부에만 살이 쪄서 비만이 와요. 상체가 무거우니 하체에 무리가 와서 운동은 더 힘들어지고 운동은 못 하는데 음식은 계속 먹으니 살만 계속 더 찌는 악순환이 반복되거든요."

"저는 괜찮은 상태인가요?"

"그럼요. 처음 입원해 계실 때만 조금 살이 찌시더니 계속 복부비만 관리를 잘하고 계시잖아요. 살도 안 찌고 대단하세요."

"아침저녁만 먹고 간식은 절대 입에 안 대는 게 습관이 되니 체중 관리가 됐어요. 점심저녁을 먹는 것보다 낮 시간에 움직임이 많으니 아침저녁을 먹는 게 체중 관리에 도움이 되는 것 같아요."

"어떻게 점심을 참을 수가 있지요? 저희는 점심 안 먹으면 어지러워서 치료를 못 하니까 어쩔 수 없어요."

"선생님들은 매일 십여 명의 환자와 씨름해야 하는데 저처럼 하실 수는 없죠. 저야 제 한 몸만 돌보면 되지만 선생님들은 타인을 돌봐야 하니까요."

"역시 의지의 한국인이십니다. 엄지 척!"

선생님들의 칭찬에 힘입어 2년간 체중 관리를 잘해왔다. 불어났던 체중도 다치기 전으로 돌아갔고 지금껏 유지하고 있다. 그러기 위해서는 많이 먹지 않고 적당량을 꾸준히 먹는 것이 좋은 것 같다. 물론 내 경우다. 먹을 것이 마땅치 않을 때는 출근을 조금 미루고 요리를 한다. 많이 먹지는 않아도 잘 먹어야 하기 때문이다. 근육 형성에 도움이 되는 쇠고기와 콩류, 두부 등의 단백질 식품은 빠지지 않고 챙겨 먹는다. 식사 후에는 약을 먹고 러닝머신 20분을 한 뒤 출근을 한다.

실버에 가면 많은 일과 사람들이 기다리고 있다. 어제와 오늘 구입한 물품영수증, 공문들, 우편물 등을 확인하고 그것들을 가장 먼저 처리한다. 물품 구입 내역을 확인하고 영수증 처리를 마치면 시청과 공단 등에서 온 공문들이 기다리고 있다. 내가 직접 해야 할 일과 사회복지사에게 지시해야 할 사항을 구분해 정리하고 우편물들을 확인한다. 그러는 동안에도 내 다리는 쉼 없이 자전거 페달을 밟고 있다.

기본적인 일 처리가 끝나면 어르신들 관련된 보고를 받고 업무일지를 점검한다. 어르신들 상태를 일일이 체크하고 상담할 보호자에게는 전화를 해서 상황을 설명한다. 그러면 보통 한두 시간이 흐르는데 그때쯤 되면 골반 쪽과 다리가 얼얼해진다. 쉬지 않고 페달을 굴렸으니 잠시 쉬어줘야 한다. 그런 다음 지팡이를 짚고 생활실 방문을 시작한다. 1층에 있는 4개의 생활실에 들려 어르신들께 인사를 드리고 어르신들의 피부 상태와 위생상태 그리고 생활실의 청소상태 등을 점검한다. 간밤에 잠은 잘 주무셨는지, 식사는 잘하셨는지, 불편한 것은 없으셨는지 묻다 보면 또 금방 한 시간 정도가 지나간다.

1층 방문이 끝나면 2층으로 올라간다. 시간은 많이 걸리지만 한분한 분 방으로 일일이 찾아뵙고 인사를 건네고 이야기를 나눈다. 그것이 내 소명이다. 모두가 귀한 분들이다. 어르신들을 한 번에 다 볼 수 있는 방법은 식사시간에 뵙는 것이 제일이다. 식당에 모여 식사하시는 것을 보면 건강상태가 한눈에 들어온다.

"식사들 하시네요. 음식은 입에 맞으세요? 뭐 부족한 것은 없으세요?"

"아이구, 원장님 힘든디 뭐들라고 또 올라오요. 우리는 다 잘 묵고 괜찮은께 안 올라와도 암씨랑토 안혀요."

"그래도 제가 올라와야 어르신들 다 뵙죠. 간밤에는 별일 없이 잘 주무셨어요?"

"하, 잘 잤지요. 원장님도 일로 앉아 같이 듭시다. 오늘 반찬 참 맛나네."

어르신들은 정이 넘치는 말로 오히려 나를 위로하고 힘이 되어주신다. 그렇게 2층 돌아보기까지 마치면 선생님들 민원 처리를 한다. 매일은 아니지만 새로 들어온 직원이 있거나 새로운 일이 주어지면 꼭 트러블이 생기고 내가 나서서 정리해줘야 할 일들이 있다. 각자의 생각을 듣고, 서로의 의견을 조율하는 일은 직원들에게만 맡겨 놓아서는 해결되지 않을 때가 간혹 있다.

양쪽이 다 동의할 수 있는 합리적인 선을 찾아 제시하고 이해시키는 게 필요하다. 가끔은 민주적으로 일을 처리하는 것이 얼마나 힘든지 절실하게 느끼기도 하지만, 독단적이거나 강압적으로 처리하면 반드시 부작용이 생긴다. 그래서 조금은 느리고 힘들어도 최대한 많이 듣고 결정하려고 한다. 직원들의 민원을 해결하고 나면 물품 구입이나 장부 확인 등의 업무가 남아 있다. 수입 지출을 관리하고 서류 확인까지 마치고 나면 어느새 퇴근 시간이다.

퇴근 후 해가 많이 남아 있으면 그늘이 좋은 광양 서천 변으로 향하고, 해가 조금만 남아 있으면 호수공원으로 가서 1.5㎞ 정도를 걷는다.

배는 좀 고프지만 운동은 쉬어서는 안 된다. 날이 안 좋은 날엔 바로 집으로 가 러닝머신으로 운동을 하고 저녁을 먹는다. 가족과 시간이 맞으면 같이 먹기도 하고 때론 혼자 먹을 때도 있다. 하지만 대충 먹지는 않는다. 나를 위해 꼭 한두 가지 음식을 만들어 먹고 배달음식도 가능하면 좋은 것을 먹으려고 한다.

지금 생각해 보니 음식을 한다는 것은 다리와 허리를 많이 쓰는 일이었다. 작년 여름부터 집에 와서 생활하였다. 남편이 항상 음식을 챙겨줄 수 없으니, 간혹 어떻게든 혼자 해결해야만 하는 때가 있었다. 한 손으로는 카트를 밀고 한 손은 워커를 의지하며 움직였다. 하지만 이젠 지팡이도 없이 카트만 밀고 다니며 움직일 수 있다. 작년에 비해 음식을 하는 속도도 빨라졌고 힘도 덜 든다. 밥 한 끼를 먹기 위해 땀을 비 오듯 흘리며 음식을 했던 작년 여름에 비하면 지금의 나는 조금 불편한 것 외에는 다치기 전과 크게 다르지 않은 생활을 하고 있다.

저녁을 먹고 나면 저녁 통증약을 먹고 러닝머신을 다시 20분 탄다. 소파에 앉아 양말을 신고 신발을 신는다. 손목에는 보호대를 차고 러닝머신 위로 올라간다. 선풍기를 얼굴 쪽으로 틀어놓고 걸어도 5분 뒤면 땀이 쏟아진다. 많이 더운 날에는 에어컨을 틀어 놓고 하지만 금세 땀으로 온몸이 젖는 것은 똑같다.

20분 운동 후에는 거실에 깔아놓은 매트 위에서 짐볼을 가지고 근력운동을 하며 뉴스를 보거나 가족들과 수다를 떨며 시간을 보낸다. 짐볼과 폼롤러 등을 이용해 운동을 하며 보내는 가족과의 이러한 일상들이 참 소중하다.

짐볼 위에 앉아서 중심잡기를 하는 일이 처음에는 안 돼 소파를 붙잡고 있어야 했는데. 이젠 아무것도 잡지 않아도 잘 앉을 수도 있고, 좌우로 엉덩이를 움직이거나 돌리는 것도 가능해졌다. 매트 운동이 끝나고 10시~11시 사이에 한 번 더 러닝머신을 20분하고 일상을 마무리한다.

사고 2년째의 나는 이제 아무런 도움을 받지 않고도 일상생활을 할 수 있을 만큼 운동능력을 회복했다. 사실 그렇게 믿고 싶은 것일 수도 있다. 하지만 죽는 것이 더 나을 것만 같았던 그 절망의 늪에서 빠져나와 스스로 나를 돌볼 수 있을 만큼 회복한 것은 확실하다. 그리고 앞으로도 나는 매일 매일이 더욱 좋아질 것이다. 완전한 회복이 안 된다 해도 이젠 어쩔 수 없다. 하지만 후유증을 두려워 않으며, 하루하루 나의 삶을 만들어 갈 것이다.

2020. 9. 9. 사고 2년
내 몸의 상태와 축하받고 싶은 마음

현재 나는 지팡이를 오른손에 짚고, 체중을 오른쪽에 많이 주는 자세로 왼쪽 발을 뻗어 버틴 후, 오른발을 이동하는 형태로 걷고 있다. 왼쪽 다리를 앞으로 보낼 때는 허리힘으로 골반을 들어 다리를 차면서 옮기기에 자세가 틀어지고 엉덩이는 뒤로 빠지게 된다. 하지만 러닝머신을 탄 이후로는 허리와 골반을 많이 사용하지 않아도 다리를 앞으로 이동할 수 있게 되었다. 보는 사람마다 걷는 자세가 많이 좋아졌다고 말한다. 그런 얘기들을 들으면 속도는 느리지만 계속 좋아지고 있음에 감사하다는 생각이 들었다.

　중앙병원에 30년 가까이 근무하고 있는 순영 언니와 만났다. 1층 카페에서 수다를 떨다 보니 한 시간이 훌쩍 지나가 버렸다. 수영장에 다니면서 많은 사람을 만났지만 순영 언니는 정말 천사 같은 사람이다. 몸은 작고 맘도 여린데 어찌나 부지런한지 수영장에 결석하는 일도 없이 성실하고 예쁘기까지 해서 인기도 많다. 재봉틀로 옷도 손수 만들어 입고 빵이나 쿠키를 구워 와서는 수영장 사람들에게 나눠주는 솜씨 좋고 마음씨마저 좋은 언니다. 한참 대화를 하고 나오는데 실버에 매주 오시는 촉탁 의사 선생님과 마주쳤다. 알고 보니 순영언니도 아는 분이었다.

　"둘이 원래 아는 사이요?"
　"네. 우리 원래 아는 사이고 아주 많이 친해요."
　"그렇구나, 몰랐네. 근데 다리는 언제나 나으시려나?"
　"선생님이 보기엔 어떠세요?"
　"다친 지 몇 개월 됐는데요?"
　"곧 24개월 돼요. 벌써 2년이나 됐네요."
　"아. 원래 사고 후 18개월이 지나면 더 이상 좋아지기는 힘든 거예요."
　"그런가요? 제가 보기엔 18개월 때보다 지금 엄청 좋아진 것 같아 보이는데요."
　"18개월 이후에는 고착되는 경우가 많다고 하거든요."
　"열심히 하고 있으니까 시간이 걸려도 좋아질 거예요."

"후유증은 좀 남겠지만 지금보다는 잘 걷게 될 거예요. 힘을 내야죠."

언니랑 기분 좋게 만나고 헤어져 집에 오는데 그 즐거웠던 이야기들은 하나도 기억 안 나고 자꾸 18개월 후엔 고착이라는 말만 뇌리에 남았다. 이대로 더 이상 안 좋아지는 것은 아닐까. 그렇게 고착상태가 되면 오늘 하루 이렇게 열심히 운동하고 노력하는 게 무슨 의미가 있을까. 또다시 부정적인 생각에 나약한 마음이 되어버렸다. 우울함에 마음이 울컥했다. 그러나 습관처럼 호수공원을 한 바퀴 돌고 집으로 갔다. 다음 날 평화병원에 가서 치료 부장님에게 어제 들은 얘기를 했다.

"제가 우리나라에서 가장 권위 있는 사람은 아니지만 재활치료 부분에서 다섯 손가락 안에 들어가는 사람입니다. 의사 선생님들이 말하는 것은 통상적인 이론을 말하는 거고요. 실제로 현장에서는 5년 이후까지도 완만한 곡선을 그리면서 나아지는 경우가 많아요."
"그래도 의사 선생님이 그런 말씀을 하시니까 의지가 확 꺾이네요."
"그분은 내과 의사고, 저는 재활치료 중에서도 신경치료 관련 박사학위를 받은 우리나라 몇 안 되는 사람입니다. 누구 말을 믿으시렵니까?"
"당연히 부장님 말씀을 믿어야지요. 희망이 다시 솟아오르네요."
"희망을 드리려고 하는 게 아니라 팩트를 말씀드리는 거예요. 안될 사람에게 된다고 말했다가 고발당하면 어쩌려고 제가 희망만 드리겠어요. 절대 포기만 안 하시면 완전하게는 아니더라도 지팡이 없이 걷는데 별 무리 없으실 겁니다."
"네 알겠어요. 부장님 말씀 믿고 열심히 할게요."
"이 분야를 잘 모르는 사람들이 하는 말에 일희일비하지 마십시오.

잘하고 계십니다."

부장님의 말씀을 들으니 안심이 되었다. 아픈 사람에게는 왜 그리 다들 할 말이 많은지 모르겠다. 어디가 치료를 잘하니 병원을 옮겨서 치료를 받아봐라. 치료는 이렇게 해야 한다·저렇게 하는 게 더 좋다. 그래 봤자 별 소용없다. 얼마나 걸릴 것이다 등. 만나는 사람마다 자신이 알고 있는 지식을 총동원한다. 환자에게 도움을 주려고 하는 말들이겠지만, 사실 제대로 된 지식이 아닌 말들은 환자에게 아무런 도움도 되지 않는다. 오히려 불안감만 키운다.

행여 주위에 아픈 사람이 있다면 찾아가서 위로랍시고 정확하지도 않은 지식과 주변에서 주워들은 말들로 제발 괴롭히지 말라고 부탁하고 싶다. 꼭 하고 싶다면 긍정적인 말들만 해주는 게 좋을 것 같다. 열심히 하고 있는 모습이 정말 보기 좋다. 꼭 이겨낼 것이다. 늘 응원한다. 그냥 시간이 걸려도 오늘이 인생에서 가장 안 좋은 날이고 날이 갈수록 더 좋아질 일만 남았다라고 해주면 아픈 사람도 이겨낼 힘을 얻을 것이다.

코로나로 2주간 병원을 가지 않고 혼자 운동을 했다. 병원에서의 재활과 확실히 차이가 많이 났다. 나름 열심히 운동한다고는 했지만, 병원에서 치료를 받는 것이 운동량은 훨씬 많았다. 혼자서도 잘할 수 있다고 생각했는데 아직은 좀 더 병원을 다녀야 할 것 같다. 올해 초 병원 치료를 멈추고 혼자 운동을 하는 것도 좋을 수 있다는 생각에 부장님과 상의했는데 올해만 더 해 보자고 하셨다.

벌써 9월이 왔는데 아직 갈 길은 너무도 멀다. 연말이면 지팡이 짚고 편히 걸을 수 있을 거라고 하셨으니 조금 편해지긴 하겠지만 지팡이를 던져버리는 것은 내년 말이나 가능할 것 같다. 나는 조금씩 나의 상황을 받아들이고 있다.

일찍 퇴근을 해서 저녁에 먹을 음식을 준비했다. 사고 2주년. 남들은 기억하기 싫은 고통의 날이라고 생각하겠지만 난 왠지 축하를 받고 싶었다. 아무도 오늘이 2주년이 된 날인지 모르지만, 혼자서라도 2년을 잘 이겨내고 있는 스스로에게 위로와 축하를 해주고 싶은 마음이 들어 음식들을 준비했다. 아들이 들어오고 남편이 왔다. 함께 밥상에 둘러앉아 맛있는 저녁을 먹었다.

"나 오늘 사고 2주년이야. 축하해 줘."
"엄마는 사고 난 날을 왜 축하해? 잊어버리고 싶은 날 아니야?"
"그러게, 당신 다쳐서 죽을 뻔한 날인데 축하라니 말도 안 된다."
"맞아. 죽을 뻔한 날이지만 안 죽고 이렇게 다시 살아났잖아. 오늘은 내가 다시 태어난 날이야. 그러니 축하해 줘야지."
"그렇구나. 그 생각을 못 했네. 축하해."
"그럼 오늘을 앞으로는 엄마 생일로 해야 하나?"
"응. 나 앞으로 9월 9일생 할래. 잊지 말고 생축 해주라."
"알았어요, 엄마. 축하해요."

아들과 남편에게 옆구리 찔러 엎드려 절 받기 식 축하를 받고 씻으려 욕실로 들어가려는데 남편이 조용히 나간다. 샤워를 하고 나가니 불을 끄고 그 사이 사온 케이크에 초를 밝혀 아들과 둘이서 축하 노래를 불러주었다. 눈물이 핑 돌았다.

"살아 돌아와 줘서 고맙소."
"엄마 축하해요. 케이크 먹고 더 힘내서 열심히 운동해요."
"고마워. 진짜. 고마워…"

촛불을 끄고 케이크를 먹는데 우는 모습을 보이기 싫어 더 밝게 농담을 하며 쾌활하게 웃어댔다. 아… 하마터면 이 소중한 사람들을 못 볼 수도 있었구나. 그러고 나니 지금 함께 있는 이 상황이 얼마나 귀한가 싶었다.

늘 곁에 함께 있을 때는 몰랐다. 가족의 소중함을. 이들과 있을 때의 행복·하루하루 함께 만들어온 추억들의 그 귀함. 알지 못했다. 불만과 안 맞는 부분이 많았어도 가족이라는 울타리 안에 함께 있어 준 남편이란 자리, 아이들이란 자리, 다시 태어나 알게 된 이 소중한 것들에 삶에 대한 더 큰 감사가 밀려왔다.

2020. 10. 10. 25개월차
심해진 통증과 동료의 부상 소식

며칠 전부터 러닝머신을 타는데 오른쪽 무릎에 통증이 느껴졌다. 견디면서 계속 운동을 했다. 어제는 수중치료를 하는데도 무릎이 아파 물속에서 걸을 때마저 통증이 계속됐다. 부장님께 말씀드렸더니 당장 러닝머신 운동을 멈추라고 하셨다. 과유불급이었다. 그동안의 운동패턴을 말하자 최소 2주에서 한 달까지는 운동을 멈추고, 그 이후에도 통증이 계속된다면 러닝머신을 타지 말라고 했다. 천천히 내 속도에 맞춰 걷던 것과는 달리, 불완전한 몸을 기계의 속도에 맞춰 걸었으니 문제가 생긴 것이다.

마라톤 출전 연습을 위해 무리하게 러닝머신에서 달리다 고관절이 다쳤던 경험이 있었으면서도 나는 그 일을 새까맣게 잊고 있었다. 항상 마음이 앞서는 게 문제다. 마흔이 넘은 여자가 마라톤을 하겠다고 러닝머신 속도를 시속 10㎞로 맞춰놓고 한 시간씩 뛰었으니 관절이 남아나겠는가. 하지만 그때도 포기하지 않고 대회에 나갔다. 하프를 뛰었는데 17㎞ 지점부터 통증 때문에 걷다 뛰다를 반복하며 힘겹게 완주했던 기억이 났다.

마음만 앞서서 현재의 내 상황을 잊어버리는 일을 또 바보같이 하고 말았다. 운동을 하지 않는 순간에는 불안해지고, 게으름을 피우는 듯한 오늘의 내가 내일의 나에게 큰 죄를 짓는 것 같은 마음에 더 채찍질만 했다. 그것이 오히려 내 발목을 잡는 결과를 가져왔다. 체중을 싣는 운동은 모두 멈추라는 부장님의 충고. 지금은 잠시 쉬어가야 하는 시간인가 보다.

어제는 우영이에게 전화가 왔다. 같이 비행하던 하재련 선수가 추락해 다쳤다고 한다. 벌써 7개월 전의 일인데, 나는 그동안 그 소식도 모르고 있었다. 우영이가 말했다. 하재련 선수가 먼저 다친 내게 물어보고 싶은 것이 많다고 했다. 연락처를 달라고 하는데 알려줘도 되겠냐

물었다. 나 역시 사고 초기에는 경황이 없어 몇 개월이나 지나서야 먼저 다쳐 재활을 하고 있던 범수에게 연락해 조언을 구했었다. 같은 마음일 것이다. 흔쾌히 그러라고 했다. 오늘 재련씨에게서 전화가 왔다.

재련씨는 나와 비슷한 시기에 비행을 시작했다. 리그 데뷔시기도 비슷했던 여성 글라이더 선수다. 다쳤다는 얘기를 들으니 남 일 같지 않았다. 그토록 열심히 하던 선수가 다쳐서 몇 개월째 고생하고 있다니 마치 내 일처럼 걱정이 되고 마음이 아팠다. 재련씨는 비행하다 한쪽 날개가 접히면서 추락했는데 하필 바위 위로 떨어져 척추 골절이 됐다고 했다. 갈비뼈들과 골반뼈가 부러졌다고 한다. 척수손상도 있어 지금은 하반신 마비 상태라고 한다. 다행히 지금은 워커로 조금씩 걷기 시작했다는 것을 보니 불완전 마비인 듯하고 그렇다면 열심히 재활하면 좋아질 것이다.

"안녕하세요. 저 하재련이에요. 근혜씨 다쳤을 때는 연락도 못 하다가 제가 다치니 이제야 전화를 하네요. 이럴 줄 알았으면 리그전 때 좀더 친해 질 걸 그랬어요."

"재련씨, 많이 힘들지요?"

"네. 이제 겨우 워커로 걷는데 의사는 걸을 수 있는 확률이 50% 반반이라는데 걷는다는 것인지 못 걷는다는 것인지 너무 답답해요."

"재련씨는 50%라니 저보다 훨씬 좋은 상황이에요. 전 터키에서는 15%라고 했고, 한국에 오니 25%라고 했어요. 그래도 그까짓 25% 안에 내가 못 들겠냐고 했는데, 재련씨는 50%나 되니 얼마나 좋아요."

"와… 진짜 긍정적이시네요. 난 이렇게 사느니 차라리 죽어버리는 게 낫겠다 싶어 링거줄 뽑아서 내 목도 조르고 난동까지 부렸는데…"

"저도 터키에서는 창문만 넘어갈 수만 있다면. 하며 매일 죽고 싶어 창문만 쳐다봤어요. 근데 움직이지도 못하니 죽을 수도 없어 답답했어요. 그래도 견디고 하루하루 열심히 재활하다 보니 이젠 운전도 할 수 있게 되고, 가족들을 위해 밥도 해줄 수 있고, 실버에서 일도 해요. 지금은 조금 불편하긴 해도 일상생활은 다 할 수 있게 됐어요."

"난 이제 겨우 워커로 조금씩 이동하는데 언제쯤 그렇게 될까요?"

"다친 정도에 따라 다 다르지만 재련씨는 벌써 워커 이동을 혼자 하는 거면 저보다 훨씬 빠른 거예요. 전 10개월이 다 되어서야 겨우 휠체어를 뗐거든요."

"병원에서 1년까지는 회복 속도가 빠르지만 1년 지나면 거의 그 상태로 유지된다는데, 아직도 이것밖에 못 움직이니까 마음이 너무 불안해요."

"꼭 그렇지는 않아요. 물론 회복 속도는 느려질 수도 있지만, 전 작년 이맘때와 비교하면 엄청나게 좋아졌어요. 워커에서 지팡이로 바꿨고 속도나 운동량 그리고 자세도 얼마나 좋아졌는데요."

"근혜씨 얘기를 들으니 조금 안심이 되네요. 이 병원에서는 모두 희망보다는 절망을 얘기해요. 이 장애를 받아들이라는 것처럼. 제대로 걸을 수 없을 것처럼 자꾸 말해서 너무 힘들어요. 안 그래도 통증도 너무 심하고, 다친 골반 쪽은 힘이 하나도 없고, 근육도 하나 없어 힘든데 매일 매일이 절망이에요."

"재련씨도 운동 열심히 하고 있으니까 곧 근육이 생길 거예요. 통증도 근육이 생기는 만큼 줄어들 거고요. 여기 치료 부장님은 저를 처음 세워보더니 걸을 수 있다고, 반드시 걷게 만들겠다고 하시더라고요. 저는 그 말만 붙들고 살고 있어요."

"너무 좋겠다. 이곳에는 그런 말 해주는 사람이 한 사람도 없는데."

"재련씨는 저보다 더 빨리 걸을 수 있을 거예요. 후유증은 조금 남겠지만 감수할 수 있을 정도일 테니 힘내세요."

"정말 고마워요. 통화를 하고 나니 힘이 나네요. 다음에 조금 더 좋아지면 한번 놀러갈게요."

"그래요. 제가 맛난 거 많이 사 드릴 테니 언제든지 오세요."

절망의 끄트머리에 서서 힘겹게 버티고 있는 재련씨를 보니 지난날의 내 모습을 보는 것 같아 많이 안타깝고 슬펐다. 그러고도 너무 슬펐다. 어떻게든 잘 이겨내고 다시 건강해져서 만날 수 있었으면 좋겠다. 누구보다도 비행을 사랑하고 열정적이었던 사람이 다쳐서 고통 속에서 허우적거린다. 내가 그랬듯 예상치 못한 삶 앞에서 한없이 작아지고 비참해졌을 것이다. 그녀의 모습이 눈에 선해 같이 아프다. 밤새 앓았다.

다행히 그녀는 나보다 상황이 좋아 보였다. 수술 후 3개월간 변기에도 혼자 못 앉고 휠체어 신세를 10개월 가까이 져야 했던 나와는 달리, 다쳐서 응급실에 있었던 몇 주를 빼고 혼자 병원에 있다고 하니 기본적 케어는 스스로 할 수 있는 것 같다. 간병인 없이 생활하고 재활치료를 받고 벌써 워커로 혼자 다닌다는 것은 그만큼 회복 속도가 빠르다고 볼 수 있다. 나는 한쪽이 접힌 후 스핀을 먹어 회전하다 떨어져 그만큼의 가속력이 붙어 충격이 더 컸을 것이고. 재련씨는 바위에 떨어져 뼈는 골절이 되었지만 척수손상은 적었기 때문에 뼈가 붙으면 급속도로 좋아질 것이다.

사람은 누구나 자기보다 더 아픈 사람을 보고 자신이 덜 아픈 것에 위로를 받는다. 아마도 오늘 통화 후 그녀는 나보다 자신의 상태가 훨씬 좋다는 것을 알고 희망을 느꼈을 것이다. 나의 아픔을 통해서라도 그녀가 위로를 받고 용기를 내길, 하루빨리 완쾌되기를 기도한다. 이젠 그런 것이 내 새로운 소명일 될 것이다. 누군가의 디딤돌이 되는 것. 순종하련다.

2020. 11. 18. 26개월차
워킹스틱으로 변경

오른손으로 사각 지팡이를 계속 쓰다 보니 오른쪽 무릎·허리·팔목·어깨 등이 전체적으로 무리가 왔다. 며칠 운동을 쉬었다. 그리고 운동보다는 틀어진 몸을 풀어주는 것으로 대체했다. 쉬고 있었던 참바른 체형관리실도 다시 10회 끊어 매주 체형교정치료를 받았다.

평화병원 신경과 의사 선생님과 상담 후에는 허리 쪽에 통증 주사도 맞았다. 아픈 쪽을 초음파로 보면서 근육과 신경 사이에 스테로이드제를 놓는 통증 주사는 생각보다 너무 아팠다. 엘보우로 팔꿈치에 맞았던 경험이 있었지만, 허리는 팔보다 훨씬 더 아팠다. 신경을 주사기가 건드리면 나도 모르게 신음이 터져 나왔다. 하지만 2주 정도 고생할거라던 부장님을 믿고 통증주사를 맞았다. 2주쯤 되니 허리가 움직일 만했다.

순간 그동안 잊고 있었던 워킹스틱이 생각났다. 지난 4월에 영순이가 선물해 줬다. 그 워킹스틱은 산악용과는 달리 끝부분에 발 모양의 모형이 달려있다. 미끄러지지 않도록 해준다. 나에게는 매우 유용한 물건이다. 처음 스틱을 선물 받고 사용해보다 뒤로 넘어지며 크게 엉덩방아를 찧었던 기억이 있어 그동안은 사용하지 않고 방에만 세워두었었다. 그런데 그때보다 지금은 좀 더 힘이 생겼으니 사용할 수 있지 않을까란 생각이 들었다.

11월 초부터 집에서, 실버에서 조금씩 사용해보았다. 그리고 이젠 아예 워킹 스틱만을 이용해 모든 이동을 하게 되었다. 오른쪽 중심으로 걷다 양쪽을 모두 사용하니 허리 통증도 줄어들었다. 그렇게 다시 운동도 시작할 수 있게 되었다.

11월 5일 아침 순천만으로 향했다. 다치기 전에 자주 갔던 나만의 장소가 그리웠다. 새벽 걷기팀들과 깜깜한 새벽에 일어나 해가 뜰 때까지 몇 시간씩 걸어 다니던 순천만의 방갈로. 길가의 은행잎들은 모두 노랗게 옷을 갈아입고 이 아름다운 계절도 얼마 남지 않았다고 실컷 돌아보라 손짓한다. 이렇게 푸르른 가을날. 그 자체가 눈부셨다.

2년 만에 찾아간 순천만은 여전히 아름다웠다. 갯벌은 온통 갈대로 가득하다. 이른 아침의 눈부신 햇살은 쏟아지고 게으른 주인이 두고 간 뻘배도 우두커니 앉아 나를 반겨주었다. 이곳에서 함께 추억을 만들었던 많은 이들이 떠올랐다.

나는 그 시절의 내가… 너무도 많이… 부러워졌다.

앉아있으니 새소리와 바람에 흔들리는 갈대 소리가 들린다. 햇살을 실컷 받으며 가져간 감을 깎아 한 입을 무니 천국이 따로 없었다. 한참을 앉았다 누웠다 하며 시간을 보내다 용기를 내어 워킹스틱을 짚고 일어섰다. 잠깐씩 이동하는 것은 조금 몸에 익숙해졌지만 길게 운동을 하는 것은 처음인지라 조금은 걱정도 됐다. 다행히도 곳곳에 벤치가 있으니 조금 걷다 힘들면 쉬었다 가보자며 한발 한발 내디뎠다.

경사가 있는 곳에서는 반 발자국씩만 내딛고 평평한 길에서는 과감히 발걸음을 옮겼다. 흙길이라 넘어져도 크게 다치지는 않을 것이고, 대부분의 길은 평평한 데다 벤치도 많아 쉬었다 가기에도 좋았다. 게다가 환상적인 풍광이 펼쳐져 있으니 내가 원하는 모든 조건을 갖췄다.

조금만, 조금만 더 가보자고 걸었는데 나중에 재어보니 1.5㎞ 정도의 거리를 안 넘어지고 걸었다. 비록 두 팔은 후들거렸지만 내가 많이 좋아졌음을 느꼈다. 내 재활이 느리다고 불평했지만 지난 4월만 해도 난 고개만 들어도 뒤로 넘어졌었다. 그랬던 내가 이제 워킹스틱만 짚고 원하는 거리만큼 걸을 수 있을 정도로 좋아진 것이다. 지난 2년 동안의 고통과 노력이 보상받은 것 같아 행복해졌다.

추억이 서려 있는 길들은 곳곳에서 내게 말을 건다. 당시에 함께 놀던 동료와 친구들은 모두 각자의 삶으로 돌아갔고 나만 그들의 세계에서 홀로 떨어져 새로운 삶에 들어서 있다. 언젠가 오랜 친구와 등진 나를 위로하며 누군가 해 준 말이 떠올랐다. 당시 나는 너무도 괴로웠다.

"10년이 지나도 내 곁에 항상 똑같은 사람만 있다면 얼마나 인생이 재미없겠어요. 누구를 만나든 좋은 관계로 오래오래 가고 싶겠지만 그저 한 10년 함께 걸어갈 수 있는 사람이면 된다 생각하고 만나야지요. 10년간 즐겁게 지냈으면 이제 새로운 사람이 들어오기 위해 보냈다 생각하면 되지 않을까요?"

그날 그 말은 참 많은 위로가 됐었다. 유난히 사람 욕심이 많아 사람 잃는 것을 무엇보다 두려워하던 내게 꼭 필요한 말이었다. 그런데 그렇게 두려워할 일만은 아니라는 생각을 처음으로 하게 된 날이었다. 사고 후 내 곁에 있던 이들이 멀어진 것에 대해 서운하거나 가슴 아프지 않을 수 있던 것도 그 따스했던 위로의 말 한마디 때문이다. 나를 배려한 그 따스한 말 한마디.

이제 내 앞에 새로운 삶이 주어졌고 새로운 이들과 다른 삶을 살아가야 한다. 억지로가 아니라 감사히 받아들여야 한다. 모든 것이 물 흐르듯 자연스럽게 되어갈 것이다.

구례를 지나니 함께 비행했던 소중한 이들이 많이도 보고 싶어졌다. 하지만 누구에게도 연락하지 않았다. 홀로 화엄사의 가을 속으로 걸어 들어갔다. 연기암의 조용한 암자에 앉아 햇살 속에 있다 보니 그곳의 장엄한 단풍에 갑자기 눈시울이 뜨거워졌다. 아, 세상이 이렇게 아름다웠던가. 눈에 닿는 모든 것에 따스함이 서려있다.

단풍으로 물든 지리산의 가을을 본 적이 있었는가. 종주만 10번 넘게 했다. 하지만 내가 지금처럼 이렇게 절절한 마음으로 그 단풍들을 느껴본 적이 있었던가. 난 무엇을 찾아 그토록 산을 헤매고 다녔을까. 그때의 나도 지금처럼 이런 행복을 느끼고 이 아름다움에 감사했었나. 여전히 나는 잘 모르겠다.

주말에는 광양 솔밭섬에 또 홀로 가 마음껏 걸었다. 솔밭섬은 그늘도 많고 평평한 흙길이라 걷기에 아주 좋은 곳이었다. 한 바퀴를 두 시간 정도 걸려 걷고 낙엽이 이불처럼 깔려 있는 평상에 누웠다. 누가 보면 미쳤다 놀릴 만큼 낙엽 이불을 덮고 좋아라 이리저리 뒹굴었다. 평상에 누워 가을하늘을 바라보니 그저 행복했다. 충분히 쉬고 두 번째 바퀴를 도는데 아까 가지 않았던 길로 걷다 순간 왼쪽 다리가 꺾이며 앞으로 넘어졌다.

왼쪽 발 엄지발가락이 꺾여 버렸는지 너무 아파 걸을 수가 없었다. 신발을 벗고 한참 동안 발을 주무르다 옆에 있는 소나무를 붙잡고 간신히 일어났다. 발을 디딜 때마다 찌릿한 아픔이 몰려왔다. 몇 걸음 걷다 겨우 벤치를 찾아 앉아서 남편에게 전화했다. 다친 것은 얘기하지 않고 가을이 너무 예쁘니 김밥 사서 오라고 떼를 썼다. 남편은 마침 아이들 운전 연수시켜주러 나와 있던 참이라며 데리러 온다고 했다.

가족들이 올 때까지 조금씩 걸어 잘 보일만한 곳으로 이동하는데 아무래도 발이 심상치 않다. 그때 저 멀리 보이는 남편. 검은 봉지를 흔들며 온다. 두 아들도 뒤따라오는데 너무 반가웠다. 모두 둘러 앉아 평상에서 김밥을 먹었다. 이렇게 넷이 나들이를 하는 게 얼마 만인지 기억도 아득하기만 했다. 넘어져 발이 꺾였다 하자 남편이 등을 내민다. 아이들도 서로 업어주겠다고 했지만 역시 남편이 제일 편하다. 고마운 녀석들. 그래도 그이가 최고다.

뭐든 어중간할 때가 제일 위험한 것 같다. 운전도 초보 때보다는 운전 경력 2~3년 차가 더 사고를 많이 내고, 지식도 어중간히 알면 시끄럽듯, 걸음도 조금 걸을 만하다 싶은 그 순간이 가장 다치기 쉬운 순간이란 말이 맞는 것 같다. 대부분 한두 번씩은 이런 경험을 한다는데 나는 그런 일 없이 잘 넘어간다고 했던 선생님들의 말이 다 그냥 하는 말이 아니었다. 그나저나 근손실이 올까 많이 걱정 된다.

2020. 12. 31. 27개월차
2020년을 보내며

마흔여섯 살의 마지막 하루다. 마흔일곱⋯ 어느새 내가 마흔일곱이 된단다.

온통 재활을 위해 노력했던 한 해도 저물어 간다. 지난주부터는 실내에서 지팡이 없이 다닌다. 돌 무렵 걷기를 시도하는 아이들이 가구를 잡고 조금씩 걷다 어느 날 아무것도 잡지 않고 엄마에게로 한발 한발 나아가듯 나도 드디어 벽이나 가구 등을 짚지만 지팡이 없이 걸어 다닐 수 있다. 몇 발자국 정도는 아무것도 잡지 않고 걸을 수 있게 되었지만, 아직은 넘어질까 두려워 벽이라도 짚어야 안심이 된다.

또 하나의 발전은 계단을 오르내릴 때 난간을 붙잡지 않고도 워킹스틱만으로 이동이 가능해진 것이다. 넘어지면 크게 다치기 때문에 그동안 계단은 시도조차 못 하고 경사로를 이용해 왔는데, 누군가가 옆에 있으면 뒤에 서 있기만 해달라고 부탁하며 계단을 올라갔다. 왼쪽 발은 버티고, 스틱은 올라갈 계단에 놓고, 그런 다음 오른발을 들어 올리면 왼쪽 발이 따라 올라간다.

그렇게 한 계단씩, 서너 개 정도의 계단은 이제 누구의 도움 없이도 잘 오르내리게 되었다. 올해 초, 부장님께서 올해 말이면 지팡이를 짚고 자유롭게 걸을 수 있을 거라 했을 때, 난 다짐했었다. 올해가 가기 전에 지팡이를 던져 버려야지라고. 하지만 부장님이 정확했다. 아직 지팡이를 던져버리기에는 몸 상태가 따라주지 않았다. 며칠 전 치료 중 부장님께 다시 물었다.

"부장님 예상이 맞았어요. 이제 곧 새해가 되는데 2021년 말쯤에는 제 상태가 어떻게 될 것 같으세요?"

"아마 지팡이 없이 자유롭게 걸으실 수 있을 겁니다. 뛸 수는 없지만 걸을 수는 있을 것으로 보여요."

"걸음걸이는요? 지금 이렇게 절뚝거리며 걷는 게 개선될 수 있을까요?"

"걸음걸이는 완전히 예쁘게 되지는 않을 겁니다. 하지만 지금 왼쪽 다리를 짚으실 때 한쪽으로 치우쳐지는 부분을 근육으로 채우면 많이 바뀔 수 있어요."

"그렇게만 되어도 좋겠어요."

"그러려면 많은 노력이 필요합니다. 지금까지 정말 잘해 오셨어요. 이젠 두 가지 산을 넘어야 해요. 한 가지는 통증이 두세 번 더 강하게 찾아올 건데 좋아지기 위한 과정이니 통증 치료를 하면서 포기하지 않아야 돼요."

"나머지 하나는요?"

"운동 강도입니다. 지금 하는 것보다 업그레이드 시켜 좀 더 강한 운동을 해야 합니다. 잘 따라오실 수 있으시죠?"

"네, 열심히 하겠습니다."

올해 초를 떠올려 보면 정말 많은 변화가 일어났다. 혼자 지팡이로 걷는 것이 불가능했던 내가 점차 사각 지팡이로 옮겨가고 11월이 되자 워킹스틱으로 옮겨왔다. 계단이 있으면 혼자 오르내릴 수 없어 꼭 누군가의 도움을 받아야 했었다. 이젠 몇 개의 계단 정도는 난간 없이도 워킹스틱만으로 짚고 오르내릴 수 있다. 워커와 누군가의 도움을 받아 걷기 시작했던 2020년 초엔 시속 0.8~0.9㎞의 속도로 걸었는데, 지금은 혼자서도 1.3~1.4㎞의 속도로 걷는다. 허리가 아파 잠깐만 걸어도 벤치에 앉아 쉬어야 했는데 이젠 1㎞ 정도의 거리는 안 쉬고 걸을 수 있을 만큼 지구력도 좋아졌다.

걸음걸이도 허리와 골반을 틀어 걸었었지만, 지금도 왼쪽으로 몸은 약간 기울어지지만, 엉덩이가 뒤로 많이 빠지지 않아 걸을 때 고개를 들어도 뒤로 넘어지지 않는다. 하지만 아직 걸음걸이가 반듯하진 않다. 왼쪽 발목이 위쪽으로 들리지 않아 왼쪽 발을 차듯 걷는 것은 여전하다. 고개를 숙이고 걷는 것이 편하지만, 엉거주춤한 걸음걸이가 몸에 익숙해질까 정면을 보며 걸으려고 노력한다.

그래. 이렇게 노력하다 보면 내년은 올해보다 훨씬 더 많은 성장을 할 것이다.

예쁘다는 것

여름이 끝나갈 무렵에는 두 가지 새로운 시도를 했다. 첫 번째는 비행하느라 근 8년 정도 신경 쓰지 않았던 피부 관리다. 피부 레이저 시술을 받았다. 점을 빼고 얼굴 피부 톤을 맑게 해주며 기미가 옅어지게 하는 게 목적이었다. 오랜만에 본 사람들은 얼굴에 뭘 짓을 했냐며 예뻐졌다고들 한다. 코로나 때문에 어차피 마스크를 매일 쓰고 다니니 자외선 관리도 쉽고, 시술로 벌겋게 된 얼굴도 다 가려지니 좋았다. 또 하나는 참바른 체형관리에서 몸 전체를 관리받고 있다.

물리치료사가 틀어진 내 몸을 반듯하게 교정해 주고, 뭉쳐진 근육을 풀어주며 스트레칭도 해줘서 받고 나면 아프던 부위도 시원해지고 몸도 가뿐해진다. 열심히 재활을 하다 보면 많이 쓰는 쪽 몸도 통증이 심해져 견디기 힘들어 진다. 체형관리를 받고 나면 다시 열심히 운동을 할 수 있게 된다. 보험이 안 돼 비용은 부담이 되었지만. 대신 다른 돈을 안 쓰면 되니까.

올해는 몸이 불편한 대신 경제적으로는 매우 안정된 한 해였다. 작년에 모든 빚을 청산한 후 치료비 외에 특별히 쓰는 돈도 없다. 저절로 돈이 모이기 시작했다. 가장 기분 좋았던 일은 남편에게 차를 사준 일이다. 골프를 시작한 남편에게 필드에 갈 때 하차감 좋은 차로 알아보라 했더니 바로 주저 없이 벤츠를 말한다. 원하는 대로 해주었다. 기뻤다. 애지중지 지금도 기분 좋게 타고 다니는 것을 볼라치면 어느새 나도 기분이 좋아진다. 다친 나를 위해 애써준 남편에게 차를 선물로 주고 나니 그동안 미안했던 마음이 조금이나마 위로가 되었다.

또한 5년간 넣었던 적금도 탔다. 남편이 둘째 대학 갈 때 쓰려고 든 적금이었다. 그러니 이젠 마음까지도 부자가 된 기분이 든다. 돈으로는 절대 행복을 살 수 없노라 믿어왔고, 돈은 절대 행복의 척도가 될 수 없다고 생각하며 살아왔었다. 하지만 빚이 없어지고 이자와 원금 갚을 걱정을 하지 않게 되자 안정적인 느낌이 들어 더욱 행복하다는 생각이 든다.

많은 돈을 가져서 행복한 것이 아니라 돈 때문에 걱정을 하지 않아도 되니 행복한 것이다. 그동안 너무 오랫동안 돈 때문에 걱정을 하고 살았다. 물론 더 많은 것들을 얻기 위해 투자하고 노력한 것이었다. 하지만 이젠 더 이상 그렇게 살고 싶지는 않다.

누군가 빚은 사업가에게 양념이라 말해주었다. 하지만 난 이제 그런 양념치지 않아도 남은 삶을 맛있다고 느끼며 살고 싶다. 이렇게 마음 편히 살 수 있는데 무엇을 더 많이 갖겠다고 욕심 부리며 내게 남겨진 세월을 불안과 근심으로 보내야 한단 말인가.

다친 후 깨닫게 된 것은 무엇보다 소중한 것은 바로 지금의 나로 최선을 다해 사는 것이 정말 행복이란 것. 이젠 내가 온전히 회복된다 해도 작은 것에 만족하며 느리게 사는 삶의 귀함을 잃고 싶지 않다. 이젠 그런 삶이 예쁘다.

치료를 위해, 재활을 위해 오늘 이 고통을 참아내야 한다며 이 악물고 버티던 하루들이 점차 즐거워질 수도 있다는 것도 나는 알게 되었다. 재활을 위해 걷던 날들이 이젠 걷고 싶어 산책을 나가는 날들로 바꿨었다.

매번 아름다운 장소를 찾아 걷는다. 그리고 따사로운 햇살과 바람을 느낀다. 새들은 날고 갈대가 부대끼는 것을 보는 것에 만족하는 시간도 늘어났다. 올 한해 나는 고통의 순간에서도 행복을 찾아내고 붙들어 내 것으로 만들었다.

글을 쓰고 있는 동안 2021년이 되었다. 늘 그랬듯 새해에도 난 하루하루 최선을 다해 살 것이다. 해마다 새해가 되면 여러 가지 계획들을 세우곤 했는데 다친 후로는 그저 재활 계획뿐이다. 몸의 회복상태를 단정 지을 수 없기에 무엇을 어떻게 하겠다는 구체적인 계획을 세우는 일이 무의미 할 수도 있다. 하지만 한 가지 계획해 보자면 봄에는 낮은 자전거를 하나 사서 꽃을 보러 다니고 싶다.

상반기에는 실버에서 평가인증을 받아야 하기에 열심히 서류와 싸우고 평가를 잘 받을 수 있도록 노력해야 한다. 하지만 하반기에는 아이들과 함께 또는 혼자라도 제주도에 가서 한 달 살아보기에 도전해 보고 싶다.

노을이 곱게 물들어 간다. 아, 저 낮은 봉화산 정도라도 스스로 올라갈 수만 있다면 얼마나 좋을까. 이 모든 것을 다 할 수 없을지도 모르겠지만 난 그 모든 것을 꿈꾼다. 내게 불가능해 보이는 그 모든 것들을. 그 예쁜 것들을.

제4부

버킷리스트

마흔, 딱 놀기 좋은 시절

국립공원 산행 투어

삼십 대 후반부터 조금씩 산을 다니기 시작하며 마흔이 되면 백두대간 종주를 해보리라 마음먹었었다. 하지만 시간을 내는 것도 혼자 산행할 용기를 내는 것도 쉬운 일이 아니었다. 그래서 시작한 것이 모든 국립공원의 산 정상에 올라보기다.

우리나라는 현재 22개의 국립공원을 지정해서 관리하고 있다. 국립공원은 크게 세 종류가 있는데, 역사 문화형인 경주가 있고, 해상 해안형인 한려해상·태안해안·다도해 해상·변산반도가 있으며, 나머지는 다 산악형이다. 내가 가보기로 한 곳은 산악형 국립공원이었는데 총 17개였다. 집에서 가까운 지리산을 시작으로 월출산과 무등산 등의 산을 먼저 다녀왔다. 그 외에는 모두 처음 가보는 산이라 가기 전부터 해당 산에 관해 공부했다.

새해가 시작되자마자 한겨울의 눈 내린 지리산을 종주하며 첫 번째 산행을 시작했다. 눈으로 가득한 하얀 산 위로 눈부시게 빛나는 햇살과 파란 하늘이 나를 맞아 주었다. 지리산에서의 1박 2일은 손발이 얼 정도로 추웠다. 하지만 따스했던 기억으로 남아 있다. 무등산은 얼마 전 국립공원으로 지정되어 처음으로 정상을 열어주었다. 그런 탓에 사람들로 가득했다.

덕유산은 가족들과 스키를 타러 자주 갔던 곳이라 늘 곤돌라를 타고 올라갔었는데 산행을 하려니 무척 힘들었다. 하지만 곤돌라로 쉽게 올라갔을 때는 느낄 수 없었던 포근함과 아기자기한 산길의 아름다움이 길가에 가득했다.

주왕산은 여기가 우리나라인지 중국인지 분간이 안 될 만큼 무협지에 나오는 모습과 같아서 깜짝 놀랐던 곳이었다. 한여름에 갔던 속리산에서는 엄마가 늘 내게 함박꽃 같다고 말해주었는데 함박꽃을 처음 본 곳이라 그런지 엄마 품처럼 포근함이 느껴졌다.

내장산은 가을이면 자주 가던 곳이라 단풍이 절정인 시기에 산책하듯 다녀왔고, 북한산은 강의하러 서울에 갔다 하루 시간을 내서 올라갔다. 인수봉에서 암벽 등반하는 사람들을 보며 언젠가 나도 저 암벽을 등반해 보고 싶다는 생각을 했다.

가장 기억에 많이 남는 산은 치악과 설악이다. 악자가 들어가는 산은 너무 힘들어 악! 소리가 난다고 해서 사실 겁을 많이 먹었는데 오히려 그런 산들이 내게 너무 아름다운 추억을 선물해 주었다.

치악은 입구를 지나온 후 얼마 지나지도 않아 대설주의보가 떨어졌다. 산행이 통제되어버렸다. 그런 사실을 알 리 없는 사람들은 각자 산길을 올랐다. 그러다 눈이 너무 많이 오자 서로 정보를 교환하기 시작했다. 아무래도 각자 다니면 위험할 것 같으니 함께 이동하는 게 어떻겠냐며 나이가 좀 있어 보이는 남자분이 제안했다. 같이 움직이니 마음이 아무래도 편해졌다. 악산이라는 말이 무색하지 않게 산길은 험했다.

그래도 국립공원답게 길도 잘 뚫려있고 곳곳에 안내문과 표지판·산악회가 걸어둔 리본 등이 내 갈 길을 안내해 주어 정상까지 어렵지 않게 올라갈 수 있었다.

정상에 오르니 바람이 너무 셌다. 서로 사진만 조금씩 찍어주고 얼른 내려와 바람을 피할 만한 곳에 모였다. 싸 온 음식들은 전부 꽁꽁 얼어 있었다. 컵라면과 햇반을 데워 밥을 먹는데, 온통 눈으로 뒤덮인 그 아름다운 산이 우리 몇 사람의 것이 된 것 같아 마냥 기분이 좋았다.

늦은 점심을 먹은 후 하산을 하는데 조금 전에 내린 눈들로 길이 미끄러워져 제대로 걷기도 힘들었다. 옷이 다 젖어도 어쩔 수 없다며 한두 분이 미끄럼을 타고 내려간다. 나도 엉덩방아를 찧어가며 미끄럼을 타고 따라 내려갔다. 생전 처음 보는 사람들과 함께 산을 타고 내려오는데 오랜만에 만난 친구들처럼 금세 친해졌다. 농담도 하고 살아온 이야기도 나눴다. 얼마나 재미가 있었는지 많은 시간이 흐른 지금도 그때의 추억을 떠올리면 저절로 미소가 지어진다. 대설주의보가 가져다 준 행운의 눈꽃산행이었다.

설악은 단풍이 절정을 이루는 시기를 골랐다. 대청봉으로 오르는 가장 짧은 거리인 오색에서 출발했다. 서울 강의 중 시간을 내야 했기에 난이도가 좀 높아도 거리가 짧은 코스를 선택했다. 오이 두 개와 김밥 한 줄 그리고 팩 소주 한 개를 가방에 넣고 무작정 산을 올랐다. 가파른 길이 계속 이어져 헉헉거리다 잠시 쉬어가려고 보니, 조금 전에 나를 앞질러 가셨던 분이 쉬면서 사과를 깎아 먹고 계셨다. 나도 오이를 하나 먹고 가야겠다 싶어 그분께 칼을 빌려 오이 껍질을 벗겨냈다.

"어느 코스로 가세요?"

"대청봉에서 백담사 코스로 갈지 공룡능선으로 갈지 아직 못 정했어요."

"공룡능선은 지금 등산로가 막혀 있고, 그 길은 너무 위험하니 백담사 코스로 가시는 게 나을 거예요."

"백담사로 가는 길에는 단풍이 예쁜가요?"

"단풍이 아름답기로는 백담사 길이 최고지요. 설악산엔 처음 오셨어요?"

"네. 고등학교 때 수학여행 와본 게 다고 산행으로는 처음 와 봐요."

"처음 오신 분이 이쪽 코스를 택하시다니 용감하시네요. 조심히 올라오세요."

가파른 탓에 힘들기도 했지만 오르는 길 곳곳에 피어있는 단풍 꽃들을 보느라 빨리 올라갈 수가 없었다. 대청봉 아래 대청분소에 도착하니 어느새 어둑어둑해지고 있었다. 날이 흐려 아름다운 일몰은 보지 못했지만 하늘의 구름들이 붉게 물들어 가고 있었다. 그러다 얼마 뒤 하늘이 점차 어둠으로 변해가는 모습도 웅장했다.

저녁을 먹으려고 식당으로 갔다. 사람들이 어찌나 많은지 발 디딜 틈도 없다. 한쪽에 겨우 자리를 잡고 코펠을 꺼내 라면을 끓이는데, 아까 산에 오르던 길에 만났던 아저씨가 반갑게 인사를 건넸다.

"일찍 올라왔네요. 초행길이라 하길래 오래 걸릴 줄 알았는데 안 힘들었어요?"

"힘들긴 했는데 오다 보니 대피소에 도착했네요."

"대피소 예약은 했어요?"

"예약 안 하고 왔는데. 예약 안 하면 여기서 못 자나요?"

"오늘은 주말이라 사람이 너무 많아 예약을 안 했으면 모포도 받기 어렵고 실내에서 잘 수도 없어요."

"정말요? 어쩌지. 난 아무 준비도 없이 왔는데. 지금이라도 예약할 수는 없을까요?"

"참 용감하시네요. 내가 원래 친구 놈이랑 오려고 예약을 했는데 그 녀석이 펑크를 내는 바람에 혼자 왔으니 친구 예약권 드릴게요."

"정말요? 너무 감사합니다. 제가 드릴 건 없고 가져온 소주가 하나 있는데 이거라도 드세요."

고마운 분의 호의 덕분에 예약 자리로 올라가 자리를 잡을 수 있었다. 대피소에서 잠을 자본 것은 지리산에서의 경험이 전부였던 내게 설악의 경험은 거의 충격에 가까웠다. 남성과 여성이 머물 수 있는 숙소가 따로 분리 되어 있는 지리산과 달리 이곳은 남녀의 구분도, 잠자리의 구분도 없이, 그 수많은 사람이 모포 한 장씩만 펴고 바닥에 다다닥 붙어 함께 잠을 잤다. 땀 냄새, 발 냄새, 입 냄새들이 한데 어우러지고, 코 고는 소리, 이가는 소리, 이야기 소리가 섞여 제대로 잠을 잘 수가 없었다. 사방이 남성들로 가득한데 일행도 없는 난 혼자서 그 많은 사람 속에 있으려니 몸은 피곤한데 잠이 쉽게 들지 못했다. 잠을 설치고 새벽에 눈을 떴다.

해가 뜨기도 전인데, 벌써 하산을 준비하는 사람들로 대피소는 소란스러웠다. 대충 짐을 챙기고 대피소 밖으로 나왔다. 그런데 문밖에 있는 사람들은 바닥에 앉아 자고 있었다. 사람들이 너무 많아 따뜻한 안쪽으로 못 들어오고, 겨우 바람만 피할 수 있는 건물 입구에서 아무렇게나 쪼그려 잠자고 있었다. 내가 어제 얼마나 운 좋게 고마운 분을 만나 편히 잠을 잔 것인지 뒤늦게 깨닫고 그분께 감사했다.

일출을 볼 수 있을까 싶어 대청봉으로 가니 이미 많은 사람이 일출을 보기 위해 기다리고 있다. 저 멀리 동해가 보이고 구름이 바다 위를 덮고 있었다. 서서히 주위가 밝아지더니 구름 사이로 붉은 태양이 조금씩 올라왔다. 지리산에서 산 위로 올라오는 일출만 보다 바다 위로 올라오는 태양을 보니 느낌이 사뭇 달랐다.

마치 바다가 뜨거운 구슬을 더 이상 품을 수 없어 하늘로 뱉어내는 것 같았다. 이글거리는 태양이 올라오는데. 아… 그 경이로움은 제대로 표현하기 힘들다.

백담사 쪽으로 내려왔다. 쏟아지는 아침 햇살이 붉게 물든 단풍잎 위의 이슬과 더불어 반짝거린다. 눈이 부셨다. 어느 곳을 찍어도 다 작품이 될 정도로 설악의 단풍은 절정이었다.

마지막 투어는 한라였다. 함께 한 세현이는 산행은 처음이라 금세 지쳤고 힘들어했다. 내가 들고 있던 스틱을 주고 몸을 앞으로 조금 굽히고, 두 팔에 체중을 나눠 실으면서 네 발로 걷는 방법을 알려주었다. 그러자 이렇게 쉽게 걸을 수 있는 것을 왜 이제야 알려 주냐며 앞으로 쭉쭉 뻗어나가기 시작했다.

진달래가 피어있는 봄이나 초록의 싱그러움이 가득한 여름이나 단풍으로 아름다운 가을도 아닌 한겨울 추위에 한라에 와서 눈썹까지 하얗게 얼어붙는 경험을 해 본 세현이는 고생스러웠겠지만, 좋은 추억으로 이날을 기억해 주길 바라며 하산했다.

그렇게 1년 반 동안 이어가던 국립공원 투어를 마무리했다. 산은 내게 인생을 가르쳐준 참 스승이었다. 가장 힘든 순간에 나를 견디게 해준 것도 산이었다. 내 울음을 받아주고 다시 살 수 있는 용기를 준 것도 산이었다. 그 산들을 다시 가볼 수 있는 날이 다시 올지 지금은 알 수 없다. 하지만 그저 그 시간을 추억할 수 있음만으로도 감사하다.

자전거 팀 두 바퀴

스물여덟 살 여름 무렵, 둘째를 낳은 지 얼마 지나지 않아 대학 친구가 결혼 소식을 알려왔다. 아이를 낳고 살이 너무 쪄 있는 이 모습으로는 친구 결혼식에 갈 수는 없다 싶어 아이 낳은 지 100일도 안 된 사람이 다이어트를 시작했다. 첫째 때와는 달랐다. 생각보다 살이 잘 빠지지 않았다. 모유를 먹이면서 밥은 적게 먹고, 걷는 것만으로는 체중 변화가 없어 달리기를 시작했다. 하지만 후유증이 남았다. 온몸의 뼈 마디마디가 너무 아파왔다.

뼈가 아프니 움직이기도 싫고 안 움직이니 다시 살이 찌고, 의욕도 없어 하루 종일 누워있는 날들도 많아졌다. 그렇게 무기력한 아줌마가 되어갈 무렵, 하루는 남편이 회사 동료 와이프들이 수영을 시작했는데 당신도 해 보는 게 어떻겠냐고 권했다. 수영이 뼈에 무리를 주지 않으니 좋을 거라 했다. 귀가 솔깃했다. 게다가 회사 동료 와이프들도 자주 보는 사람들이다. 나이도 나랑 비슷해서 함께 다니면 재밌을 것 같았다. 그날부터 매일 새벽 수영장을 다녔다. 매일 만나다 보니 그곳에서 만난 인연들이 가장 가까운 사람들이 되어갔다.

그러던 중, 새벽반 사람들끼리 만든 자전거 팀이 있다는 것을 알게 되었다. 친해진 친구들이 함께하자고 아침마다 권하는 통에 로드용 자전거를 하나 구입했다. 자전거 팀 이름은 두 바퀴. 인원은 10명 정도 되었다. 자전거 팀 대장인 영현님과 아침마다 자전거를 권하던 병훈님이 내 자전거 구입에 도움을 주었다.

처음 라이딩을 나간 날. 나를 위해 회원들은 천천히 달리며 순천만의 아름다움을 느낄 수 있게 도와주었다. 팔은 어떻게 잡는 게 좋은지, 허리를 얼마나 숙여야 하는지, 패달링은 어떻게 해야 하는지, 기어를 변환하는 노하우는 무엇인지를 앞뒤에서 살펴 주었다. 그리고 라이딩 중간 중간에 내가 지치지 않도록 칭찬과 격려를 해주었다. 새벽 6시에 만나 두 시간 정도 라이딩을 하고 국밥집에서 아침을 먹었다. 모든 것이 어색했지만 나름 재미있었다.

몇 주 후엔 하나뿐인 수영장 동갑내기 친구 소이도 합류했다. 소이가 처음 나온 날은 선암사를 갔는데 왕복 거리가 70㎞ 정도나 돼서 만만치가 않았다. 소이와 나는 헉헉거리며 겨우 목적지에 닿을 수 있었다. 무사히 선암사에 도착해 식당에서 산채비빔밥을 먹었다. 꿀맛도 그런 꿀맛이 없다. 돌아오는 길은 올라갈 때보다는 수월해서인지 그제야 아름다운 초여름의 상사호길이 눈에 들어왔다.

온통 초록으로 가득한 나뭇잎들 사이로 하늘빛을 가득 담은 호수가 햇살에 반사되어 빛나고 있다. 이른 새벽 몽환적인 물안개로 모습을 감춰두었던 호수의 모습이 신비롭고 수줍은 소녀처럼 느껴졌다면, 지금 햇살에 빛나는 호수는 화려한 오페라 무대의 주인공처럼 보였다.

새벽에 수영장만 다니느라 몰랐는데 호수는 이렇게 아침마다 수줍은 소녀가 되었다가 화려한 오페라 가수로 변신을 거듭하고 있었다. 너무 바쁘게 사느라고 그동안 나는 정말 세상의 아름다운 많은 것들을 놓치고 살았다는 생각이 들었다. 얼마 뒤 숙영이도 합류했다.

바다수영

수영장 내에는 여러 동아리가 있다. 바다수영도 그중 하나다. 그들은 매주 토요일 여수에 있는 트라이에슬런 경기장으로 수영을 하러 갔다. 언젠가부터 고급반에서 꾸준히 수영을 하는 내게 주말에는 뭐하냐며 바다수영을 권하는 사람들이 생겼다. 실내수영만 하느라 바다수영은 수영 강사가 이끌어서 가는 행사가 아니면, 참석한 적도 관심도 없었다. 그런데 보는 사람마다 자꾸 권하니 예의상이라도 얼굴은 한번 비쳐야겠다 싶었다.

그런데 그날. 실내수영장에서는 느낄 수 없었던 자유로움과 푸르른 바다 위로 쏟아지는 햇살의 아름다움, 일렁이는 파도를 뚫고 목적한 곳을 향해 헤엄치는 즐거움에 푹 빠져버리고 말았다. 이후 나는 정예 멤버가 되었다. 특별한 일이 없으면 매주 토요일마다 바다수영을 나갔다.

마라톤 대회

내가 처음 마라톤에 도전한 것은 섬진강 10㎞ 마라톤 대회였다. 지인들이 참석한다며 함께 가보자고 해서 며칠 전부터 연습했다. 봄이 움트는 3월. 매화꽃길을 달려볼 생각에 들떴다. 출발 직전엔 어린 시절 운동회에서 달리기를 하기 위해 출발선에 서 있는 것처럼 가슴이 콩닥거렸다. 출발 신호와 함께 수백 명의 사람이 앞으로 뛰어나갔다.

나도 그들 틈에 섞여 가벼운 발걸음을 내디뎠다. 수영을 오래 해서 폐활량이 좋아진 건지 연습을 하고 가서인지는 모르겠지만 난 별로 지치지 않고 계속 달릴 수 있었다. 처음 나간 대회라 그냥 무작정 달리기만 했는데 목표한 시간 안에 들어왔다. 무척 기뻤다.

다음 해에는 수영장에서 만난 철인클럽의 소리와 소이랑 섬진강 마라톤 하프코스에 도전했다. 하지만 마라톤은 빨리 달리는 것보다 끝까지 달리는데 의미가 있다는 것을 나는 간과하고 있었다. 남이 빨리 달린다고 함께 뛰어가다 보면 자신의 속도를 넘어서게 되고, 그 뒤에는 반드시 후유증이 따라오는 것이 정해진 이치다. 나는 남들 따라 빨리 달리다 보니 내 몸의 약한 부분들이 그만하라고 아우성을 친다. 그래도 통증을 참고 걷다 뛰다를 반복하다 보니 저 앞에 골라인이 보였다. 거의 3시간이 다 되어서야 도착했는데 나를 보고 진행자와 카메라맨이 달려와 풀코스 참가 선수냐고 물었다. 풀코스 여성 선수라면 내가 1등으로 들어온 것이라며 자기들끼리 들떠있었다. 그 모습을 보고 가쁜 숨을 진정시키지도 못한 채 하프코스라고 바로 말해주었다. 매우 민망했다.

고단한 다리를 끌고 그늘로 갔다. 다리를 풀고 도시락을 먹으며 쉬다 보니 통증도 사라지고 괜찮아졌지만 마라톤의 묘미를 즐기지 못하고 욕심을 부린 것이 후회스러웠다. 그러나 아직 내 몸에 에너지가 남아 있어 근처에 있는 비행팀들과 연락해 이륙장으로 향했다.

마라톤만으로도 힘들 텐데 또 비행을 하러 간다고 하니 친구들이 만류했지만, 그냥 집으로 돌아가기에는 많이 아쉬웠다. 구례로 가니 비행팀들이 1차 비행을 하고 점심을 먹고 있었다. 갑자기 내가 나타나자 마라톤 간다더니 웬일이냐며 반긴다. 하프코스 뛰고 왔다고 하자 나를 미친 사람 보듯 바라보았다.

"지금 하프를 뛰고 와서 또 비행을 하겠다는 거예요?"
"네. 저도 같이 올라갈래요."
"컨디션이 바닥일 텐데 이런 날은 비행을 쉬는 게 나아요. 괜히 무리하지 말고."

허벅지와 종아리가 얼얼한 건 사실이었지만 비행하는 데는 아무 문제가 없을 것 같았다. 날씨도 화창했고 바람도 적당했다. 비행하기 딱 좋은 날씨였다. 그런 하늘만 쳐다보고 있기엔 너무 억울한 날이었다. 그렇게 사람들과 함께 이륙해 한 시간 남짓 하늘을 오가며 착륙하니 답답했던 마음이 역시나 홀가분해졌다. 역시 마라톤보다는 비행이 나를 더 즐겁고 설레게 했다. 그 후론 마라톤 대회에 참가하지 않았다.

철인삼종경기

클라임 대회를 마치고 소이, 수정, 숙영과 함께

유유상종이라는 말이 있듯 비슷한 사람들끼리는 자주 만나게 되는
것 같다. 철인클럽에 속해있는 여인들과 마라톤까지 우르르 나가다 보
니 나도 자연스럽게 철인삼종 경기에도 출전하게 되었다.

철인삼종 경기는 수영 3.8㎞, 사이클 180㎞, 마라톤 42.195㎞의 세
종목을 한꺼번에 겨루는 경기다. 우리가 참가한 경기는 수영 1.5㎞. 사
이클 40㎞. 마라톤 10㎞를 달리는 올림픽 코스였다. 전날 함께 참가하
기로 한 소이, 소리와 함께 대회 등록을 하고 등 번호판과 기념품 등을
받은 후 코스를 미리 둘러봤다. 처음 출전하는 나를 위해 두 여인은 주
의할 점을 미리 알려 주었다.

수영할 때는 두 바퀴를 돌아야 하니 코스를 이탈하지 마라, 자전거가
출발할 때는 시간 단축을 위해 달려가는 중 슈트를 벗어라, 양말과 신

발을 신고 장갑이나 고글 등을 착용할 때는 최대한 시간을 단축해야 한다. 자전거를 탈 때 속도를 올려놔야 달리기가 좀 늦더라도 기록을 단축할 수 있다. 마라톤을 할 때는 너무 속도를 내다보면 일찍 지치니 초반에 속도를 내기보다는 몸을 푼다는 마음으로 달리는 게 좋다. 등등 중요한 것들을 알려주었다.

봄에 마라톤 연습을 하다가 다친 골반이 조금 걱정도 됐다, 하지만 몇 달 지났으니 괜찮겠지. 하며 다음날 여수로 향했다. 하지만 경기가 시작되자마자 나는 바로 알게 되었다. 그날 내 몸 상태가 극한의 운동을 할 수 있는 여력이 안 된다는 것을. 초보 비행자 시절 다쳤던 발목과 마라톤 때 다친 골반과 산행을 하면서 얻게 된 무릎 통증까지 겹쳐왔다. 하지만 결국 완주했다.

물론 나 자신을 넘어서는 극한의 스포츠를 해낸다는 것은 무척 매력적인 일이다. 하지만 몸이 따라주지 않는 상태에서 계속 도전한다는 건 무모한 행동이다. 그럼에도 중요한 건 난 이런 류의 스포츠가 이상하게 즐겁지 않다는 것이다. 한 번 정도 젊은 날이 다 가기 전이니, 나의 한계를 시험해 보고 싶은 욕구는 있었다. 하지만 내 몸을 상하게 만드는 일을 지속적으로 반복해서는 안 되겠다는 생각에 철인삼종은 그 한번으로 족해야 했다. 마라톤 대회를 마치던 날과 마찬가지로 철인삼종 대회를 마친 날도 난 근처에 있는 비행인들에게 갔다.

스키, 스노우보드

처음 스키를 접한 것은 20대 초반 남편과 연애하던 시절이었다. 남편 회사에서 직원복지를 위해 무주리조트의 숙박시설을 이용할 수 있게 해주었다. 지인 몇 사람과 스키장에 간다며 나도 데려가 주었다. 스키샵에서 옷과 신발 그리고 스키 장비를 빌려 무작정 리프트를 타고 정상으로 올라갔다. 지금 생각해 보면 남편 본인도 몇 번 안 타본 것 같다. 그런데 내게 스키를 가르쳐 주며 폴대로 밀어 앞으로 나가는 법, 내려갈 때는 11자로, 멈출 때는 A자로 스키 모양을 만들면 된다고 했다.

그러고는 바로 초보자 코스를 내려갔다. 몇 번을 넘어지고 미끄러지며 한번 내려왔다. 재미있었다. 허벅지도 아프고, 자세는 엉성했지만 몇 번 타보니 금세 넘어지는 횟수도 줄고 탈 만하다는 생각도 들었다. 눈 내리는 덕유산 정상까지 곤돌라를 타고 올라가 핫도그를 사 먹는 것도 재미있었다. 그거 맛있었다.

중앙에 피워놓은 장작불에 젖은 장갑을 말리며 몸을 녹이는 것과 처음 본 사람들 속에 섞여 삼겹살 파티를 하고 낯선 장소에서 새해를 맞이하는 것도 색다른 경험이었다. 그렇게 처음 스키를 접했다.

결혼 후, 아이들이 조금 자라자 우리 네 사람은 그렇게 종종 스키를 즐겼다. 마흔이 넘어서야 보드를 배우고 싶어 보드동아리에도 가입하고 시즌권을 끊어 거의 매주 무주로 가서 동호인들에게 보드를 배웠다. 그렇게 바람이 세서 비행이 어려운 겨울에는 보드를 타며 시간을 보냈다. 두 시즌 정도를 타고나니 상급자 코스도 자연스럽게 다닐 수 있었다.

윈드서핑과 수상스키

바람이 세서 비행도 못 하고, 겨울이 아니라 보드도 못 타게 되는 날이면 할 만한 것이 없는지 찾아보았다. 그러다 바닷가에서 윈드서핑을 하고 있는 사람들을 보게 되었다. 저거다. 바람을 이용해서 할 수 있는 레포츠. 물을 좋아하는 나로서는 물 위에서 할 수 있는 취미활동에 저절로 관심이 갈 수밖에 없었던 것 같다. 함께 여성 단체 활동을 하는 이세영 선생님과 취미에 대해 이야기하던 중 내가 윈드서핑에 관심이 많다고 하자, 자기 친구 중에 윈드서핑 잘하는 친구가 있다며 연결해주었다.

내가 사용한 윈드서핑은 초보자도 사용할 수 있도록 제작된 작은 사이즈의 보드였다. 보드 위에 올라서서 중심을 잡으려는데, 처음 몇 번은 세일을 들어 올리려고만 하면 물속으로 빠져버렸다. 그렇게 몇 번 빠지다 보니 자연스레 요령이 생겼다. 발바닥을 힘을 주고 몸을 살짝 뒤로 빼면서 세일을 세웠다. 드디어 중심을 잡고 설 수 있게 되었다. 세일을 앞뒤로 움직여 바람 부는 방향을 바라보고 서자 보드가 안정적으로 움직이기 시작했다. 그 모습을 본 선생님은 이제 혼자 해 보라며 자기 보드로 가버렸다. 그때부터는 혼자 바람과의 사투를 벌였다.

천천히 바람에 몸을 맡기자 흔들리고 무너지던 돛이 평온을 되찾았다. 미끄러지듯 바다 쪽으로 나아간다. 너무 멀리 왔다 싶어 다시 요트장으로 돌아오기 위해 방향을 바꾸는데 또 중심을 잃고 바다에 빠져버렸다. 하도 힘을 주어서인지 팔과 다리가 얼얼했다. 하지만 바다 위를 가르고 나아가는 일이 너무 재미있어 다시 보드 위로 올라와 세일링을 시작했다. 바다로 나가는 것보다 뭍으로 돌아오는 것이 좀 더 어려웠다. 바람 방향이 뭍에서 바다 쪽으로 불었기 때문이다. 맞바람을 이용하는 요령이 없어 쉽지만은 않았지만 끝내 요트장으로 돌아왔다.

바다에서 즐길 수 있는 레포츠들이 많이 있다. 서핑보드와 제트스키와 스쿠버 다이빙은 여행 가서 체험 삼아 한두 번씩 해 보았지만 수상스키를 배울 기회가 찾아왔다. 여수 MBC의 시청자 위원으로 4년간 활동하면서 알게 된 분 중 자신의 요트를 가지고 있는 분이 있었다. 그분이 어느 날 위원들을 모두 초대하여 선상 파티를 열어주셨다. 요트는 제법 큰 규모였고, 실내에 침대와 쇼파 그리고 노래방 기계에 주방까지 완비되어 있어 집으로 사용해도 될 것 같았다.

밤이 되자 밤바다로 물살을 가르며 나아갔다. 늘 뭍에서 바다를 바라만 봤는데, 바다에서 요트를 타고 여수를 바라보니 더욱 아름다워 보였다. 해변에 늘어선 건물. 다리에서 쏘아 올린 조명. 그리고 밤하늘에 떠 있는 달빛이 어우러졌다. 초청받아왔다는 명창 가수의 뱃노래가 철썩 거리는 파도소리와 절묘하게 하모니를 이루었다. 아, 이렇게 사는 사람 들도 있구나 싶었다.

밤바다를 돌아 선상 투어를 마치고 식당에서 밥을 먹는데 초대를 해 주신 GS 전무님이 수상스키를 탈 줄 아는지 물어보셨다. 한 번도 타본 적 없다고 하자 주말에 시간 내서 오면 수상스키를 가르쳐 주겠다고 했 다. 마침 나 말고도 배우기로 한 사람이 한 명 더 있으니 같이 배우면 좋을 거라고 하셔서 약속한 날에 요트장으로 다시 갔다.

요트를 타고 먼 바다로 나가니 작은 보트가 기다리고 있었다. 먼저 전무님이 시범을 보여주셨다. 출발 전에는 보트 줄 끝에 있는 손잡이를 팔을 쭉 펴서 붙잡고 스키를 신은 두 발을 모아 반절은 물아래에, 반절 은 물 위에 두고 무릎을 구부린 자세로 대기하라했다. 보트가 움직이고 줄이 팽팽해지자 물속에서 대기하고 있던 전무님이 물 밖으로 스르륵 올라오더니 보트를 뒤따라 좌·우를 오가며 스키를 타기 시작했다. 시범 을 마치고 나서는 바로 내게 줄을 잡고 자세를 잡으라 하시더니 스타트 를 외쳤다.

보트가 나아가자 줄이 당겨졌다. 하지만 물 밖으로 나오기도 전에 줄 을 놓치고 물속으로 몇 번 내동댕이쳐지자 생각보다 어려운 일이라는 걸 알게 되었다. 그렇게 대여섯 번 시도하면서 전무님이 알려준 대로 줄이 당겨질 때 몸을 뒤로 버티니, 자세만 유지했을 뿐인데 몸이 쑤욱 솟아올랐다. 물 밖으로 스키가 올라와 물 위에 서게 되자 몇 십 미터를 버티며 수상스키를 탈 수 있게 되었다. 하지만 조금만 자세가 흐트러지면 바로 물속에 처박히고 말았다. 한 번만 더 해보겠냐는 말에 다시 줄을 잡은 손에 힘을 주며 준비 자세를 잡았다. 스타트 신호와 함께 보트가 줄을 끌고 가자 이번에는 쉽게 물위로 올라올 수 있었다. 보트가 한 바퀴를 돌아 제자리로 돌아올 때까지 물에 빠지지 않고 스키를 탔다. 가르쳐 주시던 분들도 잘했다며 등을 두드려 주셨다.

이후에도 수상스키를 타러 오라 권하셨다. 하지만 함께 배우고 즐길 만한 여성들도 없고 남성들만 가득한 요트장이 부담스러워 안 가게 되었다. 내게 윈드서핑이나 수상스키는 한두 번 경험 삼아 해보는 것은 괜찮지만 계속 실력을 쌓아가며 즐기고 싶은 매력은 없었다.

버킷리스트 함께하기

살아가면서 꼭 해 보고 싶은 일. 버킷리스트를 많은 사람이 가지고 있을 것이다. 나도 해 보고 싶은 일들을 쭉 적어보았는데, 이미 해본 일들도 많았지만 해 보고 싶은 일들도 많았다. 특히 책을 읽으며 보았었던 특별한 일들을 도전해 보고 경험해 보고 싶었다. '내가 지금 알고 있었던 것을 그때도 알았더라면'이라는 류시화의 시집과 니나 게오르게가 쓴 소설 '종이약국'에 보면 주인공들이 알몸으로 바다를 헤엄치는 장면이 나오는데 사실 한국에서 여성이 알몸으로 자유롭게 수영을 한다는 것은 상상조차 하기 어려운 일이다.

하지만 책에서 두 주인공이 달빛 쏟아지는 바닷가에서 사랑을 나누다가 바다로 들어가 자유롭게 헤엄치는 장면을 읽고 나니 무척이나 낭만적이고 아름답게 느껴졌다. 나도 그런 경험을 해 보고 싶다는 생각에 버킷리스트에 그 장면을 적어놓았다.

새해 첫날 새벽 다섯 시경. 소이, 소리와 함께 일출을 보러 산에 올랐다. 깜깜한 산을 오르며 이 얘기 저 얘기를 나누던 중 버킷리스트에 대해 이야기를 나눴다. 새해에 꼭 해 보고 싶은 일이 있는지 하나씩 이야기해 보고 그 일들을 함께 해 보자며 시작한 얘기였다.

나는 책에서 읽었던 장면을 이야기해주며 알몸수영을 함께 해 보자고 했다. 처음에는 부정적인 반응을 보이던 그녀들도 내가 점차 구체적으로 소설 내용을 이야기를 하자 결국 그 일을 실행하기로 했다. 누가 보면 어떻게 하나. 위험하지는 않을까. 언제쯤으로 할까. 준비할 것은 무엇이 있을까 이야기를 나눴다. 그날 이후 만날 때마다 계획을 실행하기 위한 대화를 나눴다. 자주 어울렸던 숙영이까지 계획에 동참하기로 했다.

바다 수온이 따뜻해진 6월의 어느 날, 퇴근 후에 만나 여수 트라이애슬런 경기장에 갔다. 왠지 낭만적인 것 같아 달이 뜨는 시간에 물에 들어가기로 했다. 하지만 막상 당일이 되었는데 숙영이는 직장에서 회의가 잡혀 제시간에 퇴근할 수 없는 상황이 되어버렸다. 모든 준비를 마친 세 사람은 다음 달 보름까지 기다릴 수 없어 그냥 진행하기로 했다.

우리의 계획은 이러했다. 일단 바닷가에 텐트를 쳐놓고 수영복 차림으로 물에 들어간 후 물속에서 수영복을 벗어 안전하게 부이에 묶어놓고 그냥 달빛 더불어 알몸수영. 간단하게 저녁을 먹고 여수로 향했다. 경기장에 도착하니 낚시꾼 몇 사람이 낚시를 하고 있었다. 밤하늘에는 보름달이 두둥실 떠올라 있다. 우리가 물에 들어가기에 모든 것이 적당했다. 텐트를 치고 안에서 수영복으로 갈아입은 뒤, 세 사람은 안전 부이를 각자 하나씩 들고 바다 속으로 뛰어들었다. 낚시하는 사람들의 시선에서 벗어나고자 좀 더 깊은 바다로 들어갔다.

태어나서 그런 경험은 처음이었다. 파도는 살을 간지럽히는듯하기도 하고 안아주는 것 같기도 했다. 저 멀리 오가는 차량과 건물의 모든 불빛은 마치 우리와 아무 상관없는 딴 세상의 일이었다. 달빛은 은은하게 우리 위로 내려와 살을 어루만져준다. 물 위에 드러누워 파도에 몸을 맡겼다. 그 환한 달빛을 온전히 누리니 눈물이 날만큼 자유롭고 행복해졌다. 너무 자유로웠다. 기분이 좋아 물장구를 치고 깔깔거리는데 멀리서 누군가가 우리를 향해 소리를 친다. 우리가 물에 빠진 것으로 알고 괜찮은 거냐고 묻는 것 같았다. 그래도 우린 즐겁게 헤엄치며 놀았다. 그런데 얼마 안 돼 멀리서 경찰차 사이렌 소리가 들린다.

"어떻게 해. 아까 그 사람이 신고했나 봐."
"큰일 났다. 빨리 나가자."
"달려! 달려!"

우린 정말 빛의 속도로 텐트를 향해 헤엄쳐 왔다. 정신도 없이 물 밖으로 나왔다. 경찰차가 서는 것이 보였다. 경찰 두 사람이 우리를 향해 걸어온다. 우린 쏜살같이 텐트 안으로 뛰어 들어가 속옷은 걸칠 겨를도 없이 대충 치마와 겉옷에 몸을 끼워 넣고 있었다. 그사이 우리 텐트까지 온 경찰들은 텐트를 두드리며 밖으로 나오라고 한다. 잠깐만요.를 외치며 겨우 옷을 입고는 하나둘 텐트 밖으로 나갔다. 경찰들은 황당한 표정이었다. 그리고 우리의 신상을 물었다.

"신고 받고 왔습니다. 밤에 바다에 들어가면 어떻게 합니까? 성함과 주민등록번호."

"여긴 트라이에슬런 경기장이잖아요. 우리 경기가 있어 연습하러 왔어요."

"아, 그러니까 성함과 주민번호 불러주시라고요."

"여기 표지판에 낚시금지는 써 있지만, 야간 수영 금지는 써 있지 않잖아요. 저희가 뭐 잘못한 게 있나요?"

"일단 신고가 접수되었으니 저희는 신상을 조사해야 합니다. 어서 불러주세요."

어쩔 수 없이 이름과 주민번호를 불러주자 경찰은 위험하니 수영하지 말고 귀가하라고 했다. 주섬주섬 짐을 챙겨 차로 돌아오는데 그 모든 상황이 너무 웃겼다. 혹시라도 경범죄로 처벌받는 것은 아닌지, 신상 털려 무슨 문제가 되는 것은 아닌지 걱정되기도 했다. 하지만 경찰이 나타나자 알몸으로 물 밖으로 뛰쳐나가 텐트로 뛰어들던 그 장면은 진짜 너무 웃겼다.

"난 소이 언니가 그렇게 빨리 수영하는 거 진짜 처음 봤어."

"맞아, 소이야. 너 진짜 빠르더라. 그동안 수영 실력을 숨기고 있었나 봐."

"야, 경찰이 왔는데 그렇게 벗고 있는 거 들키면 어떻게 해. 빨리 나가서 옷을 입어야겠다는 생각밖에 안 드니까 정신없이 달렸지."

"근데 소이 언니. 난 언니가 앞에서 수영해서 가는데 둥그런 언니 엉덩이가 달빛에 빛나서 너무 탐스럽더라. 난 그 순간 언니 엉덩이가 동그랗게 왔다 갔다 하는 장면을 절대 못 잊을 것 같단 생각을 했어."

"나도 나도. 달빛에 비친 소이 네 모습이 진짜 역동적이고 예쁘더라."

"푸하하, 오늘 내가 그렇게 빛났어?"

"우리 아마 오늘일 평생 못 잊을 것 같아. 숙영 언니가 같이 있었어야 했는데. 이 기막힌 경험을 우리만 한 게 아쉽다."

"아냐, 숙영이는 공무원인데 이거 잘못돼서 품위손상으로 징계받으면 어떻게 해. 안 오길 다행이야."

"맞다. 내일 숙영이한테 얘기해주자. 진짜 넘 웃기다."

다음날 새벽에 수영장에서 숙영이에게 어제 있었던 얘기를 해 주었다. 함께 웃어대던 숙영이는 자기도 함께하지 못한 그 순간을 너무도 아쉬워했다. 징계고 뭐고, 그 추억에 자기만 빠졌다고 다시 계획을 잡아보자고 했다.

난 또다시 사람들은 없고 달빛이 아름답게 빛나는, 조용하면서도 안전한 바닷가를 알아봐야 했다. 고흥에 살고 있는 친구 성순이가 진지도를 추천해 준다. 고려 말, 수군 만호가 이곳에 진지를 구축했다고 해서 진지도라 불린다고 했다. 섬에서 가장 높은 곳이 43m, 나지막하고 작은 섬이다. 총 3~4가구밖에 살지 않지만 펜션과 모 법무법인 연수원이 있어 잘 가꾸어진 아주 아늑한 곳이라고 했다.

  하여, 우린 진지도에 갔다. 이번에는 라경언니도 함께였다. 한여름의
태양에 하루 종일 데워진 바다는 미지근한 온도였다. 좀 더 깊은 곳으
로 들어가니 그나마 조금 시원해졌다. 처음에는 무섭다며 들어가기를
꺼려하던 라경 언니도 모두 성큼성큼 바다로 들어가 혼자가 되자 혼자
가 더 무섭다며 뒤따라 물속으로 들어왔다.
  발이 땅에 닿지 않는 곳까지 한참을 걸어 들어가 안전 부이를 중심으
로 모였다. 어느새 주변은 깜깜해졌고 별들도 하나둘 뜨더니 이내 둥근
보름달이 떠올랐다. 입고 있던 수영복을 벗어 안전 부이에 묶어두고.
우린 제각각 자유롭게 물속을 헤엄쳐 다니며 하늘을 향해 드러눕기도
하며 그 자유를 만끽했다.

  지난번과는 달리 주위가 온통 깜깜해 더욱 달과 별이 가깝게 느껴졌
다. 우린 물고기들처럼 맨살로 바다와 만났고 그 달빛을 온전히 누렸
다. 물속에서 이런저런 얘기들을 나누다 갑자기 긴 침묵이 이어졌다.
모두 그저 침묵 속에서 자연의 품에 안겨있을 뿐 그 어떤 말도 필요 없
어지는 순간이 찾아온 것이다. 이른바 각성이다. 한참을 우린 그렇게
물 위에 달처럼 떠있었다.

  다음날 진지도를 떠나며 모두 다음에 꼭 다시 오기로 했지만, 버킷리
스트는 그렇게 한 번만으로도 족했다. 자주 할 수 없으니 버킷리스트인
것이고, 그렇게 끝났으니 잊을 수 없는 추억으로 남게 되는 것이리라.
  그리고 보니 내 사십 대의 즐거운 추억은 수영장에서 만난 친구들과

대부분 함께 만들어 가고 있었다. 사회적 지위와 상관없이 그저 같은 취미를 가지고 만나는 사람들이라 좋은 친구가 될 수 있었던 것 같다. 그렇게 많은 사적인 추억을 공유한 이들이기에 내가 다치고 나서도 뭐든지 함께 하려 애쓰며 나의 회복을 같이 기뻐해 줄 수 있는 것이겠지. 다시 예전처럼 함께 어울려 산에도 가고, 자전거도 타고, 마라톤이나 보드를 탈 수 있었으면 좋겠다. 앞으로도 그녀들은 항상 내 곁에 있을 것이다.

제5부

아, 살아있으니
참 좋다

2021. 2. 7. 29개월 재활 3년차
숙녀용 자전거 타기 도전

　그냥 혼자서라도 벚꽃이 피어있는 길을 천천히 달릴 수 있으면 좋을 것 같아 숙녀용 자전거를 주문했다. 로드용 자전거는 허리를 숙여 타야 하는 데다 높았다. 지금 상태로는 타는 게 불가능하다. 하지만 높이가 높지 않은 숙녀용 자전거는 다리만 뻗으면 넘어지진 않을 테니 탈 수 있을 것 같았다.

　며칠 후, 자전거가 도착했다. 높이도 적당하고 무겁지 않은 데다 접을 수도 있어 아주 마음에 들었다. 남편이 자전거를 조립해 주었다. 날이 따뜻해 자전거 타기 좋은 날이라며, 그이는 조그마한 시골 운동장으로 나를 데려가 주었다.

처음 자전거를 배우던 어린 시절처럼 자전거에 올라앉자 남편이 뒤에서 붙잡아 준다. 그리고 몸으로 배운 자전거 타기나 수영은 시간이 지나도 잊어버리지 않고 몸이 기억한다고 했다. 그 말에 용감히 발을 굴렸지만 쉽지가 않다. 페달을 밟는데 왼쪽발이 못 버티고 페달 아래로 툭 떨어져 버린다. 작년부터 거의 매일 자전거 타기 운동을 했는데 혼자서 1m 도 못 간다. 참, 어이가 없었다.

집에서 미리 준비해 간 찍찍이를 페달에 연결해 발이 떨어지지 않도록 묶어두고 다시 시도해 보았다. 남편이 잡아주고 밀어주니, 조금씩 페달이 굴러가기 시작했다. 운동장을 한 바퀴 돌며 중심을 잡아보려고 애를 쓰는데도 자꾸 몸은 왼쪽으로 넘어지려고 했다. 나중에는 엉덩이가 너무 아파 탈 수도 없었다.

그날은 그냥 남편 팔짱을 끼고 지팡이를 짚으며 걷다 돌아왔다. 다음 날 아침, 다시 자전거 타기에 도전했다. 전날 갔던 운동장은 흙길이어서 잘 타지 못했나 싶어 아스팔트인 회랑 길로 가보았다. 뒤에서 남편이 붙잡고 있는데도 여전히 자전거는 자꾸 왼쪽으로 기울었다. 혼자 힘으로는 한두 바퀴 이상 굴리는 게 불가능했다. 그제야 깨달았다. 아직 자전거를 혼자 탈만큼 내 몸 상태가 좋아지지 않았다는 것을.

자전거로 벚꽃 핀 길을 달리는 일은 내년으로 미뤄야 하는구나. 그래 일 년. 또 열심히 하다 보면 내년 벚꽃 길은 혼자서도 달릴 수 있을 것이다. 난 그렇게 욕심을 내려놓고 자전거를 내 방 침대 옆에 세워두었다. 그 자전거를 매일 보면서 희망의 끈을 놓지 않으려고. 노력하다 보면 가능해지는 날이 올 것이라 믿는다.

며칠 후, 남편과 함께 보성 녹차밭으로 향했다. 코로나로 실버 어르신들이 위험해질까 사람들과의 만남도 자제하며 마스크를 쓴 채로 산 지 1년이 넘었다. 많이도 답답했다. 한겨울에 푸르른 곳을 생각하자니 녹차 밭이 떠올랐다. 순천에 사는 장점은 어디든 1시간 정도 차로 가면 아름다운 곳이 너무도 많다는 것이다.

드라이브 삼아 녹차 밭에 도착하니 생각보다 사람이 많았다. 최대한 사람들과 접촉하지 않으려 조심하며 남편 팔짱을 끼고, 지팡이 하나에 의지한 채 삼나무 길로 들어섰다. 키 큰 삼나무들이 내려다보는 흙길을 한발 한발 걸으며 초록으로 가득한 녹차 밭을 걷다 보니 눈마저 시원해지는 느낌이었다. 장애등급이 있으니 입장료는 절반만 내고 장애인 주차장을 이용할 수도 있었다. 그게 은근히 편리했다.

예전과 달리 사람들의 인식도 많이 개선되어 장애가 있는 사람을 배려하고 양보하는 모습이 너무도 당연한 문화가 되어가고 있는 것 같아 감사했다. 물론 아직도 불편한 부분이 많긴 하지만, 대부분의 사람이 보여주는 배려의 모습은 참 아름다웠다.

녹차 밭에 앉아 있으니 남편과 단둘이 왔던 날이 언제였는지 기억나지 않을 정도로 까마득했다. 아이들이 어렸을 때, 넷이 와서 아이들을 하나씩 안고 사진을 찍었었다. 너무나도 행복했던 순간이었다.

그 아이들은 이제 모두 성인이 되어 자신들의 세계로 떠나갔고, 우리가 사진 찍었던 딱 그 자리에. 아이를 데리고 온 젊은 부부가 사진을 찍고 있다. 젊은 날엔 젊음을 모르고 사랑할 땐 사랑을 몰랐다던 유행가의 가사처럼. 우리의 젊고 사랑했던 시절들이 어느새 저만치 떠나가고 있는 것 같아 아쉬웠다.

돌아오는 길엔 주월산에 들렀다. 내가 첫 비행을 했던 곳이다. 수없이 많은 날 이곳에 올라 릿지(능선) 타는 법을 배우고, 열을 잡는 법을 배웠던 곳. 이곳에서 이륙하여 광양으로, 장흥으로, 구례로 날아갔고, 매해 정밀 착지대회며, 리그전 대회를 치뤘던 곳. 그래서 이곳은 내겐 너무나 익숙한 곳이다. 패러글라이딩 이륙장이라고 써 있는 표지목. 그 위에 올라앉아 추억에 잠겨있는데 남편이 사진을 찍어주었다. 내 표정이 침울해 보였던지 남편이 말했다.

"올해만 열심히 운동하면 내년에는 다시 날 수 있을 거야."
"아직도 이렇게 못 걷는데 어떻게 날아."
"요즘 한 발씩은 지팡이 없이도 잘 걷잖아. 부장님도 올해 말에는 걸을 수 있다고 했다며. 내년이면 분명 날 수 있을 거야."
"진짜 그랬으면 좋겠다. 날지는 못해도 걷기라도 제대로 했으면 좋겠어."
"아직 3년도 안 됐는데 너무 욕심부리지 마. 천천히 하다 보면 다 잘될 거야."
"다시 걷게 되어도 비행은 안 할래."
"왜?"
"비행하다 또 다치면 어쩌려고. 이젠 너무 무서워. 비행 안 할 거야."

"지금은 그래도 잘 걸으면 생각이 바뀔걸? 자유롭게 훨훨 날아야 형근혜지."

그렇게 말해주는 그이가 고마웠다. 그날 말은 그렇게 했어도, 나는 지금도 꿈을 꾸면 늘 하늘을 날고 있다. 무섭다고 말하지만 매일 다시 날고 있는 꿈을 꾼다. 그런 말을 한 번도 하지 않았었다. 그런데 이륙장에 앉아있는 침울한 내 표정에서 남편은 내 마음을 읽어버린 모양이다. 추억이 가득한 이륙장에 앉아있으니 속이 뻥 뚫린 듯 기분이 좋아졌다. 그래. 이젠 나는 자전거도 못 타고, 날지도 못한다. 하지만 재활이란 것. 내년에는 더 좋아질 것이다. 안 되면 또 해 보고 그래도 안 되면 뭐, 그 다음 해에 또 해 보면 되지. 아직 꿈을 포기하기에 내 의지는 너무 젊다.

2021. 3. 15. 30개월차
다시 시작된 통증과의 싸움

추위가 물러가니 매화와 산수유가 피기 시작했다. 겨우내 웅크리고 있던 봄꽃들이 피어나면서 주말이면 꽃을 보며 운동하러 자주 밖으로 나간다. 남편은 산수유 꽃을 보기 위해 작년과 마찬가지로 구례에도 동행해 주었고, 선암사의 홍매화를 맞이하는데도 같이 가 주었다. 요양시설평가를 준비하느라 걷기운동을 게을리해서인지 오랜만의 걷기운동에 1주일도 못가 허리 통증이 밀려왔다.

항상 오른쪽 허리가 문제다. 왼쪽 다리에 힘이 없으니 오른쪽 다리와 두 손을 많이 의지하게 된다. 그 상태가 지속되면서 손목과 우측 허리에 과부하가 온 것이다. 작년 11월에도 허리 통증으로 많이 아파 결국 허리에 스테로이드 주사를 맞았다. 이번에도 그 아픈 주사를 또 맞아야 되나 겁이 났다. 이번엔 통증이 시작되자마자 바로 걷기운동을 멈추고 특수치료 선생님께 상황을 설명했다.

지난 2월 중순에 2년 동안 치료를 해주시던 박병선 부장님이 같은 재단 병원인 브레인 재활병원으로 자리를 옮겨 가셔서 조현석 선생님이 치료를 해주고 있다. 조현석 선생님은 물리치료 7년 차의 베테랑 선생님이라 내 몸의 상태를 금방 파악하셨고, 부장님이 했던 치료와는 조금은 비슷하고 조금은 다르게 운동을 시키셨다. 조 선생님은 몸을 풀어주는 것부터 시작한다.

부장님과 다른 점은 왼쪽 다리운동을 중심으로 한다는 것이다. 부장님의 방식은 일정 기간 매번 똑같은 운동을 진행하다 새로운 동작이 하나씩 추가되었는데, 현석 선생님은 매일 똑같은 동작을 하면서도 서너 개 정도 다른 동작으로 변경한다. 그리고 좀 더 어려운 동작으로 진행해 나갔다. 부장님은 부장님대로, 현석 선생님은 현석 선생님대로 장·단점이 있지만 두 분 모두 최선을 다하고 환자를 위해 섬세하게 반응하는 모습은 내게 늘 감동을 준다.

허리 통증이 시작되자 현석 선생님은 나를 엎드린 자세로 두고 허리를 눌러 아픈 자리를 찾아 계속 풀어주셨다. 일주일 동안 심한 운동은 하지 않고 거의 허리풀기만 했다. 다행히 2주 정도 지나니 다시 운동을 조금씩 해도 통증이 심하지 않았다. 선생님은 걷기 운동할 때 조금만 통증이 느껴져도 쉬라고 계속 신신당부를 하셨다.

요즘은 시설평가 기간이라 걷기운동을 많이 할 수 없었다. 다만, 다시 운동을 시작하는 건데도 매일 욕심을 내며 걸었던 게 화근인 것 같다. 통증이 조금 가라앉자 다시 걷기를 시작했다. 처음엔 거의 벤치만 보이면 계속 쉬면서 2시간 넘게 걸려 호수공원 한 바퀴를 돌았다. 다시 아플까 봐, 통증이 지겨웠다. 정말 조심조심하며 걷고 쉬는 중에도 벤치 등받이에서 허리를 계속 펴는 동작을 해서 무리가 되지 않도록 풀어 주었다.

다행히 주사를 맞지 않고도 통증이 가라앉았지만 매일 운동을 한 후에는 허리와 다리를 풀어줄 안마의자가 있으면 좋겠다는 생각이 들었다. 남편이 자주 다리를 주물러 주긴 했지만, 허리를 풀어주거나 몸이 틀어지는 것을 막을 수는 없기에 체형관리실 원장님께 물어봤다. 원장님은 수술환자도 안마의자를 사용하는 게 좋다고 하셨다. 다만 너무 저렴한 거 말고 괜찮은 안마의자를 구입하라고 조언해 주셨다.

안마의자가 도착했다. 확실히 운동을 하고 집에 돌아와 20분 안마를 다른 버전으로 두 번 정도 받고 나면 아팠던 허리도 많이 편안해지는 것을 느낄 수 있었다. 매일 앉아서 내게 안마를 해주고 몸을 풀어주느라 많은 시간 고생하던 남편도 무척 좋아했다.

통증은 끊임없이 나를 찾아오고 심해지면 운동을 할 수도 없어 주춤거리게 되지만, 통증을 잘 다스려가면서 적절한 운동량을 찾아내는 것은 매우 중요한 것 같다. 통증이 있다고 아예 운동을 멈출 수는 없다.

허리가 아프면 중력을 받지 않고 할 수 있는 운동 동작을 찾아 다리근육이 빠지지 않도록 제자리에서 할 수 있는 동작들을 반복했다. 그리고 물속에서는 통증이 덜하기에 물속에서 오래 걷고 일상에서 허리를 풀어줄 수 있는 스트레칭을 꾸준히 반복했다. 그러다 보니 어느새 아픈 부위가 더 강해져 있음을 느낄 수 있게 된다.

물론 통증은 끝나지 않을 것이다. 어차피 통증은 내 삶에서 떼려야 뗄 수 없는 녀석이 되어버렸다. 아픈 재미로 산다고 말씀하신 강단 있으셨던 어르신이 떠오른다. 진통제를 하루 두 번씩 꾸준히 먹어도 통증은 사라지지 않고 겨우 견딜 수 있을 만큼 유지될 뿐이다. 견딜 수 없는 통증이 지속되지 않는 것만으로도 감사하며 그 통증들을 난 이제 안고 가야 하는 것이다.

희망스러운 점은 몸이 좋아질수록 통증의 강도도 낮아진다는 것이다. 처음 다쳤을 때는 모르핀으로도 감당 못 할 만큼 강한 통증이었었다. 하루 4번 통증약을 먹어도 극심한 고통에 자다 깨서 이를 악물고 견뎌야 했었던 날들도 많았다. 하지만 지금은 하루 2번 복용만으로도 견딜 수 있게 되었다. 끊임없이 저린 느낌은 계속 이어지고 있지만 발이 저린다고 사람이 죽나. 그 저림을 견디며 난 내 일상을 살아낸다.

극심한 고통과 움직일 수 없는 내 몸을 보며 차라리 죽어버렸으면 좋겠다는 생각이 들던 초기와는 달리, 이제는 그저 그런 일상이 되어버린 통증도 내 삶의 일부로 받아들일 수 있게 되었다. 아프면 진통제 먹고, 체형관리실 가서 틀어진 몸도 바로 잡으며, 안마의자와 남편의 도움도 받아 그렇게 통증을 달래가며 살아가고 있다. 이제 그러한 일상을 받아들여야 한다.

2021. 4. 7. 31개월차
지나치게 아름다워 잔인한 봄날들

너무도 빠르게 시간이 흘러간다. 사고 이후 가장 바쁘게 보낸 시간이었던 것 같다. 요양 시설은 3년에 한 번씩 평가인증을 받아야 한다. 올해는 우리 시설이 해당 기관이다. 그 준비를 해야 한다.

특수치료를 해주시는 조현석 선생님과의 치료는 부장님과 할 때 보다 땀도 더 나고, 더 많이 힘들다. 하지만 몇 주 지나니 적응이 되었다. 이젠 치료가 끝나도 헉헉대는 일도 없어졌다. 좀 더 힘들게 만들어주면 좋겠다는 생각까지 들지만 각자 선생님들만의 치료방법이 있는 법이니 존중하고 있다.

조현석 선생님은 얼마 전에 아빠가 되었다 해서 축하해 주었는데 아이가 아파 수술을 했다고 한다. 세상에 나온 지 한 달밖에 안 된 아기가 수술을 받고 또 며칠 만에 탈장 증세가 있어 재수술을 받고 있다고 한다. 건강만큼 중요한 게 없다고 한숨짓는 선생님을 보니 마음이 많이 아팠다.

병원을 오가며 나도 많이 아프고 불편했다. 하지만 이상하게 치료를 받으러 오는 어린아이들을 보면 항상 눈물이 났다. 저 어린아이들이 고통과 함께 살아갈 날들, 그 아이를 돌보느라 힘들 가족들, 그들의 하루

하루들이 느껴져 나도 모르게 슬퍼졌다. 그러나 아이들은 늘 밝게 웃고 천진난만하게 떠들며 하루를 살아간다. 그렇구나, 이런 게 삶이구나.

누구나 힘들고 아픈 구석을 가지고 살아간다. 힘든 중에도 웃을 일이 있고, 꽃은 피어나고… 삶은 이어진다.

나의 아픔도 이젠 일상이 되었다는 것을 느낀다. 2년이 넘어가며 난 예전의 삶으로 돌아갈 수 없을지도 모른다는 생각을 하기 시작했다.

아마도 그즈음부터였을 것이다. 다치기 전의 삶으로 돌아가고 싶은 마음을 조금씩 내려놓기 시작한 때가. 왼쪽 발목이 죽은 듯이 아래로 쳐져서 들려지지 않는 것을 보며 잘 걷게 되더라도 '예쁘게' 걸을 수 없을 것이라는 의학적 결과를 나는 그냥 받아들였다. 걸을 수 있어도 뛸 수는 없을 것이라는 생각. 그 사실이 슬프기도 했지만 슬픔에 나를 담귀 놓고 있을 수만은 없다. 난 이렇게라도 걸을 수 있게 된 것에 감사해야 한다. 지금 상황에서 누릴 수 있는 것들을 포기하지 말자고 스스로 몇 번이나 다짐했다.

3월이 되면서 구례에 산수유가 피었다. 나는 꽃을 보기 위해 시간만 나면 구례로 향했다. 길가의 연노랑 빛으로 피어있는 꽃들을 보며 운전을 하고 가는데 글라이더가 산 너머에 보였다. 어디서 날아온 것인지 모른다. 그래도 너무 반가운 마음에 글라이더를 쫓아갔다. 윈드섹이 보이는 곳으로 가보니 착륙장이었고 반가운 사람들이 보였다. 상욱이가 반가워하며 달려왔다. 그동안의 안부를 물으며 즐거운 시간을 보냈다.

나는 그저 부러워했다. 이전의 나를

집으로 돌아오는데 느껴졌다. 난 더 이상 그들과 함께일 수 없는 사람이 되었다. 비행하는 사람들 사이에서도 난 어울리는 사람이 아니었다. 그들 모두 나를 반겨주었고 건강상태가 어떤지 관심을 가져주었지만, 나는 이제 그들과 함께 있어도 함께할 수 없는 불편한 존재가 되어

버렸다는 것을 인정할 수밖에 없었다. 탠덤을 업으로 삼고 있는 사람들에게 비행하다 다친 사람이 자꾸 와 있으면 고객들에게나 파일럿들에게도 불편할 수 있겠구나 싶어지니 나 좋다고 그들에게 부담을 주는 일은 이제 그만하는 게 나을 것 같았다. 그들 중 누구도 내게 그런 내색은 하지 않았다. 하지만 홀로 돌아오며 스스로에게 다짐했다. 이제는 이전의 부러운 내 삶을 욕심내지 않겠다고.

난 이 책의 마지막을 처음부터 정해놓고 있었다. 다시 예전처럼 건강해져서 글라이더를 타고 멋지게 하늘로 날아오르는 내 모습을 쓰고 싶었다. 하지만 이젠 그런 결말을 만들기 위해 현재의 삶에서 누릴 수 있는 것들을 놓치는 어리석음을 더 이상 하지 않기로 마음먹었다. 그 후로는 구례에 가더라도 멀리서 비행하는 사람들을 바라보기만 할 뿐 그냥 지나쳐 돌아왔다.

벚꽃이 흐드러지게 핀 3월 말. 늘 날아오르던 사성암 가는 길을 차로 달렸다. 벚꽃이 만개해 있는 길을 달려가다 잠시 걸을 수 있는 곳을 찾아보았다. 봄은 늘 신비롭게 세상을 일깨워 늘 내가 살아있음을 감사하게 만들어준다. 왕복 2㎞ 정도 걸으며 섬진강 변에 끝도 없이 이어진 그 벚꽃들을 감상했다.

푸르른 하늘이 꽃들 사이사이로 보인다. 강변에 피어있는 이름 모를 야생화들은 내게 손짓한다. 빠르게 걷고 뛸 때는 보이지 않았던 것들이 여기 나도 있었다고. 왜 눈길 한번 안 주고 갔었냐며 서운해 하는 것 같았다.

그렇구나. 이제 나는 이전의 삶이 아닌 다른 삶으로 걸어가야 하는

구나.란 생각에 이르자 이전에 늘 다니던 문들은 닫혀 지고 새로운 문들이 내 눈 앞에 펼쳐졌다. 예전의 문을 열기 위해 서성이고 있던 내게, 많은 문이 내 앞에서 열어주길 기다리고 있었다.

　천천히 걸어야 보이는 많은 것들. 들려오는 새소리, 물소리, 간간이 불어오던 봄바람이 얼마나 아름다운지 새삼 눈물이 날 만큼 감사한 마음이 밀려왔다. 이렇게 좋은 날이 올 줄도 모르고 죽고만 싶었던 순간들이 떠올라 피식 웃음도 났다. 그땐 혼자라고 생각되어 외롭고 슬픈 생각들만 밀려왔었다. 이제는 더 이상 혼자라도 외롭지도 슬프지도 않다. 혼자 걸을 수 있게 된 것이 얼마나 대단한 축복인지. 남의 도움을 받지 않고도 혼자 밥 먹고, 잠자고, 갈아입고, 씻고, 일할 수 있게 된 것이 얼마나 큰 기적인지. 이전의 내가 몰랐던 것들을 지금의 나는 알 수 있게 되었다.

　이젠 혼자 있는 시간이 더 좋아졌다. 다치기 전엔 알 수 없는 외로움에 늘 사람들과 함께했었다. 이른 새벽 수영장 다녀와 아이들 학교 보낸 후 출근하고, 강의하고, 공부하고, 사람들을 만났다. 집에 들어와 저녁을 준비해 놓고 또 나가서 사람들과 함께 어울리기도 했던 날도 많았다. 그럼에도 허전하고 공허했던 마음은 채워지지 않았다. 진정한 나를 만날 시간이 부족했었다는 것을 이제야 깨닫는다.

　혼자라도 좋다 싶어지니 하고 싶은 것들이 늘어났다. 무엇보다 누군가에게 의지하지 않고 홀로 캠핑을 다니고 싶어졌다. 아직 날씨가 추우니 텐트보다는 차박이 나을 것 같아 에어매트를 주문했다. 또 모기가 있을 것을 대비해 자석이 달려있는 모기장도 주문했다. 혼자 떠날 채비를 하나둘 하다 보니 마음이 벌써부터 즐겁다.

내가 할 수 있는 일들이 아직 많지 않지만, 할 수 있는 일들은 조금씩 늘어나고 있다. 그 안에서 즐길 수 있는 것들을 찾는다. 벚꽃 길을 달리고 싶어 준비한 자전거는 결국 실패해서 내년으로 미뤄두었지만 지팡이에 의지해 할 수 있는 일들을 또 하나씩 찾는다. 다가오는 주말이 기대된다.

2021. 5. 4.
다시 또 근전도 검사

4월 초에 장애 재판정을 받아야 한다고 연락이 왔다. 장애등급을 받은 지 2년이 지나면 다시 판정을 받아야 한다고 했다. 나는 불완전마비 척수손상 환자이기에 2년 정도 지나면 간혹 좋아지는 경우도 있어, 상태가 어느 정도 호전되었는지를 확인해야 한다고 했다. 그러기 위해서는 처음 장애등급 신청할 때 제출했던 서류를 모두 다시 제출해야 하는데 제일 걱정되는 것은 근전도 검사였다.

검사시간만 한 시간이다. 그 시간 내내 전기로 충격을 주거나 바늘로 찔러 몸이 어떻게 반응하는지를 본다. 고통은 생각보다 크다. 안 하고 싶었지만 장애등급이 없으면 장애인 주차장을 이용할 수 없다. 그렇게 되면 일상이 너무 불편해진다. 결국 병원으로 향했다. 그래도 2년 전 검사를 하러 갈 때는 휠체어를 타고 갔지만, 오늘은 지팡이를 짚고 걸어 갔다. 걸어 들어오는 나를 본 의사 선생님은 너무 깜짝 놀라셨다.

믿을 수 없다고 했다.

"어떻게 걸으세요? 지난번 검사에서 분명히 아무 반응도 없었는데? 걸을 수 없는 상황이었는데 어떻게 걷는 거예요?"

"왼쪽 다리가 힘이 없지만 무릎에 락을 걸어 걷고 있어요."

"잠깐 다시 한 번 걸어보세요. 이상하다… 어떻게 걷지?! 일단 검사를 해봅시다."

검사실로 들어가 양쪽 다리가 바깥쪽으로 뚫려있는 바지로 갈아입고 침대에 누웠다. 2년 전에는 도움을 받아서 해야 했던 그 모든 것들을 이젠 스스로 할 수 있게 되었다. 검사 담당 여선생님이 들어와 먼저 전기 반응 검사를 시작했다. 센서를 부착하고 다리, 허리, 등의 신경이 흐르는 곳에 전기충격을 주고 반응을 체크했다. 그나마 전기충격은 견딜 만했는데, 의사 선생님이 바늘로 찌르기 시작하자 너무 고통스러워 신음이 절로 나왔다.

한참 동안 이어진 고통스런 검사가 끝나자 의사 선생님은 다시 걸어보라고 하셨다. 그리고 아직 근육이 형성되지 않은 상태인데 이렇게 뼈의 힘을 이용해서 걷다 보면 뼈에 무리가 생긴다고 했다. 그런 방식으로 장기간 다리를 사용하면 통증이 심하게 온다며 보조기 사용을 권하셨다. 재활의학과에서는 재활을 계속하다 보면 손상된 신경이 다른 방향으로 자라나는 경우가 있으니 포기하지 말고 지금처럼 계속 재활운동을 받으라고 하셨다하자, 정형외과의 소견도 들어볼 필요가 있다 하셨다. 근전도 검사 결과가 나왔다. 진료실에 따로 불러 설명을 해

주신다.

"여기 좌골 신경이 손상을 입으셨는데, 좌골 신경을 구성하고 있는 비골과 경골이 발목 무릎 등을 움직이는 역할을 합니다. 다행인 것은 경골이 정상인과 비슷한 수치로 나타나서 매우 좋아진 것을 확인할 수 있어요. 그런데 비골은 2년 전 검사 결과와 크게 달라지지 않은 게 좀 염려됩니다. 비골이 주로 발목을 위로 끌어 올리는 역할을 하는데. 거의 좋아지지 않은 것으로 보입니다."

"그럼 앞으로도 발목은 이대로 끌면서 걷게 되는 건가요?"

"그럴 확률이 높아 보입니다. 하지만 가끔 다친 지 몇 년이 지나서 다른 신경이 자라나는 경우도 있어요. 너무 낙담은 마시고요. 정형외과에서 상담도 받아보시면 좋을 것 같아요."

경골이 정상수치로 나왔다는 것만으로도 다행으로 여기고 낙담 대신 희망을 품어야 한다. 자꾸만 안 좋은 것만 생각하면 스스로가 절망 속으로 걸어 들어가는 격이다. 결국 더 좋은 상황으로 갈 수 있는 고리를 끊어낼 것이다. 기적을 본 것 같다는 의사 선생님의 말씀처럼 나는 죽을 수 있는 상황에서 살아 돌아와 이렇게 걷고 있지 않은가. 긍정의 힘을 붙들고 나왔다. 병원에서 발급받은 진단서와 재활평가기록지 등을 들고 요청했던 기관으로 갔다.

장애 담당 직원은 무척 친절하게 서류작성을 도와주었고 결과가 나오게 되면 연락을 주겠다고 했다. 장애 재판정을 2년에 한 번씩 계속 받아야 하는지, 근전도 검사를 매번 해야 하는 것인지 묻자, 이번에 판정을 받으면 5년 후까지는 지속될 것이라고 말했다. 근전도 검사비가 11만 원이나 되는데 내가 1년 동안 장애인으로서 받았던 혜택이 그 이상 될지 모르겠다고 하자, 다른 받을 수 있는 혜택에 대해서도 꼼꼼히 알려주고 안내장도 주었다.

우리나라 장애인 관련법은 직업을 갖지 못한 사람들을 위한 측면이 강하다. 직업이 있으면 장애인 연금도 없고 특히 사업주의 경우에는 더욱 받을 수 있는 것이 없다. 세금 혜택이 있다지만 어차피 내가 운영하는 실버는 사회복지 시설이라 비과세이기에 내 급여를 연말정산 시 장애인증과 함께 내도 어차피 전액 환급되어 별 의미가 없었다.

그럼에도 내가 장애 재판정을 받으려는 가장 큰 이유는 주차장 때문이다. 우리나라 장애인 주차장 제도는 어느 장소를 가도 거의 완벽에 가깝다. 관공서뿐 아니라 조금만 큰 건물이면 장애인 주차장이 따로 있다. 장애인을 위한 편의시설을 의무적으로 갖추어야 허가를 내주기 때문인데 차를 운전하는 장애인에게는 무척 편리한 제도다. 주차장이 부족한 아파트일지라도 언제나 장애인 주차장은 비어있어, 가장 가까운 곳에 차를 대고 집으로 들어갈 수 있다.

물론 처음부터 그런 것은 아니었다. 나도 비장애인이었을 때, 급한 일이 있으면 비어있는 장애인 주차장에 살짝 차를 대고 일 처리를 한 적이 있었다. 그러기에 그런 사람들을 비난할 수는 없다. 하지만 우리 아파트의 경우에는 장애인주차장 구역에 일반 차량들이 주차하는 경우가 많았다. 내가 다친 후 처음 차를 운전하기 시작했을 때, 장애인 주차장에 일반 차량이 주차를 해놓아 차를 댈 수 없을 때가 많아 애를 먹었다. 그럴 때면 그 이후가 얼마나 힘들어질지를 알기에 발부터 동동 굴리게 된다.

결국 생활 불편신고 앱을 다운 받아 주차위반 차량을 신고하기 시작했다. 나뿐만 아니라 우리 가족 모두 내가 주차할 할 장애인 주차장에 일반 차량이 서 있으면 무조건 신고를 했다. 어느 날엔 우리 가족 4명이 차량 한 대를 신고한 적도 있었다. 그만큼 장애인 주차구역은 장애인들에게 절박하다.

처음에는 나도 그 사람들을 이해하고 일반인 구역으로 주차했었다. 옆의 차량 때문에 워커를 꺼내기 힘들어 끙끙거리며 고생하며, 땀을 뻘뻘 흘리고 집으로 갔다. 그러다 점차 장애를 입은 사람에게 반드시 배려해야 할 것을 정상인들이 뺏어가는 일에 침묵해서는 안 되겠다 싶어 적극적으로 행동했다.

먼저 관리사무실에 전화해 내 신원을 밝히고, 사고로 장애를 입어 불편한데, 장애인 주차장을 일반 차량이 매번 주차를 해 놓으니 너무 힘들다고 했다. 바닥에 있는 장애인 표시 그림을 다시 색칠해주고 위반차량은 신고하겠다는 방송도 해 달라고 부탁했다. 그리고 몇 달이 지났다. 더 이상 일반 차량이 장애인주차구역에 주차하는 경우는 없었다.

장애인 주차장에 차를 대지 않더라도. 진입이 불가능하게 이중주차를 해놓은 차량도 계속 신고를 했다. 더 이상 그런 일도 없게 되었다. 나 말고도 장애인 등록 차량이 몇 대 아파트에 있다. 대부분 장애를 입은 가족 명의로 차를 구입해 장애인 주차장을 이용하는 사람들이다.

한번은 장애인 주차장 입구에 이중 주차해 놓은 차량에 전화해서 차를 빼달라고 했다. 나와서 차를 빼주며, 차주가 내게 장애도 없으면서 장애인 스티커 붙이고 다니는 것 아니냐고 항의를 했다. 나는 별말 없이 차를 주차하고 힘들게 지팡이를 짚고 들어왔다. 그 모습을 봤는지 문자를 보내왔다.

"아까는 정말 죄송했습니다. 102동에 장애인 차량을 일반인이 몰고 다니는 여성분이 있어 그분인 줄 알고 말을 함부로 했습니다. 불쾌하셨다면 용서하세요."

사실 몹시도 불쾌했었다. 장애를 입은 것도 속상한데 정상인이면서 장애인 행세한다는 소리까지 들었으니 얼마나 가슴이 아팠겠는가. 하지만 그 문자 한 줄에 마음이 스르륵 녹아내렸다. 일반인 중 장애인의 혜택을 뺏어가는 사람들이 있다 보니 오해를 받을 만도 한 것이지, 그 사람이 보기에는 차 안에 앉아있는 내가 멀쩡해 보였을 수도 있었을 테다. 그렇게 생각하니 이내 마음이 편안해졌다.

장애 재판정을 받으면 하이패스도 다시 신청해야 하고 복지카드도 재발급 받아야 한다. 귀찮은 일이 한두 개가 아니다. 하지만 이번만 더 해 보기로 했다. 5년 후에는 장애 재판정도, 복지카드 재발급도 받을 필요가 없을 만큼 건강해질 수 있었으면 좋겠다.

한 가지 마음에 걸리는 것은 장애등급이 지금까지는 2등급인데, 이제 심하지 않은 장애로 변경되지 않을까 하는 것이었다. 작년부터는 정책이 바뀌어 장애등급이 사라졌다. 장애의 정도가 심한 경우와 그렇지 않은 장애로 구분하게 되었다. 심하지 않은 장애로 나오게 되면 장애인 주차장은 사용할 수 있지만, 장애인 할인은 받을 수 없는 것들이 많아진다. 많아야 몇 천 원이지만 이왕 장애인 등록을 하는 것이니 기존의 혜택을 받을 수 있으면 좋겠다는 생각이 들었다.

며칠 후, 국민건강보험공단에서 나의 장애판정을 위해 나왔다. 걸음걸이와 말라 있는 내 다리를 영상으로 찍어갔다. 다행히, 아… 다행이라고 해야 하나? 심한 장애로 판정이 나와 기존에 받던 혜택을 그대로 받게 되었다. 건강하게 걷고 싶어 그토록 노력했는데, 막상 심한 장애로 나와 기존 혜택들을 받게 되니 좋았다. 참으로 아이러니하다. 하지만 그 힘든 근전도 검사도 받고, 귀찮은 서류들을 작성하여 제출하는 수고까지 했으니, 혜택은 받아야 한다고 애써 위로 했다. 그리고 진정 이것이 마지막이길 두 손 모아 간절히 기도했다.

2021. 5. 19.
나 홀 로 차 박

연두빛으로 세상이 물들어가는 것에 가슴이 설레던 사월 초순. 차박 여행을 시작했다. 이전 구매한 에어매트는 생각보다 설치가 간편하고 단단해서 사용하기 매우 편리했다. 매트가 도착한 주말. 적목련이 가득 피어있는 공원으로 가서 혼자 에어매트를 설치해 보았다. 좌석을 모두 앞으로 당겨 뒤로 완전히 눕힌 후 차량 모양에 맞춰 매트를 펼쳤다. 에어 펌프를 연결해 펌프질을 하는데 광고에는 80번 정도만 펌프질을 하면 된다고 했는데, 내가 힘이 약해서인지 150번은 해야 완전하게 단단해졌다. 뒷문을 열고 엉덩이를 차에 걸친 채 오른쪽 다리로 펌프 발판을 누르고 손으로 펌프질을 했다. 다행히 혼자서도 해낼 수 있었다.

차 안에 누우니 창밖에 피어있는 적목련이 마치 풍경화처럼 아름다웠다. 가져간 책을 꺼내 뒹굴 거리며 읽다 보니 비가 내리기 시작한다. 내 첫 여행을 축복하듯 내리는 비를 보며 커피 한 모금을 마셨다. 열린 뒷문으로 들어오는 봄바람을 누리며 누워있자니 천국이 따로 없다. 실내에서는 느낄 수 없었던 자연과 하나 된 느낌, 주변에 도움을 줄 이가 없어도 아무런 걱정 없이 이런 편안함을 스스로 누릴 수 있게 된 것에 감사했다. 그날의 첫 차박을 시작으로 나는 매주 자연 속으로 들어갔다.

창녕 우포늪에 갔던 날이다. 새벽부터 해 뜨는 시간까지 깨어 있었는데 주변이 깜깜해서인지 별빛들이 비처럼 쏟아졌다. 너무 아름다웠다. 금세 어슴푸레했던 주변이 밝아지더니 물에서는 신비로운 물안개가 올라왔다. 그러더니 연두빛으로 물든 왕버들나무를 감싸 안는다. 사진으로도 다 담을 수 없는 풍경이 해가 떠오를 때까지 펼쳐졌다. 그 순간의 몽환적인 아름다움을 표현할 만한 어떤 단어도 떠오르지 않아 답답하기까지 했다.

다치기 전에도 캠핑을 가자고 하면 남편은 좋은 호텔이나 펜션도 많은데 왜 밖에서 잠을 자냐고 제발 같이 가자고만 하지 말라 했다. 그래서 나 혼자 다녔다. 자기가 싫으니 나도 가지 말라 하지 않는 것만으로도 고마웠다.

부부라면 무엇이든 함께 해야 한다고 생각했던 신혼 때에는 자신의 살아온 방식대로 서로를 구속하려 한다. 자신의 뜻대로 따라주지 않는 상대방에게 서운해져 다투기도 한다. 그러나 결혼해서 10년을 살다 보니 조금씩 양보도 하게 되고, 포기도 하게 되면서 상대방을 인정해 주는 것이 편안해졌다.

그렇게 같이 가주지도 않으면서 혼자라도 가겠다면 위험하다고 말리던 사람이 지리산에 가고 싶다고 했던 날, 해가 아직 뜨지도 않은 새벽부터 일어나 군말 없이 날 데려다주고는 출근했다. 아마도 그날 남편은 나의 역마살을 이해해주기 시작했던 것 같다. 지금 생각해보면 세월이 흐를수록 남편은 자연스럽게 그런 내 성향을 받아들여주고 이해해주었던 것 같다. 고마운 일이다.

차박을 가기 위해 또 준비를 하자 그이는 혼자서 괜찮겠냐며 걱정은 많이 했다. 하지만 더 이상 말리지 않았다. 그리고 꼼꼼히 준비를 도와주었다. 나의 불편한 몸 상태를 잘 아는 그였지만 그렇게 내가 세상 밖으로 한 발자국씩 용기 있게 걸어가는 것을 묵묵히 응원해 주었다.

도착 후 가져온 책을 읽다 지겨우면 댐 주위를 걸었다. 그렇게 주변 풍경을 즐기다 보면 해는 지고 사람들은 하나둘씩 집으로 돌아갔다. 그 밤엔 남편이 족발을 사서 놀러 왔다. 반가운 얼굴이다. 둘이 벤치에 앉아 족발에 맥주 한 캔씩 마셨다.

"생각보다 매트가 튼튼하고 괜찮네. 밤에 혼자 자는데 안 무섭겠어?"

"뭐가 무서워. 하늘에 달도 떠 있고 별도 반짝거리는데. 안 무서워."

"사람이 무섭지. 혼자 있는 거 알고 누가 들어오기라도 하면 어쩌려고 그래. 진짜 겁도 없다."

"차 문 꼭 잠그고 잘게. 저 옆에도 차박하는 몇 팀 있잖아."

"그래. 조심하고 감기 안 걸리게 잘 감싸고 자."

유독 맑았던 그날 밤하늘에는 반달이 떠올랐다. 어둡고 조용한 밤하늘에 수많은 별이 나를 내려다보고 있어 그 밤은 무섭지 않았다. 달빛만이 가득한 밤이었다. 고요한 밤에 혼자 깨어 있으니 온 세상이 나를 위해 존재하는 듯한 기분마저 들었다. 잠들기도 아까워 그렇게 한참을 달을 보았다.

우포늪에서처럼 이른 아침에 일어나 해 뜨기 전 펼쳐지는 물안개의 장관을 보려 했는데, 눈을 떠보니 햇볕이 쨍쨍 내리쬐고 있었다. 늦잠을 자버려 매직아워를 놓친 것이 너무 아쉬웠지만. 지난밤 그 달빛의 어루만짐을 이미 충분히 누렸으니 그것만으로도 족했다.

돌아가는 길 쉼터에는 화장실이 없어 '응가맨'을 꺼내 보았다. 차박은 화장실이 없으면 매우 불편해서 검색을 통해 이동식 변기를 구입했다. 접으면 책 크기 정도로 작아지고 펼치면 변기 모양으로 바뀌는데, 요강처럼 바닥에 놓고 앉아 볼일을 볼 수 있어 편하다.

차박은 불편함을 감수하고 자연으로 들어가기에 예상치 못한 어려움들을 만나게 되지만 반면 그러한 일들을 해결해 나가는 과정에서의 즐거움도 있다. 편안한 패키지여행은 다녀온 뒤 남는 게 별로 없었지만,

날것으로 만나는 이러한 자연은 잊지 못할 추억으로 남는다.

어디로 갈지, 그에 필요한 어떤 물품들을 구입할지, 떠나기 위해 어떤 옷가지를 챙길지 고민하는 순간부터 여행은 시작이라고 하지 않는가. 어디론가 떠나 경험했던 모든 것과 돌아와서 짐 정리를 마치는 순간까지가 여행이다. 그리 보면 우리네 삶은 매일 매일이 여행 중일지도 모른다.

2021. 6. 6.
사고 1000일

긴긴 시간이었다. 벌써 1000일이 지났다. 하늘에서 땅으로 추락하던 날, 내 인생도 추락했다. 세상 다 끝난 것만 같았던 하루들이 쌓여 어느덧 1000일이 되었다. 내가 세어본 1000일이라곤 남편과 연애하던 스물셋 시절이 전부였는데, 하루하루가 어찌나 더디고 힘겨웠던지 재활로 보낸 그 하루들을 매일 세었다. 재활은 그런 것이다.

처음엔 차라리 죽는 게 낫다며 죽고 싶었다가 불완전 마비라 빠르면 6개월, 길면 1년이라는 말을 듣고는 금방이라도 나을 것 같은 희망을 붙들고 최선을 다해 재활에 매진했다. 하지만 천 일이 된 지금도 난 온전히 걷지 못한다. 처음에 비하면 기적이라고 내 등을 토닥여주는 이들에게 고맙다고는 말하지만. 내게 걷는다는 것은 이전에는 당연한 일이었다.

불과 얼마 전까지 나는 내가 온전히 걸을 수 없다는 것을 믿고 싶지 않았다. 원래의 나로 돌아가지 못함을 받아들이는 것은 무척이나 두렵고 힘든 일이었다. 다시 걷고, 뛰고, 자전거를 타고, 보드도 타고, 바다 수영을 다니고 무엇보다 다시 하늘을 날고 싶었다. 이전의 내가 너무 부러워 꼭 그때의 부러운 나로 돌아가고 싶은 마음이 간절했다. 하지만 1년이 지나고 2년이 지났다. 그리고 이제 1000일이 되었다. 그러다 보니 내 상태에 대한 객관화가 가능해졌다.

아, 그렇구나. 이전의 나는 하늘에서 떨어진 그 날 이후 더 이상 세상에 존재하지 않는구나. 다시 태어난 것과 다르지 않고, 전의 나와 같은 모습으로 살아가고 싶어 하는 것도 내 욕심일 수 있겠구나. 이젠 다른 나로 살아야 하는구나.

그렇게 마음을 먹고 제일 먼저 한 일은 아끼던 로드용 자전거를 판 것이다. 눈물이 앞을 가렸지만 냉정히 결정했다. 내가 너무 오랫동안 달리고 싶은 아이를 방에 가둬놓았다는 것을 인정하고 새 주인과 함께 신나게 달릴 자전거를 떠올리며 애써 미소를 지으며 떠나보냈다. 또 스노우보드와 장비 일체도 무료나눔 했다. 글라이더는 다시 날지 않겠다며 진즉에 정리했지만, 다시 다리에 힘이 생기면 타려고 두었던 자전거와 스노우보드까지. 이전의 내가 즐기던 삶들을 하나둘 떠나보내고 나니 우울함이 밀려오기도 했다.

하지만 이제 다른 나로 살아가기 위해서는 내 주변을 채우고 있던 것들을 먼저 비워내야 한다. 대신 집에서 운동할 수 있는 러닝머신과 테이블 자전거가 채워졌다. 편안히 앉아 마사지를 받을 수 있는 안마의자가 그 빈자리를 차지했다. 그리고 나니 삶이 매우 단순해졌다.

마흔 무렵이었다. 너무 정신없이 사는 내게 왜 그렇게 자꾸 가지를 펼쳐나가기만 하냐고, 이제 점점 삶의 가지들을 줄여나가야 하는 때라고 말씀해주셨던 분이 계셨다. 젊은 날 그토록 치열하게 살아왔었던 나는 인생의 정점이 40대라 생각했다. 그리고 마침 삶도 조금씩 안정을 찾기 시작하던 때라 더 많은 것을 경험하길 원했다. 그랬기에 그땐 그런 말들이 귀에 들어오지 않았다.

이젠 비록 바랐던 바는 아니지만 빨리 움직일 수 없게 되니 몸의 속도에 맞추어 삶의 속도도 바뀌어 간다. 스피드를 즐기던 익스트림 스포츠를 내려놓고 몸을 건강하게 만들 수 있는 운동으로 전환했다. 그리고 나를 더욱 깊이 있게 만날 수 있는 삶으로 이동 중이다. 감사한 일은 이제 두 개의 지팡이만 있으면 가지 못할 곳도 없다는 것. 이거 대단한 일이다. 그리고 세상 속으로 걸어가는 것이 불가능하지도 부끄럽지도 않다. 이건 더 대단한 일이다.

이젠 이전에 해보지 않은 일들을 해보려 한다. 그렇다고 이전에 했던 일들을 무조건 단절하겠다는 것도 아니다. 할 수 없는 것들에 대한 내려놓음, 달라진 내 몸을 스스로 따스한 시선으로 받아들이고 이전과 다른 삶을 인정하되 그 속에서의 행복을 찾기로 했다.

어제는 올해 처음으로 바다수영을 다녀왔다. 며칠 전에 숙영이가 내 생각이 많이 난다며 연락을 했다. 주말에 차박을 다녀올까 한다 했더니 자기랑 놀자며 같이 바다수영을 가자고 했다. 숙영이가 이미 멤버들을 다 모아놔서 안 갈 수도 없게 되었다. 오랜만에 그곳으로 갔다. 매일 아침 수영을 다니고 자전거 팀, 바다수영 팀, 새벽 산행 팀이 모였던 그곳이 낯설게 느껴졌다.

숙영이가 도착하고 소이와 소리, 수정 언니까지 도착했다. 같은 곳에 오니 작년과 지금의 내 몸 상태가 얼마나 많이 달라져 있는지 확인할 수 있었다. 계단을 내려갈 때 작년엔 두 사람이 양쪽에서 보조해주어야 겨우 갈 수 있었던 곳이었는데 이젠 오른손엔 스틱, 왼손은 숙영이의 팔짱만으로도 오르내릴 수 있었다.

수영하기 딱 좋은 온도였다. 살아있기도 딱 좋은 날이다. 바다는 여전한 포근함으로 나를 안아주었다. 수정 언니는 처음 사서 한 번도 쓰지 않았다는 튜브를 가져왔다. 내가 힘들면 언제든지 붙잡고 쉬라고 한다. 소리는 안전부이를 내 허리에 묶어 위험하지 않도록 신경 써 줬다. 참 고마웠다.

이젠 왼발을 뻗은 상태로도 발차기가 가능해졌다. 내 속도에 맞춰 모두 나를 배려해 천천히 가준다. 가다 내가서면 그들도 다 같이 멈춰 놀기를 반복하며 함께 간다. 그렇지만 더 멀리 가는 것은 내게 무리였다.

"나는 여기서 놀며 천천히 돌아가고 있을게. 다들 돌무덤까지 다녀와."

"나도 언니랑 같이 있을래. 다녀와."

"아냐 숙영아. 운동량 채워야지. 내 걱정 말고 같이 갔다 와."

"혼자 있을 수 있겠어?"

"그럼. 튜브도 있고 안전부이도 있는데 뭐가 걱정이야."

"그래. 천천히 조심해서 돌아가야 해."

바다에 누워있으면 난 참 이상하게 맘이 편하다. 나는 원래 물고기였을까 하는 생각이 들 정도로 물속에선 마냥 좋다. 발차기를 계속하며 튜브를 가슴에 끼고 뭍으로 돌아왔다. 잠시 후 돌무덤을 찍은 그녀들이 돌아온다. 그녀들의 모습은 아침 햇살을 받아 눈부시게 빛나고 있다. 아… 세상의 그 어떤 것이 저리 아름다울 수 있을까. 하지만 나는 이제 이리 앉아만 있다. 그러나 난 더 이상 그 모든 것을 함께 할 수 없다는 현실에 분노하거나 슬퍼하지 않는다. 그녀들의 모습이 부럽고 샘이나 가슴 아픈 것이 아니라 오히려 눈부신 아름다움으로 내게 남는다. 그녀들은 그저 아름다웠다.

그러고 보니 내 삶에도 빛나지 않았던 순간이 없었던 것 같다. 힘든 일을 겪으면 다시 일어서고, 넘어지면 또다시 일어섰던 그 모든 과정이 지금 돌이켜 보니 빛나는 나의 계절이었다. 그 계절은 여러 사람의 사랑의 힘으로 나의 삶이 되었다. 난 그것을 다치고 나서야 깨달았다. 지금 이 순간을 귀히 여기며 집중해야 한다는 것을. 수없이 배우고 들었지만 그것을 제대로 느끼며 살았던 적은 많이 없었던 것 같다. 이 순간은 참아내야 한다. 지금은 힘들지만 나중에는 좋아질 것이다. 나중을 위해 지금을 희생해야만 한다며 순간을 살지 못하고 나는 불확실한 미래를 살았던 것 같다.

아, 살아있으니 참 좋다

재활 1000일째. 지금 나의 몸 상태는 실내에서는 지팡이 없이 잘 걸어 다니지만, 왼쪽 발은 여전히 끌리고 쩔뚝거린다. 물속에서는 왼쪽 다리로 계단을 힘주어 오를 정도로 무릎과 골반에 힘이 생겼지만 아직 갈 길이 멀다. 수중치료 선생님은 발목을 포기해서는 안 된다며 무릎에 힘이 생기기 시작한 몇 주 전부터 발목 치료에 집중을 하고 있다. 언젠가는 돌아온다고 포기만 하지 말라고 용기를 주셨다.

하지만 이제 재활을 대하는 나의 자세가 많이 바뀌어 있다는 것을 느낀다. 왜 이렇게 안 되지, 내가 원래 상태로 돌아갈 수 있을까, 이 고통이 끝날 날이 있을까, 이 상태로 모든 것이 멈춰버리면 어떻게 하지, 어떻게든 이 순간만 참아내면 될 거야. 난 반드시 처음 상태로 돌아가고 말 거야.

그렇게 지난 재활 기간 동안 하루하루를 모질게 견뎌내던 내가 이젠 작은 것에서 행복을 찾아내고 그 작은 행복을 꼭 붙잡으며 바로 지금에 집중하는 방법을 깨닫게 되었다. 나의 재활은 앞으로도 또 1000일. 그리고 그 다음 또 1000일 동안 이루어질지도 모른다. 하지만 나는 여기서 포기하고 이 상태에 안주하는 일은 없을 것이다. 지금 이대로의 상태에서 하나도 나아지지 않는다 하더라도. 난 감사할 것이다. 최선을 다했다. 정말 최선을 다했다. 이젠 살아가는 데 좀 불편할 뿐 별 어려움도 없게 되었으니 감사하며 살 것이다. 다만 조금이라도 더 불편하지 않도록 내 노력은 멈추지 않을 것이다.

어제부터 일주일에 세 번 병원 가는 것을 일주일에 한 번으로 바꿨다. 일상에서의 재활을 위해 노력하고 일주일에 한 번 병원에 가서 몸 상태를 체크한다. 매일 아침 일어나 씻고, 밥을 챙겨 먹은 후, 통증약을 먹고, 옷을 챙겨 입은 뒤, 차를 운전해서 출근을 한다. 일을 하거나 운동을 하며 하루를 보내다 집에 돌아와 가족들과 밥을 먹고, 다시 통증약을 먹고, 씻고 잠이 드는 일상을 잘 살아내고 있다. 그 중간 중간 좋아하는 사람들을 만나 추억을 쌓고, 정을 나누며 의미 있는 시간을 만든다. 홀로 책을 읽거나 글을 쓰며 정적인 시간을 보내는 것도 즐겁다.

혼자 있는 것을 힘들어하고 외로워했던 내가, 이젠 혼자 있는 시간도 즐길 수 있는 튼튼한 사람이 되었다. 감사한 일이다. 비록 나의 몸은 불편해졌지만 정신은 다치기 전보다 훨씬 더 건강해진 것 같다. 내 삶에 정말 귀한 것이 무엇인지 분별하는 것과 모든 일에 가치와 의미를 부여하는 우선순위도 명확해졌다.

하지만 매일처럼 밀려오는 나의 통증들은 아마도 평생의 친구가 될 것 같다. 하루 두 번 먹는 통증약을 죽는 날까지 먹어야 될 수도 있다. 이제 그런 것들은 사도 바울이 고백했던 자신 몸의 가시같은 지병처럼 앞으로의 내 삶에 고통스러운 부분으로 남을 것이다. 그렇다고 울고만 있진 않을 것이다. 조금만 운동을 많이 하면 찾아오는 허리, 고관절, 무릎, 손목도 나를 괴롭힐 것이지만 난 살살 달래가면서 운동을 할 것이다. 통증이란 게. 조금이라도 나아진다 싶으면 꼭 찾아오고 그것을 극복한 후면 한 단계 더 건강해진다는 게 느껴진다. 그거 참 묘한 놈이다. 그렇게 나는 고통을 받아들이며 한 걸음씩 나아가고, 힘들면 쉬어가며 고통보다 행복이 더 큰 삶을 향해 한 발자국씩 내딛을 것이다.

코로나가 끝나면 나는 내 사랑스러운 가족들과 계획했던 지중해로 크루즈 여행을 갈 것이다.

그 이후, 나는…. 나는….

진정 내 삶이 여행이 되기를 꿈꾼다. 여행은 계획하는 순간부터 시작
이란다. 결국 준비치 못했던 삶조차도 이제 보니 너른 세상으로의 여행
이었다. 이젠 사랑하는 이들의 손을 꼭 잡고 천·천·히… 가보련다. 나의
재활은 그래서 끝이 아니다.

그래, 이제 다시 시작이다!

살아있으니 참 좋다

형근혜 지음

발 행 처 · 도서출판 청어
발 행 인 · 이영철
영   업 · 이동호
홍   보 · 천성래
기   획 · 남기환
편   집 · 방세화
디 자 인 · 이수빈 | 김영은
제작이사 · 공병한
인   쇄 · 두리터

등   록 · 1999년 5월 3일
(제321-3210000251001999000063호)

1판 1쇄 발행 · 2022년 6월 20일

주   소 · 서울특별시 서초구 남부순환로 364길 8-15 동일빌딩 2층
대표전화 · 02-586-0477
팩시밀리 · 0303-0942-0478

홈페이지 · www.chungeobook.com
E-mail · ppi20@hanmail.net
I S B N · 979-11-6855-044-5(03810)